我们为信仰而来

寒春、阳早的故事

李树喜　肖春华　著

四川教育出版社

划”部分科学家的集会，“洛斯阿拉莫斯科学家协会”成立，目的是争取平民对原子能的控制。

11月，阳早在华盛顿向联合国善后救济总署申请参加援助中国的项目。

1947年 3月，国民党军队进攻延安，阳早与光华农场20余人赶着30多头奶牛撤离。

1948年 3月，寒春乘船到达上海，经宋庆龄安排在育才学校教英语。

12月，寒春在中共地下党的安排下到达北平。

1949年 3月下旬，寒春搭乘解放军卡车从北平到达延安。

4月2日，寒春、阳早在延安边区政府登记领取结婚证。几天后，两人到瓦窑堡铁厂工作。

9月，寒春、阳早在陕甘宁边区创建三边牧场，阳早任副场长。

1952年 10月2日，亚太和平大会在北京开幕，寒春应邀作为美国代表团成员出席会议。会议期间，寒春发表反战演说，引发全世界新闻媒体的关注报道。

10月14日，长子阳和平出生。

11月，寒春、阳早被安排到西安市郊的闫庄奶牛场工作。

1955年 1月3日，次子阳建平出生。

寒春、阳早生平大事记

1918年 11月9日，阳早出生于美国伊利诺伊州，父母亲是小农场主。

1921年 10月20日，寒春出生于美国伊利诺伊州，父亲泰德是律师，母亲卡梅莉塔是教师。

1927年 9月，寒春进入谢迪希尔小学，母亲卡梅莉塔是她的班主任。

1935年 9月，寒春进入帕特尼高中。

1936年 夏，阳早高中毕业，进工厂当工人。

1938年 阳早离开工厂，进入伊利诺伊州立大学医学预科学习。

1939年 阳早进入康奈尔大学农学院学习，与寒春的哥哥韩丁同住一间宿舍。寒春与阳早经韩丁介绍相识，并受韩珍（寒春的姐姐）的影响开始了解中国共产党，阅读《共产党宣言》《红星照耀中国》《牛虻》等书籍。

1939年 寒春进入本宁顿大学物理系学习。

1941年 5月，阳早休学回家务农。

1942年 秋，寒春进入威斯康星大学物理系攻读硕士学位。

1944年 2月，威斯康星大学授予寒春硕士学位，寒春应召到新墨西哥州的洛斯阿拉莫斯国家实验室参加“曼哈顿计划”。

1945年 8月30日，寒春参加“曼哈顿计

1979年 10月18日，寒春、阳早受聘担任中华人民共和国农业机械部（以下简称农机部）顾问、中国农机院畜禽机械研究所副所长。

1982年 4月，寒春、阳早任中华人民共和国国家经济贸易委员会和农机部的科研课题“奶牛场成套设备研制、牛场设计与中间试验”项目组组长。

1985年 中央新闻纪录电影制片厂拍摄的关于阳早、寒春事迹的纪录片在全国放映。

1986年 寒春、阳早受聘担任国家机械工业委员会顾问。

1987年 6月10日，“奶牛场成套设备研制、牛场设计与中间试验”项目鉴定会举行，田纪云、黄华、邹家华等领导人出席。

1988年 英国独立广播电视公司与中央电视台合作拍摄关于寒春、阳早生平事迹的纪录片。

1990年 1月，寒春、阳早受聘担任中华人民共和国机械电子工业部顾问。

1998年 10月，寒春、阳早受聘担任国家机械工业局顾问。

2003年 12月26日，阳早因病去世，享年85岁。

2010年 6月8日，寒春因病去世，享年89岁。

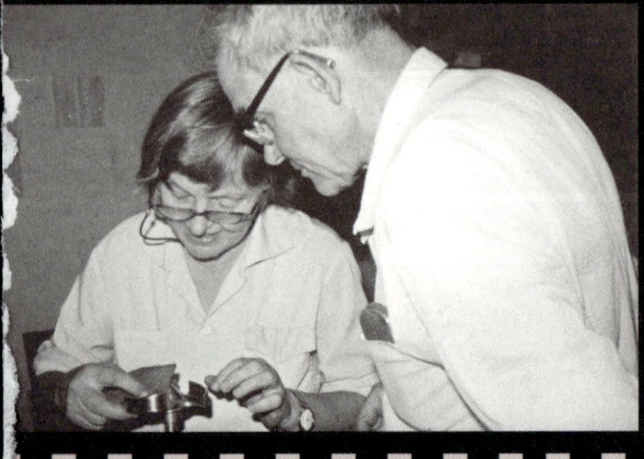

6月，寒春、阳早一家迁居西安市郊的草滩农场。

1956年 寒春设计的饲料铡草机在草滩农场批量生产。

11月1日，女儿阳及平出生。

1966年 4月，寒春、阳早离开草滩农场到北京工作。阳早在电影发行放映公司，寒春在对外文化联络委员会。

8月28日，寒春、阳早等4人写出大字报“为什么在世界革命心脏工作的外国人被推上修正主义道路”。

9月8日，毛泽东对寒春、阳早等4人的大字报做出批语。

9月10日，陈毅接见寒春、阳早等4人，说：“毛主席同意你们的大字报。”

1971年 5—9月，中国政府邀请韩丁访华，寒春、阳早全程陪同。周恩来5次接见韩丁、阳早和寒春等人。

1972年 秋，寒春、阳早定居北京红星公社，阳早任北方乳品厂革命委员会副主任，寒春任技师。

1975年 8月，阳早应美中友好协会邀请，前往美国，在25个城市作了演讲，阳和平全程陪同。寒春因病在京。

1977年 8月，寒春应美中友好协会邀请，前往美国，在53个城市作了250多场演讲。

图书在版编目（CIP）数据

我们为信仰而来：寒春、阳早的故事 / 李树喜，
肖春华著. —成都 ：四川教育出版社，2023.2
ISBN 978-7-5408-8355-3

Ⅰ. ①我… Ⅱ. ①李… ②肖… Ⅲ. ①报告文学－中
国－当代 Ⅳ. ①I25

中国国家版本馆CIP数据核字（2023）第019562号

我们为信仰而来：寒春、阳早的故事

WOMEN WEI XINYANG ER LAI：HANCHUN、YANGZAO DE GUSHI

李树喜　肖春华　著

出 品 人　雷　华
总 策 划　雷　华　余　兰　卢亚兵
特邀策划　黄力伟　谢信步
内文供图　阳和平　肖春华
责任编辑　燕啸波
责任校对　奉学勤
封面设计　叶　茂
责任印制　田东洋
出版发行　四川教育出版社
地　　址　四川省成都市锦江区三色路266号新华之星A座
邮政编码　610023
网　　址　www.chuanjiaoshe.com
制　　作　四川胜翔数码印务设计有限公司
印　　刷　成都市金雅迪彩色印刷有限公司
版　　次　2023年2月第1版
印　　次　2023年2月第1次印刷
成品规格　185 mm×260 mm
印　　张　17.75
字　　数　230千
书　　号　ISBN 978-7-5408-8355-3
定　　价　65.00元

如发现质量问题，请与本社联系。总编室电话：（028）86365120

序一

幸福何在

——与青年们谈谈心[①]

寒　春

青年朋友们，当我像你们这么大的时候，曾为自己生活中的幸福感到高兴，也为失去生活目标而感到痛苦。随着年龄的增长和经历的丰富，特别是从发达的美国来到战乱的中国，我对幸福的认识也一步步地加深了。

学会用脑和手去改造世界

1921年，我出身在美国的一个知识分子家庭，两岁时父亲就去世了，是母亲独自把我们兄妹仨养育大的。我母亲是美国一位有名的教育家，她那新颖的教育方法，使我从小就生活在充满生气、自由自在的环境中。母亲反对死板生硬的填鸭式教育。她说："教育的任务不只是培养记忆知识的能力，重要的是培养思考能力，开发潜能。让孩子们死背书本，考试时再一口一口

① 本文是寒春生前自述，发表于1980年。

吐出来，这和制造机器人没有什么区别。”她还说：“人不只有脑，还有手，要让学生全面发展，懂得同时用脑和手去改造世界。”她认为要真正学得快，记得牢，受益终身，就要善于动手，在玩中学，在动手中学，在干和玩的实践过程中学习真功夫。

给我印象很深的是我小学二年级的学习生活。那时母亲是我的班主任，她让我们班上的同学干了一件大事：为自己盖一间可以住的小木房（我们那里的房子都是木头搭建的），建设自己的家园。她先带我们参观别人的房子，然后让我们按自己设计的式样加工用料，再在平整好的地基上动手搭建小房子。房子建好后，不知她从哪里弄来一只羊，让我们自己喂养、剪毛，再把毛捻成线织地毯。她还让我们自己钉桌椅、装电灯，连吃饭的碗也要我们自己制作（从和泥开始，直到把它烧制成功）。在学期结束时，一个小小的新村出现在学校的操场上，有“商业区”“居民区”“郊区”。我的小房子建在“郊区”，俨如美国农民家庭的式样，可以养羊。整个学期，我们好像玩耍一般，非常有趣地学了房屋建筑、纺织、畜牧、烧瓷、安装电灯等方面的常识。在暑假的前期，我们班在这个小村子里度过了一个个愉快的夜晚。

母亲认为一个人要培养敢于坚持真理的品质，就得锻炼意志，不怕苦，不怕累。因此，从我6岁起，每逢放假，她就带上我们兄妹三人，带着干粮，背上铺盖，到野外去度假，接受严苛的拓展训练。假期里不是爬山，就是骑马、骑自行车，露宿在野外。母亲认为男女都一样，对我们兄妹仨的要求完全相同。我14岁初中毕业时，母亲认为城里没有适合我的高中，便举家搬到了农村，按她的意愿创办了一所男女寄宿高中，自任校长。对于高中学生的教育培养，她更加强调脑力劳动和体力劳动的结合，于是她别出心裁地在学校办起了农场和奶牛场，我们除上必修的文化课和参加体育活动外，每天要参加几小时的农业劳动。

母亲不赞成在作业上给学生压力，她的学校里是不让学生晚上做作业的。晚上，她让学生自学喜欢和感兴趣的知识。我晚上经常是和化学老师夫妇一起拉小提琴，以及学美术、化学等。母亲的这些与众不同的教育方法，使学生喜欢上学。我哥哥韩丁考取哈佛大学后，因留恋母亲创建的高中，自动留级，在母亲的高中多学了一年。学生喜欢上学还用担心学习成绩吗？这所高中的学生成绩都很好。因为这所学校的学生思想活跃，有创造性，有丰富的实践经验，动手能力强，富有独立思想，很多大学都喜欢录取母亲学校的毕业生。哈佛等几个名校每年都要招收这个学校的学生。当时我认为能上我母亲那所学校的学生就是最幸福、最快乐的人。

纯科学是否纯粹

当然，随着年龄的增长，对幸福的理解和要求也有所不同。母亲的教育使同学们纷纷立志做有用的人。我很小就在想长大要干什么。在小学五年级时，我爱上了自然科学，并立志搞一辈子科学；上中学时，我对核物理产生了浓厚的兴趣；到大学后，我所在的学校没有这门专业，我就利用寒假跑到康奈尔大学的实验室，担任几个物理学家的助手，和他们一起修理质子加速器。正是当物理学家助手的经历，让我进入了核子物理的大门，考上了核子物理的研究生。那时，在美国研究核子物理的人凤毛麟角。我致力于纯科学，喜欢摸索物质的内部构造，找出事物背后的规律。当时，我认为只有从事这种纯科学研究的人才是最高尚的人、最幸福的人。搞科学要理论与实践结合，而我的实践就在实验室里，对于社会上的生产实践，我觉得没意思、太俗。这是我太单纯、太理想、太天真的想法。

1941年，美国投入第二次世界大战后，我发现物理杂志里有关我们核子物理的文章越来越少。物理系大楼里的科学家们相继“失踪”，连我们日日夜夜做实验的粒子加速器也“失踪”了，从那砸开的大口子运走了！这一连串的现象使我迷惑不解，但有一点是肯定的，就是这些现象与正在进行的战争有关。

1944年的一天，我也同样“失踪”了，来到美国西南部的洛斯阿拉莫斯山区，参加国家实验室的实验活动。这个小组由核物理学家费米直接领导。加入小组后，我才知道，原来我们科学实验室里核裂变的发现给人类提出了一个新的课题——原子弹诞生的可能性。在这个绝密而又偏僻的山沟里，美国政府集中了欧洲、美洲与这门科学有关的很多科学家，专门试制原子弹。当时我们知道希特勒已在研究这种武器。为了和法西斯做斗争，我们发起了冲刺，拼命地推进研究进程，立誓赶在希特勒的前面试验成功原子弹，把这魔头的气焰压下去。不到一年的时间，洛斯阿拉莫斯成了世界核子物理研究的中心，这一偏僻的山沟里，拥有各种技术工人和加工设备，一时间聚集着化学、数学、工程、物理、爆破等各方面的科学家。研究中心从几百人很快发展到几千人，包括大家熟悉的诺贝尔奖获得者杨振宁、李政道。对于我这个小小的研究生来说，能和世界顶级科学家们一起工作，真是个天上掉馅饼的好机会，让我感到无比幸福。虽然因为工作而与世隔绝，但业余生活丰富多彩。为了控制原子能，我们小组试验成功了世界上第一个浓缩铀反应堆，代号“开水锅”。在那几年里，可以说我是坐直升机上升到了世界尖端科学的顶峰。实验室里的每一次新发现，都揭示了一系列新的问题。自然界的奥秘正一点点地被揭开，还有什么事情比这个更令人兴奋呢？我把全部精力都用到了学习、工作上。

1945年7月14日下午，我们小组的几个人往南驱车200多千米，来到一片大沙漠里，悄悄地通过被军队封锁的公路，爬上一个小山包，屏声息气地坐在那里，紧张而又兴奋地凝视着黑暗的南方。那边，在离我们75千米的沙漠中心，将要试爆第一颗原子弹。时间一小时一小时地过去了，16日凌晨5点30分，我们突然被光海淹没，周围乃至整个天空好像着了火，中心地带渐渐地升起了蘑菇云，两分钟后冲击波带着尖厉的声音猛烈而又突然地撞击我们的耳膜，接着整个山野长时间发出隆隆的回响。我们保守了几年的绝对机密，瞬间暴露于全世界。

三个星期后，报纸登载了美国在日本投下两颗原子弹致使十几万无辜的日本民众丧命的消息。这消息如同第二个冲击波，猛烈地撞击着洛斯阿拉莫斯科学家的心。战争加害大量无辜平民就是人类的大不幸、人类的大灾难！一天，会议室里放映了原子弹在日本爆炸的纪录片，当看着那黑色的蘑菇云翻滚着上升时，我身后有位科学家说："这都是日本人民的骨头和肉！"我能说什么呢？难道这就是我们"纯科学"的结局？日本原子弹爆炸事件之后的几天内，洛斯阿拉莫斯的科学家组织起来，反对把原子能交给军方控制。后来，我们离开了那个地方，为了给政府施加压力——把原子能从军队手里夺回来！

美国的路已经走不通　何处安身

我随费米离开了为军队服务的洛斯阿拉莫斯，到新创办的芝加哥大学核物理研究所继续从事研究工作。但我们的非军事科研项目却常常因为各种问题而无法顺利进行，整个核子物理的研究实际上还是控制在军方手里，我发现我的奖学金也是军队发的。一连串的事实使我慢慢地认识到，军队、政府和大垄断资本家穿一条裤子，他们的利益是一致的。于是，我决然转向社会，我要知道核子物理以外的世界到底发生了什么事。

我姐姐以前在罗斯福政府的流动临时农工部门工作，到过美国南方，看到了一些我们意想不到的情形：数万名临时农工生活非常苦，好多家庭连房子都没有，唯一的财产可能是借钱买的破汽车。农工们按季节流动到全美国，葡萄熟了摘葡萄，苹果熟了摘苹果，工资却非常低。姐姐常常问："美国经济这么发达，为什么有这样的事呢？"姐姐还经常给我、哥哥韩丁、我和我哥哥共同的好朋友阳早送些进步书籍，其中有反映美国黑人、印第安人及其他国家人民的斗争史，还有马列主义书籍。那时我家很热闹，大家在一起就辩论国内外大事。以前我只是听他们谈论，因为我认为我是搞科学的，政治上的事与我关系不大。可是原子弹的爆炸，惊醒了我这个梦中人——我把政治与自己从事的科学实验联系在一起，逼着自己思考政治层面上的问题。

科学本身没有阶级性，但谁掌握它，它就为谁服务。就好像自行车，不管什么人，只要掌握了它的规律，都可以骑，其方向完全由骑车人掌握。那么我所研究的科学究竟是为谁服务的呢？我感到我以前的思想太单纯，幸福观太片面、太狭隘了。其实，不关心政治毫无高尚可言，要获得真真正正的幸福，仅有权力、金钱和地位是远远不够的，而是要生活在某种文明当中。此后，我选择与进步人士来往。当时，美国进入了麦卡锡时代，我的言行引起高层一些人的注意，有人劝我注意言行，说："光搞科学就行了，不要管别的。"可我不再单纯了，觉得劝说我的言论连同麦卡锡时代都太怪异，太让我不舒服，我们搞科学的人是追求真理的，难道只让我追求物理方面的真理，而不许我追求社会方面的真理吗？那段时期，我的思想斗争很激烈。曾经解决过科学上无数难题的实验中心，却解答不了我思想上的一系列问题。我热爱科学，但我感到科学工作者如果什么都不过问，任人摆布，和傻子没什么不同！看来纯科学的道路是走不通的。我再不愿为"不纯粹的科学"服务了，决定不干了。那么去哪里好呢？

我看《西行漫记》（即美国记者埃德加·斯诺的纪实文学作品《红星照耀中国》）时，很受触动。我哥哥去过中国，采访过毛泽东，著有《翻身——中国一个村庄的革命纪实》；我的朋友阳早受我哥哥和《西行漫记》《翻身》等进步书刊的影响，已于1946年到了中国。我受他们以及《西行漫记》影响，对中国的"小米加步枪"产生了浓厚的兴趣，决定到中国去看看"小米加步枪"的人民军队是怎样打败拥有美式装备的国民党军队的。在宋庆龄先生主办的福利会帮助下，我于1948年到达上海。当时正值国民党在人民解放军强大的攻势下节节败退之时，上海真可谓世界的邪恶中心：一边是灯红酒绿，一边是讨吃要饭，"朱门酒肉臭，路有冻死骨"就是上海的真实写照。更加叫人痛心的是，一边是旧上海的惨景，一边是国民党的腐败。正义感促使我更急于去充满希望的解放区，见证共产党追求民族解放大义的行动。1949年3月，在中共地下党的百般努力下，我终于到达多年向往的中国革命的摇篮——延安，并在窑洞里和阳早结了婚。我们被同志们称为漂洋过海的国际共产主义友人、为真理而奋斗的革命伴侣。

《翻身——中国一个村庄的革命纪实》
英文版

《翻身——中国一个村庄的革命纪实》
中文版

在中国找到人生的出路

我和阳早结婚后，便在厂长的带领下，走了两天的山间土路，到达瓦窑堡铁厂工作。由于战争的影响，陕北的农业被破坏得相当厉害，要迅速恢复生产，建设陕北的“好江南”，就得解决农具问题。说是工厂，没有最基本的电、车床，小小的铁钉子都得自己打造，原料也没有。怎么办？工人们把“运输大队长”蒋介石扔在陕北的美国炮弹壳“回炉”，制成适合陕北特点的农具。

化剑为犁。我与阳早在革新小组，和同志们一起搞革新。当年，在洛斯阿拉莫斯的山沟里，有世界上最优秀的物理学家和最先进的设备，搞的是世界尖端科学，推动了原子弹的诞生。如果把搞原子弹与搞农业机器相比，简直是天壤之别。虽然大家生活极其简单，夏天一两套单衣，冬天一两套棉衣，吃的是大锅饭，厂里的设备原始得不能再原始，搞的也不过是生产和改革小农具，看上去似乎微不足道，可陕北的人们精神空前的好，就像歌里唱的——“解放区的天是明朗的天”，我们是在为拯救受压迫、受剥削的人民出力，是为新中国的诞生出力。投入到为人民求解放的时代洪流，这正是我所追求的人人平等的伟大事业，我来中国是找出路的，我强烈地觉得这里就是我的归宿，就是我的新家；我感到我真正找到了一条光明的路，一条获得幸福的路。

虽然厂里大部分同志不识字，可是他们对于世界和国家的大事却比我这种读过大量马列著作及其他先进书刊的科学家知道得更多，懂得的道理也深刻得多。他们早上搞政治学习，晚上搞业务学习，星期六开民主生活会。在这里，“是否有利于人民”是衡量是非的标准，什么事都摆到桌面上谈，不管是厂长还是勤杂人员，谁损害了人民利益，大家都帮助他改正。开始大家对我很客气，表扬多，批评少，认为我这个人还不错，从科学家到普通工人，从美国发达地区到延安革命根据地，是国际共产主义战士；可时间一长，大家和我熟悉了，也把我当普通人，一个标准衡量，对我提意见。我是从资本主义国家来的知识分子，身上存在很多自己察觉不到的弱点，但同志们并不嫌弃我，也不再因我从美国来就迁就我，而是对我非常耐心、热情和负责任。我能接受多少批评，他们就给我提多少，这使我非常愉快。我特别喜欢参加这样的生活会——互为镜子，互相批评，互相鼓励，共同进步。记得我头一次听到批评意见是在从北京到延安去的路上，我坐在解放军拉货的卡车上，过黄河时，一个衣着讲究的人上了我们的车，他一个劲地找我说话，我认为他是在故意显示自己并不高明的英语，感到讨厌，不理他。他下车后，我对司机说：“那人真讨厌。”可司机却说：“讨厌是讨厌。可他也是参加革命的，他也想给人民做好事，如果我们对他态度不好，能帮助他改进吗？”我惊讶极了，我根本没想到我还有帮助他的责任，更没想到司机同志比我这搞原子弹的有觉悟，想得透彻，富有责任心。司机一两句平常的话饱含互善、互爱、互助的深情，道出了我们的目标——不只是要认识世界，更重要的是要改造世界。

在解放区，我得到很多同志的帮助和教育，这使我反思母亲的教育方法。原来我认为母亲的教育是很全面的，可为什么到了中国却有很多简单的道理从未听到过？不错，母亲的教育方法对培养人的独立思考能力有效，但她对社会缺乏分析，缺少高的站位，忽视了教育更为重要的为谁而培养、为谁而用的目标阐述。她的教育目标不清楚，缺乏为人民服务的宗旨。一个人只有确立了为人民服务的目标，生活才有真正的意义，工作起来才有真正的幸福感。

在与旧势力的斗争中受到教育

原来我只是想看看中国的解放区，并没有准备长期住下来，更没有与中国的同志们一起干革命的思想准备。可是，这里有这么好的人民，有正在进行的壮丽事业，我怎么舍得走呢?

1949年秋，蒋介石几百万军队抵挡不住解放军的强大攻势，全线溃败，大片的土地回到人民手中，解放区一天天迅速扩大。陕北成批的干部奔向四面八方，去解放并建设那些辽阔而又贫穷落后的地方。我作为这支建设大军的一员，兴奋地接受了新的任务，与延安光华农场的一批同志到蒙古族人民居住的高原去建立新的牧场——三边牧场，并帮助当地改良牛羊种群。这太符合我那从小就养成的野性子了，也正好可能用上我在小学和中学学到的养羊、喂牛、喂马的知识。阳早就更不待言，他来中国之前就是农场主。我们从延安出发，落脚在城川寨子。城川寨子是个偏僻的小寨子，被沙漠和草原包围着。我们20多个职工即将在这里建设一个崭新的三边牧场，使这里发生翻天覆地的变化。

在路上，我们随陕甘宁边区政府的毛驴运输队一道，赶着光华农场的30多头牛，带上政府拨的建场资金、20多匹布和一些必需物资，在陕甘宁的交界处与其他同志会合。刚解放的中国不仅百废待兴，还危机四伏。在扫除这些障碍的过程中，我逐渐感到了中国共产党的政策和策略的伟大。我深信在共产党的领导下，在人民的共同努力下，建设美好、富强的社会主义新国家的目标一定会成为现实。

在和土匪、暗藏的反革命分子、旧势力做斗争的过程中，我的思想不断提高。那时，解放军主力南下，离我们几百里之外的留守的国民党起义军突然反叛，将鄂托克前旗干部抓了起来，并抢夺老百姓的东西。

为了保卫寨子，夜里阳早和农场其他骨干职工荷枪实弹站岗放哨；我抱着棒球棍严守口子，严阵以待，警惕地望着漆黑的前方，做好随时与敌人交手的准备。那一阵子，和平主义思想一下全没了，我全然置身于白色恐怖之中，置身于前沿阵地。我这个以前连兔子也不敢打的人现在完全敢一棍子击毙敌人，只要有敌人敢从这个口子里伸出脑袋来，我会毫不犹豫地用棒球棍将其消灭。这一件小事，对于用14年打败日本军队、4年打败国民党的中国人民，以及与中国人民并肩战斗的国际友人们来说算不了什么，可对我这样一个从小生活在优越环境中的美国姑娘来说，却是一种深刻的教育。我开始懂得中国人民早就懂得的道理：战争有两种，正义的和非正义的。从来就不是人民要打仗，而是敌人要侵犯，人民只是自卫而已。要搞建设就得把这些叛军、土匪、反动派统统消灭掉。正义战争威力无穷，正义的战争必胜。

1952年春，我看见蒙古族人民踊跃捐献牛、羊和钱物支援抗美援朝，也是这种人民必胜、正义不可战胜的强烈感觉。作为一个美国人，我能站在世界人民的一边，为反对帝国主义的侵略，为建设新中国尽自己的一份力量，激动的心情难以言表，幸福感油然而生。看着眼前人民踊跃支援战争的情形，想着人民必胜的美好未来，我常常感动得落泪。

在依赖群众的实践中从必然王国走向自由王国

1952年的夏天，我和阳早告别了热情的牧民和可爱的草原，调到西安市郊的国营草滩农场工作。1958年，全中国掀起了大建设的高潮。各行各业都开展起社会主义劳动竞赛。我们农场的群众满怀热情，根据畜牧场的特点，提出全年“不坏一斤奶”的目标。为使这个目标得以实现，大家在很差的工作条件下克服了众多困难。那时草滩没有通电，一切都是手工操作；没有汽车，靠骡子每晚把奶拉到城里。

尤其令人难忘的是，大家战胜了渭河突发的洪水。通往城里的路在被洪水切断后，人们在一片泽国中抢运新鲜牛奶，保障了西安城的好奶供应，保障了孩子们吃上好奶。这事对我触动很大，使我更加明白了只有依靠群众才能为群众服务，只有了解群众的困难并帮他们克服，群众的积极性才能发挥。有他们在，有高尚的精神在，有群众主人翁精神的表现，还有什么克服不了的困难呢？我们一诺千金，实现了“不坏一斤奶”的目标。

我离开大学实验室，离开费米高能物理研究所后，就在中国生活、工作，大多数时间在国有农场度过，所接触的大都是普通职工，因为我是从工业发达的国家来的，常带着主观主义去工作，碰到钉子后才想起请教有经验的群众。在三边牧场的时候，我捧着从美国带来的书学做奶酪，做了一年没有成功，才跑去请教有做奶酪经验的当地蒙古族牧民。在草滩养鸭子时，我向书本和当地有经验的人请教，受益匪浅。这些事实让我认识到一个人的能力是有限的，要靠群众的力量，群众有智有才，人民群众中蕴藏着无穷无尽的力量。和他们在一起，我不但政治思想得到了提高，而且业务水平也不断提高。在对铡草机的改造过程中，我的思想觉悟和业务能力都获得了很大进步。

1957年，零件供应不上，铡草机停止作业。于是，我硬着头皮在设备简陋的小小修理间拉开架势，自创自做，像研制原子弹一般认真。边学边干，边改边造，反反复复。经过一天一夜紧张、艰苦的研制，新大臂试制成功了！这一成功，还预示着我们有制造整个铡草机的可能。大家兴奋极了，胆子也大了，个个跃跃欲试——要由必然王国向自由王国来个大飞跃！

1962年，我们不但开始生产铡草机，而且还对苏联设计的机器主部件进行了大胆的改革，使铡草机的效率从每小时4000千克，提高到每小时7500千克。在这个过程中，我感到应用原先学的物理知识搞农机研制，不是大材小用，而是不够用。在工作中，我又学到了与农机制造有关的许多知识，我对农机制造产生了浓厚的兴趣，研制起来像着了魔似的。从那时以后，我们的条件越来越好，制造的产品、配件也越来越多，还成功地发明了青贮联合收割机。

人的幸福到底从何而来

回顾所走过的路，我从小学到研究所不能说不幸福，但比起融入人民之中，与职工群众一起改造整个社会，用双手建立一个没有压迫、没有剥削的美好而富有的新国家，原来的那种幸福观是多么狭隘啊！我想人的幸福不是存在于某种绝对的生活水平中，而是存在于不断地改造世界的过程中。当然，有的人改造世界的目的只是为了自己，但这种靠建筑在大多数人的痛苦之上的幸福不是真正的幸福，它终究会被历史所消灭。

我常常想，老一辈革命家浴血奋斗几十年建立起新中国，非常不易，非常了不得。现在社会主义的根基已经打好打牢，发展的蓝图也已经交给了我们，我们该怎么做呢？最近有人向我提出，全国工作中心转到“四化”建设，我应“归队”，搞高能物理。可是我想，中国现在还很穷，有八亿人在农田里从事繁重的体力劳动，全中国农村平均八个农民才能养活一个人（吃穿）。在中国的四个现代化建设过程中，最基本的问题是用农业机械化解放八亿劳动力的问题。世界上哪个发达的国家不是解决了农业现代化的问题才富裕起来的呢？再说民以食为天，饭碗得牢牢端在自己手里！因此，我虽然热爱物理，但我还是决定搞我认为当前更重要的农业机械化。如果能把四五亿人从农田中解放出来，这四五亿双手将会在社会主义的引导下创造出多少财富！到那时，中国就会很快地富强起来，人民的生活水平也会很快提高，那么四个现代化也就为期不远了。

当然，在创造历史的进程中，会碰到很多困难，但前人能流血牺牲为我们打江山，新时代的青年理当克服一切困难，为世界人民做出更大贡献。我要和中国人民一起为建设新农村而奋斗！

我相信每个青年都能在实现“四化”这个理想的过程中得到幸福。

序二

阳早：不要背叛革命

柯马凯[①]

母亲受邀为本书写序，但她年事已高，力不从心，我就勉力代她谈谈寒春、阳早。

寒春、阳早是我父亲柯鲁克、母亲伊莎白的老朋友，可谓亲密战友。1946年夏天，阳早来到中国。1947年，我父母持英国共产党的介绍信来到中国，目的是观察、宣传中国共产党的土地改革。党组织安排他们到晋冀鲁豫边区的十里店村。那个冬天，寒春的哥哥韩丁和阳早来到十里店，韩丁把老同学阳早（未来的妹夫）介绍给了我父母。1948年，寒春辗转来到即将解放的北平。当时我父母已经在御河桥（现在的正义路）的外事学校教书，寒春住在不远处的华北语言学校，但他们未得机缘相识。不久之后，寒春就去了延安。1952年，寒春挺着大肚子（她怀着长子阳和平）到北京参加亚太和平大会，韩丁把妹妹介绍给了我母亲。当时我父亲在大会上担任西班牙语翻译。这就是我的父母和寒春、阳早的最初相识。此后大半个世纪，寒春、阳

① 柯马凯，祖籍英国，英文名 Michael Crook，中国工合国际委员会主席，京西学校创办人，为中华人民共和国“友谊勋章”获得者伊莎白·柯鲁克的儿子。

早和我父母始终是亲密的同志。

大概是1962年，我11岁那年夏天，父母把我送到西安草滩农场体验农村生活。我在草滩农场度过了童年时代最开心的一个暑假。我看到寒春在搞农业机械电气化，车间里几寸长的高压火花四处喷射；我听和平、建平、及平和农场其他孩子说西安话（比如“我”发音“饿”），跟他们一起到处乱窜；有一次独自远足，实在渴了，就用手捧起小河里的水喝，过几天肚子疼，寒春给我吃打虫子的药，我拉出了几条巨大的蛔虫；阳早骑自行车驮着和平和我到附近的小河或者远一些的渭河游泳，渭河边上的沙滩有断层，我们从一米多高的悬崖往河里跳。农村有广阔的天地，我爱上了农村！寒春曾回忆说，我是她平生见过的最淘气的孩子。长大以后，我在长辈的影响下，加入了中国工合国际委员会，多次跑到贫困的农村，做一些促进农村发展的事情，这种对农村的热爱，都是草滩农场那段美好时光埋下的种子。

1966年，寒春、阳早一家从西安迁居北京。1967年，父亲被造反派带走，后被关进秦城监狱五年之久；1968年，母亲又被造反派带走，“隔离审查”三年之久。我们兄弟三人身边没有了父母，一些故旧担心受连累，纷纷跟我们断绝了交往。在这样的气氛下，有几位老朋友却冒着被连累的风险，依旧关心我们的成长，这其中最突出的便是寒春、阳早夫妇。

“文革”后期，父母被释之后，我决定回英国上大学。临行前，我到寒春、阳早家告别，阳早把我叫到一边，说有私话要讲。我俩走进一个小房间，他对我说：“Don’t betray the revolution!”（不要背叛革命！）老妈对我的嘱托则是：“Sink your roots in the proletariat！”（要扎根无产阶级！）也许在市场经济成为主导的今天，长辈对我的这种嘱咐，很多年轻人已经难以理解。但是，对于他们的执着，我深受感动。虽然我后来选择了教育作为主业，但一直不忘“胸怀祖国，放眼世界”（就我本人来说，“祖国”包括中国、英国和加拿大），不忘农村发展，不忘世界和平事业，这在相当程度上要归功于寒春、阳早。

1973年，到了英国之后，我扎根无产阶级，当了工人，但是目标是上大学。可是因为我是“老初一”，文化水平非常低，所以首先要补习中学课程，以便考大学。我补习的课程包括物理和生物。一年多以后我考上伦敦玛丽女王大学，决定选择双主修：物理学和遗传学。我父亲酷爱文学、历史，母亲则热衷人类学，与物理学和遗传学毫无关系，我为什么做出这种选择呢？

“文革”期间，每周四我们兄弟三人都要到寒春、阳早家里，寒春给我们上物理课。她的教学方式很特别，根本不注重枯燥的基本功，而是讲我们兴趣浓厚的相对论。选用的课本是爱因斯坦讲相对论的一部英文原著，讲课方式也不是单一的老师讲、学生听，而是我们围着桌子读一段，就停下来讨论。桌子上一大沓草稿纸，我们一起画图示意，试图理解爱因斯坦的意思，得出结论。在寒春的启发下，我对物理学产生了浓厚的兴趣。这就是双主修之一物理学的由来。

选择另一个主修专业遗传学则要归功于阳早。阳早一直致力于通过优生改进奶牛的品种，积累了大量有关遗传学的实践经验。阳早很健谈，我们经常谈起遗传学的两大对立派系：孟德尔-摩尔根和拉马克-李森科的学说。阳早对其中原理的讲述也很生动。孟德尔-摩尔根学说认为基因的随机变异是自然选择的基础。他打了个比方：“这块手表，我使劲往地上一摔的话，会发生随机的变异。你说通过这种‘随机变异’，手表运行得更好的概率是多少？”意思是根本不可能。在阳早的启发下，我认真阅读了一些遗传学方面的书，终于走上专业学习的道路。不过，大一还没有读完，指导老师说我选择的两门学科根本不相干，负担太重，应该放弃一门。结果我放弃了遗传学，最终拿了物理学的学位。

阳早感染我的还有一方面，他特别喜欢动手制作和修理东西。西方人喜欢吃烤箱烤出来的肉。当时市场上没有烤箱，他就自己制作了一个小烤箱，得意扬扬地给我们吃西式烤肉。在没有电冰箱的条件下，他们还会自制冰激凌。我的英文名是Michael Crook，自小我爹就说“Michael is good with his hands”（迈克尔善于动手）。这也是因为我受到阳早的感染。后来到美国教书期间，我把地下室变为修理车间，从威尔斯利镇垃圾场拉回被人抛弃的坏家电、自行车、洗衣机等，用闲暇时间修理好了送给有需求的人。有段时间地下室爆满，我数了数，共有17辆坏自行车！可是我的手艺远远比不上阳早，他还会修理古董、硬木家具，修好了看不出一点蛛丝马迹！

寒春、阳早关心国家大事、世界大事。改革开放之前，许多单位经常组织员工进行政治学习，可是有些单位不允许外籍员工参加，我父亲和几位朋友便牵头为在京的外国人组织每周一次的政治学习。这样的政治学习早年在各家轮流举办，大概从20世纪90年代开始，主要在友谊宾馆的一些朋友家，后来国家外国专家局提供方便，给我们提供场地，一直持续到现在。2003年伊拉克战争前夕，我们义愤填膺，要维护和平，就把活动名称改为“Peace Vigil”（为和平守夜）。我们每周二或周三聚一次，大家各抒已见，热烈讨论如何争取世界和平。我们提议“千年发展目标”应该增加一个最重要的第十五项：世界和平。我们认为应该把联合国改造成一个有实力的国际组织，有自己的收入，如可以开征地球资源开采税之类；有自己的军事力量等。寒春还写了一篇文章叫作《第三个超级大国——人民》。直到2010年病逝前夕，寒春一直坚持参加Peace Vigil聚会。

寒春、阳早一生都关心年轻人的成长，在他们晚年生活和工作的小王庄农场接待了很多社会实践活动的学生团队。每当有学生参观，寒春都要亲自带队讲解。他们去世后，小王庄农场先是被确定为“爱国主义教育基地”，后又被中国工合国际委员会设立为“国际主义教育基地”。如今，去农场参观学习的人络绎不绝，每年超过5万人次。希望寒春、阳早的国际主义情怀能继续激励一代又一代的年轻人！

2022年5月11日　北京

目　录

| 第三章 |

从美国农场到红星照耀的地方

| 第四章 |

亲历解放战争，成为合格的革命战士

| 第五章 |

三边岁月，铸剑为犁

| 第六章 |

草滩春秋

| 第七章 |

红星公社

第一章／寒春的家世与童年

人不只有脑，还有手，要让学生全面发展，懂得同时用脑和手去改造世界。

——［美］卡梅莉塔（寒春的母亲）

遥远的世家

寒春本名琼·辛顿（Joan Hinton）①，1921年10月20日出生于美国的芝加哥。寒春的父亲叫泰德·辛顿，母亲叫卡梅莉塔。寒春是泰德和卡梅莉塔的第三个也是最小的孩子。三个孩子出生时间都相隔两年，姐姐珍最大，中文名叫韩珍；哥哥比尔全名威廉·辛顿，中文名叫韩丁。

像很多美国家庭一样，辛顿家族源自爱尔兰，他们的祖辈几经辗转来到美国。

这个爱尔兰世家，很不平凡。

泰德的外祖父名叫乔治·布尔，外祖母名叫玛丽·额菲尔士·布尔。乔治家境平常，通过自学成了伟大的数学家、逻辑学家，曾在爱尔兰科克市的皇后学院担任数学教授。1854年，他构建了一整套新的数学模式，这套模式在当时并不知名，日后却成为计算机逻辑的基础，为当今大数据之基。今天整套"布尔代数"以他命名，使他得到莫大的荣誉。玛丽的叔叔叫乔治·额菲尔士，是著名的大地测量学家，西方将世界第一高峰珠穆朗玛峰命名为Mount Everest②就因为他在测量方面的贡献。

玛丽本人也是数学家，尽管当时女性从事数学研究并不被看好，但她自学微积分并发明了模串几何。

乔治和玛丽育有五个女儿，均在英国长大。那时，英国上层妇女的解放运动要领先于美国。乔治一家的经济状况并不宽裕，但重视教育的家族传统与崇尚自学成才的家族基因在乔治身上灵光四射，他对孩子富养严教，从

① 本书两位主人公寒春和阳早在其青年时期来到中国后方有了中文名，但为了便于行文及理解，全书对其均用中文指称。特此说明。

② 珠穆朗玛峰的标准英语名称为 Mount Qomolangma 。

不娇惯。比如，严冬之下他追着女儿们在雪中奔跑，以求磨炼体力和意志，严厉程度可见一斑。日后，她们大部分成了善于独立思考并取得显著学术成就的学者。三女儿爱丽莎完全继承了父亲的衣钵，对“四维几何学”做出了重大贡献，而四维几何学是后来爱因斯坦广义相对论的理论支柱之一；四女儿露西则成了化学家；乔治最小的女儿，即寒春最小的姨奶奶艾捷尔·丽莲·伏尼契，是作家，小说《牛虻》就是她奉献给世界的佳作。寒春曾开玩笑地说：“我也是一只可爱的牛虻，一生叮在奶牛上。”

教育家妈妈和发明家爸爸

寒春和哥哥姐姐都出生在芝加哥，童年过得如童话一般妙趣横生。直到晚年，寒春回忆起童年，还会显露出浓重的少小时的那份天真烂漫。爸爸妈妈是童年童话的导演和编剧，而他们兄妹则是快乐的小演员。多年以后，当寒春成为新闻人物，每逢记者、作家采访她，她都说：“你想要了解我的话，得先了解我的母亲。”

寒春的母亲卡梅莉塔生长在美国内布拉斯加州的奥马哈，是一位颇具传奇色彩的女性。卡梅莉塔的父亲克莱门特·蔡斯曾担任奥马哈市核心报纸及几家商业报的编辑。卡梅莉塔的母亲卢拉·爱德华兹家族的祖辈早期是欧洲的流放者，搭乘“五月花”号在新罕布什尔州登陆。卢拉接受过良好的学校教育，又生就一副姣好容貌，远近闻名，婚后成为丈夫的贤内助和上层社交生活的好帮手。卡梅莉塔幼小时经常有艺术家、演员、报社记者等人物到家里做客，参加父母举办的聚会。在父母亲身边耳濡目染，卡梅莉塔从小便干练勤奋，喜爱社会活动。相对来说，卡梅莉塔受父亲的影响更大一些。父亲搭乘火车去各地采写新闻，经常问活泼开朗的女儿是否愿意跟随他出去开阔眼界，卡梅莉塔总是欣然一同前往。出于对教育的高度重视和受男女平等观念的强烈影响，父亲坚持要卡梅莉塔接受大学教育，而母亲更希望卡梅莉塔学习料理家务，为将来做家庭主妇打下基础。

青年时代，卡梅莉塔进入宾夕法尼亚州的布林莫尔学院攻读教育学学位。布林莫尔学院久负盛名，在那里她一头扎进刚刚兴起的女性解放运动。作为运动的一部分，布林莫尔学院的女生经常和邻近的男校或男女混校的学生举办周末聚会。一次聚会中的捉迷藏游戏，促成了寒春父母的姻缘。那次，卡梅莉塔碰巧和一位小伙子一同躲在一张床下，这个小伙子就是泰德·辛顿。泰德对卡梅莉塔一见钟情，他直截了当地问卡梅莉塔喜欢什么样的人，卡梅莉塔也不回避，直接回答："喜欢热爱阅读和户外活动的人。"此后每次相见，泰德总是抱着一大堆书。

泰德的确喜爱读书，求知兴趣浓厚，并且对户外活动、对大自然情有独钟，这使得卡梅莉塔对他颇有好感。不过，当纯真热情的泰德正式求婚时，卡梅莉塔没有立刻同意。经过一段时间的思考，她才决定嫁给泰德，并且说："这是郑重的完全自主的决定。"

卡梅莉塔大学毕业后与已经成为自己丈夫的泰德来到伊利诺伊州芝加哥的郊区定居，并在那里投入简·亚当斯（曾获1931年诺贝尔和平奖）创办的赫尔之屋（Hull House）运动。赫尔之屋的性质是贫民福利与教育中心，该运动起源于英国，最初是为在城市贫民区工作的大学生提供住所。芝加哥的赫尔之屋为当地穷人提供服务和活动。另外，亚当斯是创办成人夜校的先驱者，而成人夜校正是继续教育的前身。不久，卡梅莉塔担任了亚当斯的秘书。卡梅莉塔受其影响颇深，不但接受了亚当斯的理念，还矢志从事教育事业。

令母亲卢拉失望的是，卡梅莉塔是当时为数不多的结婚时还不懂烹饪和做家务的女性。卡梅莉塔却不以为然，她认为相对于家务，教育孩子才是做母亲的头等责任，才是更有意义的事。在温内特卡定居下来之后，她离开了导师简·亚当斯，按自己的意愿行事，规划自己的生活，还在家里的后院开办了一所新式幼儿园，首次提出了"玩中学、学中玩"的幼教理念并应用于实践。卡梅莉塔为幼儿园倾注了全部心血，甚至生寒春时有意选在周五催产，以免耽误过多工作日的时间。

卡梅莉塔还做了一件开天辟地的事——创立美国第一所男女混合寄宿制学校，并提出了两个至今仍然适用的教育理念，其一是“在做中学习”，这个理念来源于著名哲学家约翰·杜威；其二是敢想敢做，“如果你在想什么，那就去做吧”，这个理念来源于著名心理学家威廉·詹姆斯。

寒春的父亲泰德则崇尚科学发明，并且是专利律师，热心于为其他发明家争取权益。他热爱孩子，充满童心，了解孩子的喜好。他爱动脑筋，又愿意亲手为孩子制作各式的玩具。他在妻子创办的幼儿园旁边，建造了一个妙趣横生的儿童天地，孩子们最喜欢的是那个可供攀爬的木架。他故意让那木架显得有些摇晃，但实质上很结实，为的是让孩子在玩耍中感受三维空间。这个设计参考空间坐标系里x、y、z轴的布局，深含数学意味而形象有趣，又讨孩子们喜爱。泰德将它命名为“丛林体育馆”。丛林体育馆取得了美国的发明专利权。这个漂亮的发明既给孩子们带来了无穷无尽的乐趣，又开发了孩子们的智力，还给这个家庭带来了长期稳定的专利权收入。

卡梅莉塔和泰德定期带孩子们去户外接触大自然，到郊外远足。泰德说：“郊外是大的丛林体育馆。”有一次沿河散步，哥哥韩丁掉入河里，被妈妈从另一边捞上来。最让兄妹三人开心的事是父亲把小动物藏在腋下带回家给他们玩耍、观察和照料。遵从天性、拥抱自然、开明率真、在实践中学、趣味优先，这是卡梅莉塔和泰德的教育理念。

1923年，正当一家人其乐融融之时发生了天大的变故——泰德去世了！那年韩珍6岁，韩丁4岁，寒春才两岁。卡梅莉塔当时告诉孩子们，爸爸死于腮腺炎和天花的并发症，直到她在90多岁去世前，才将真相说出来——泰德其实是在精神病院上吊自杀的。之前说死于突发疾病，是不想让三个幼小心灵受到残忍事实的伤害。但可以确定的是，三个孩子有关父亲的记忆都是关于玩具、兔子和小老鼠等充满了童趣和爱的事情，总的来说是幸福快乐的。泰德去世后，卡梅莉塔坚强地独自照顾三个孩子，在孩子面前是一个独立自强的形象。同时她非常重视重要的社会关系，泰德去世后，她首先做的是把孩子们介绍给泰德的亲戚并和他们保持联系。1924年，母子四人远涉重洋，乘船来到英国，拜访泰德的姨妈们——玛格丽特、艾捷尔和爱丽莎。那是寒春第一次也是唯一一次见到《牛虻》的作者，尽管印象朦胧，但却给了寒春一生的正面影响。

谢迪希尔小学

当城市迅速向郊区扩张，卡梅莉塔决定举家搬离伊利诺伊州。听说东海岸在哈佛大学附近有一所秉持进步主义教育理念的学校，叫谢迪希尔小学，她立即申请到那里任教。学校了解她，没有面试就录取了。于是，卡梅莉塔卖了芝加哥的房子，带着孩子们搬到了马萨诸塞州的剑桥市。

年轻时的卡梅莉塔

谢迪希尔小学的大多数学生是哈佛大学教授的子女。在那儿，卡梅莉塔发现身边有很多人同样深受杜威和詹姆斯的影响。这是一所贯彻“在做中学”的学校，与自己的教育理念不谋而合，这让卡梅莉塔很高兴。

寒春一家由卡梅莉塔带领，安居在一幢带门廊的大房子里，大家睡在门廊里。孩子们有间公共的游戏室，里面可以嬉戏、玩摔跤。卡梅莉塔有独立的房间。一次，韩丁和寒春兄妹俩得了麻疹，就被隔离在妈妈的房间里。养病期间，韩丁在一张纸上画了一幅画，画的是一个中国人坐在海上的一个盆子里，然后在自己和寒春的床之间系根细绳，通过细绳把画纸传递给了寒春。不知从哪里来的念头，韩丁说："我要去中国。"寒春回复道："我也要去。"

为了获得一些收入补贴家用，卡梅莉塔把剩余的房间出租给寄宿者。因房客都是谢迪希尔的学生，卡梅莉塔很方便和他们沟通，这也使卡梅莉塔有更多机会做教育实验。

值得一提的是，卡梅莉塔在这里还接待了暹罗（泰国）王子。王子准备去哈佛求学，租了寒春家的一个房间，周末还参加寒春家的远足活动。多年以后，王子已经成了国王，韩丁在泰国见到了新的王子。王子说，到美国旅游的泰国人很喜欢拜访寒春家的那幢房子，因为他们的国王曾经在那里住过，特别有意义。

每个假期他们都不闲着。来到剑桥的第一个暑假，卡梅莉塔收拾行囊，带孩子们去南方找泰德的兄弟乔治·辛顿。乔治住在墨西哥的一个大牧场里，里边有大草坪和游泳池。牧场周围是土坯做的简陋小屋，住着乔治的仆人们，园艺师常常挥舞着鞭子驱赶淘气的小孩。乔治是个鳏夫，和三个儿子住在一起，他们比韩珍、韩丁和寒春兄妹岁数大，非常调皮，其长子霍华德，简直是个"小恐怖分子"，时常搞恶作剧，比如捕捉各种昆虫并残忍地把它们钉在地上。

乔治在银矿里当工程师。那个银矿地处墨西哥的南部，偏远且十分荒凉，被当地人形容为是非之地。乔治领着卡梅莉塔和孩子们骑上驴，带些行李去银矿参观。在穿越强盗、土匪出没的山区小路时，常常看到山顶上矗立着墓碑，那孤零零的十字架下埋葬着客死他乡者，气氛恐怖吓人。乔治让卡梅莉塔带着孩子们骑上驴，飞速通过，没有出现状况。后来，他们才知道是乔治向强盗交了买路钱。他们途经的地方炎热难耐，以致这趟南方之旅在寒春记忆里最深刻的不是银矿也不是骑驴，而是孤零零的十字架下密密麻麻的苍蝇，以及一群小孩踩在一头死驴鼓胀的肚子上玩耍的情景。

离开墨西哥后，寒春再也没有听到任何来自乔治叔叔家庭的消息。直到30多年后的1961年春天，寒春意外地收到了堂兄霍华德的来信。当年那个“小恐怖分子”霍华德已经成长为著名的昆虫学家。他在信中说，中国采集了美国当年在朝鲜战场上使用生物武器的证据，霍华德作为细菌战的研究专家，接受中国政府的邀请，已经来到北京，正在调查研究生物战争的影响。

在做中学

卡梅莉塔坚持将杜威“在做中学”的教育理念贯彻到对三个孩子的教育实践中。她尽情地让孩子们自由发挥，在行动中增长知识，在改正错误中进步，甚至鼓励孩子们率性和冒险。

在苏格兰参观城堡时，两岁多的寒春爬到一堵高墙上蹒跚学步，把其他家人吓得半死，卡梅莉塔却只轻声地说：“让她玩，不要惊动她，寒春是在享受墙上攀爬的乐趣呢。”在妈妈的引导下，三个孩子从小就喜欢户外运动，懂得如何避免危险，成了出色的登山者。寒春更为突出，还成了出色的滑雪健将，若没有其他人生机缘的出现，她的人生轨迹很可能偏向体育。

当然，冒险难免要付出代价。直到80多岁时，寒春的手上还明显可见两处伤疤：一处是学用利刃时留下的，还有一处是学弟杨振宁给留下的。

教师拥有更多的假期，寒春一家每个假期便去各处旅行。但无论如何，一家人每隔一年总要到纽约州东南部的卡茨基尔山避暑，因为身兼木匠、发明家和律师的爸爸泰德在那里建了一座木屋。由于家族人口不断增加，卡梅莉塔便在山上买了一栋更大的房子，全家人称它为“亚瑟王宫殿”。

亚瑟王宫殿有三层门廊。在客厅里可以透过第一层门廊看见山的全景，他们在第二层睡觉，而第三层被称为“星星门廊”。在温暖晴朗的夏夜，卡梅莉塔就在“星星门廊”教孩子们辨认夏季星空的特征。韩珍睡在门廊靠外的位置，她竟然在墙上凿了一个洞并装上小门，以便掌握整个院子的动静。

而寒春的床位看不到窗外景色，也看不到院子，因此很羡慕姐姐；偶尔得到姐姐允许，到姐姐的床上，能在寂静的夜晚看看各种动物在洒满月色的后院往来穿梭。

1927年夏天，寒春5岁多，卡梅莉塔在纽约买了一辆福特A型车。“亚瑟王宫殿”地处半山腰，孩子们站在门外，听着母亲开着气喘吁吁的车沿曲折的盘山小路往上挣扎，甚至担心开不回来。那个夏天，卡梅莉塔发现无暇集中精力准备课程，便雇人给孩子们做饭。为了锻炼孩子们，她每天早晨把他们叫醒，给他们准备足够的食物和水，让他们自主去越野。越野结束时，孩子们打电话告知地点，卡梅莉塔就开车去把他们接回。

1926年，5岁的寒春

卡梅莉塔总能设法让“亚瑟王宫殿”的暑假充满惊喜和刺激。三兄妹以及几个剑桥的寄宿生，也能在卡梅莉塔的教育理念和哲学思想光芒的照耀下快乐地发挥想象力和创造力。孩子们精力无限，整个暑假都玩不够似的。

在谢迪希尔上学，必须主动学习，学会动手。

二年级时，卡梅莉塔让学生从零开始，建一整套儿童版村庄。她要求每个学生都独立建一个功能齐全的建筑，如杂货店、邮局、住房、粮仓……寒春的任务是负责建造粮仓。孩子们在木匠和建筑师的帮助下，从设计到测量，从锯木板到钉钉子，全程参与，直至顺利完成。他们还学会了编织毯子，学会了从黏土开始制作碗碟，甚至包揽了室内装修和家具制作。二年级的期末考试很简单，每个学生只要在自己建造的小村庄里住一晚就行。

1928年，寒春升上三年级，依然在母亲的班上上学。三年级学习的一个重要部分，是卡梅莉塔带着全班去波士顿港口野外实习，观察来自世界各地的船舶，观看货轮停泊和卸货。他们由拖船带着四处参观，第一次看到了浮标和灯光导航系统。回到学校后，就在教室的地板上设计和制作港口模型，连活动的拖船都包括在内。

1929年，美国经济萎靡不振，到10月几乎崩溃，进入大萧条时期。而寒春一家比较幸运，他们从哈佛基金会得到泰德的一笔可观的财产。该基金得到大萧条时期少数幸存的银行的支持。当其他家庭都在为基本的食宿需求艰难奔波时，卡梅莉塔却有条件思忖着给孩子和家里的动物们找个更大的房子。她找到一块7英亩（2.8公顷）的地，花了3万美元建筑房屋。这块地上原来的房子和粮仓曾在一场大火中烧成灰烬，只留下惨淡的灰堆。

房子大了，地盘阔了，再加上成群的各种动物，卡梅莉塔想要雇人料理家务。她从众多应聘者中挑选了一个研究生亚瑟·格林。亚瑟主修家禽学，辅修诗歌，卡梅莉塔欣赏兴趣广泛的人，且亚瑟的专业组合令卡梅莉塔很感兴趣。亚瑟对于鸟类的兴趣和了解不亚于所学家禽学的鸡鸭之类，亚瑟的兴趣对寒春的人生产生了深远的影响。

受雇期间，亚瑟每天都要去寂静湿滑的森林里观鸟，只要寒春答应不吵闹，便被允许跟着去。鸟儿与自然万物的和谐组合，让本来就喜爱户外活动的寒春更加陶醉于天地间的神韵，深深地被自然景象吸引——黎明之光温柔地洒满小道，通向鸟儿的栖息之地；无论其他动物和人类对它们如何虎视眈眈，都不会改变这些鸟类的生活和迁徙。鸟儿沿着固有的路线在全世界自由飞翔，这让寒春若有所思。

谢迪希尔小学八年级的课程包括拉丁语。卡梅莉塔和另一个学生利巴·库利奇的妈妈反对教授过时的语言，于是孩子们改选了科学课程，进入了化学、地质学、天文学的奇妙世界。他们学习火焰的性质，绘制冰川形成图，还动手做太阳、地球、月亮模型。

在玩中学

孩子们了解和认知世界是从玩耍开始的，玩是孩子们的天性，是教育的开始。卡梅莉塔断不接受以分数和考试约束、评判孩子，也不愿意让课外作业挤占孩子们玩乐的时间。

韩珍9岁时，卡梅莉塔就让她当孩子王。卡梅莉塔认为，韩珍作为老大能够照顾好弟弟、妹妹。一有假期，卡梅莉塔就让韩珍与弟弟妹妹自主决定去爬哪座山，去哪个山谷探险，鼓励他们广泛接近自然和了解动物。在长满野花的草地上，孩子们和小动物一起奔跑。有一次，孩子们翻过了几座山，傍晚才跑到一个陌生的旅游胜地，好奇心使他们流连忘返，挤在素不相识的游客中畅玩，直到天完全黑了下来才想起给妈妈打电话。母亲几小时后才赶到。由此他们推算对比，得出结论——在山间奔跑翻越，有时比开车还要快些。

卡梅莉塔让孩子们通过玩耍以及和大自然接触，增长见识，培养责任心与勇气。在后来的几个暑假里，寒春一家先后在美国冰河国家公园以及英格兰、苏格兰、挪威的高山旷野留下了足迹。他们徒步穿行冰河国家公园，沿小道走过一间间小屋；在挪威，一家子尽兴地坐在驯鹿拉的雪橇上，在冰川上滑行。

有一年夏天，卡梅莉塔从拍卖会上买了四匹小马驹，仅凭地图引导，便带着三个孩子从剑桥骑马，直奔“亚瑟王宫殿”。他们的牧羊犬小绒球跟在后面，摇头摆尾，俨如一幅吉卜赛人的举家迁徙图。孩子们体会到了从未有

1932年，11岁的寒春骑马上学

过的快乐。晚上路过一家牧场，他们征得主人同意在那里过夜。一家人在牧场拴好马驹，搭起帐篷，买来牛奶和鸡蛋自己做晚餐。那个夏天，孩子们还不了解如何对马进行保洁清理，导致生了鞍疮，却由此学会了骑无鞍马。当鞍疮痊愈后，孩子们跟着妈妈长途骑行去缅因州，拜会卡梅莉塔在布林莫尔学院的同事、同学。那时他们骑马已习惯不用马鞍了。

有了小马驹后，兄妹三人每天都骑马上学。马拴在校舍外面，小绒球睡在教室里。他们骑马穿过拉德克里夫校园，沿着查尔斯河边的沙石小径骑往布拉托大道，也就是今天的纪念大道。

对大孩子来说，原来的马驹太小了。卡梅莉塔给韩珍和韩丁买来两匹大马比利、克莱德。比利是韩珍的马，全身黑亮，马背厚实，头总是高高仰起。韩珍上大学时把马让给了寒春。韩丁的克莱德则相反，背脊细长，头低垂着，一副老实顺从的样子。

小学二年级时，寒春成了妈妈班上的学生。在妈妈班上，孩子们尽量自己动手满足生活和学习之需。寒春还搭建了一个小小羊舍，曾有一次抱着一只小羊羔过夜。

妈妈从不给女儿太多禁忌，而是鼓励她们坚强勇敢，使得生性就好强的寒春充满必胜信心，甚至点燃了她好斗的性子。在谢迪希尔小学时，寒春以好斗著称，她喜欢向男生挑战，常把男生摔倒在操场的泥潭里，被同学们称为“瓦尔基里”（日耳曼神话中的女武士）。

有位新同学麦克，到谢迪希尔学校上学的第一天，班长领着他看过书桌、锁柜、厕所等之后，对他说：“去找一个叫辛顿的女孩，你得跟她打一架。”

“什么？”麦克问道。

“没错。”班长平静地解释道，“每个人都得跟她摔跤，打一架。”

还没等麦克完全反应过来，人群已经让开一条路。寒春现身了。只见寒春甩着辫子，双手叉着腰，虎视眈眈，以宣战的口吻说：“要打架吗？”

“不要。”麦克理智地回答。

“开打！”寒春二话没说，就把麦克摔倒在地，并把麦克的手反扣后背。麦克毫无反抗之力，直到求饶，寒春才放手起身。围观的人群纷纷给寒春让道，然后扶起麦克安慰几句，寒春则像一个凯旋的英雄。寒春喜爱摔跤的习惯，直到新婚后在中国的内蒙古大草原才被压了下来，这里暂不细说。

但寒春有些失望地发现，与聪明的哥哥姐姐相比，自己的阅读速度明显慢了许多。阅读成了她学习的障碍，卡梅莉塔要求她读儿童读物《红羽毛》，寒春尚未来得及看完，母亲向她提问，她却撒谎说看完了。从她含糊的回答中卡梅莉塔听出了问题。于是，妈妈把她叫到会议室进行长谈。从谈话中妈妈了解到，小几岁的寒春在哥哥、姐姐面前有压力，便鼓励她不要紧，逐渐长大就会缩小差距；但妈妈看重诚实品行，一再强调“诚实是最好的原则”。

此后，睡在门廊的每个晚上，寒春总是第一个爬上床，看着母亲特意贴在床头的“诚实是最好的原则”的警句入睡。一次在做串珠子的手工作业时，寒春不知怎么把一颗珠子弄进了耳朵里。一年后感到疼痛，母亲带她去外科医生那里取出珠子，问怎么回事，寒春一时想不起来。等到想起来，又不敢告诉母亲，因为她已经说过“不记得”了，她寻思，要是说又想起来了，这算不算撒谎呢？这个秘密给寒春幼小的心灵带来了心理负担，她还一度为此蒙在被窝里苦恼流泪，随着年龄增长才渐渐淡忘。

国际交换生活实验

寒春11岁那年，卡梅莉塔加入国际交换生活实验项目。这个项目安排不同国籍的年轻人共同生活，旨在通过增强国际交流减少隔阂，避免战争。卡梅莉塔有幸被指定为1933年首次活动的领队。富有远见的卡梅莉塔立即觉得国际交换生活实验是培养孩子国际眼界的极好机会，尽管寒春当时还不到规定年龄，卡梅莉塔仍然把她也带上。

首次活动目的地是德国。一行15个孩子被分别安排到不同的德国人家里住下。那时，希特勒正鼓吹德国人要相信雅利安人血统的高贵。寒春所住的家庭完全不懂英语，她又正当学习语言的年龄，便很快能听懂并说一些简单的德语。

孩子们白天参加集体活动。德国领队是个纳粹，他曾在一次击剑时眼部受伤，戴个眼罩，所以大家都叫他眼罩头。队员们都买了德国自行车骑。眼罩头要求队员像军队一样整齐地行进过街。这种方式对美国孩子来说难以接受，卡梅莉塔也不认同这种军事化的管理方式，她只告诉自己的队员“几点在哪里集合”，便让队员们带着地图到处玩，只要准时到达指定地点会合即可。眼罩头却无法理解卡梅莉塔的领队方式，脑袋摇成拨浪鼓，仍在本国孩子中实行军事化管理。每当他一吹口哨，德国孩子就得按他的命令排成直线。德国孩子非常羡慕美国孩子的自由自在，慢慢地也不服从眼罩头指挥，开始还不可一世的眼罩头，常常被远远甩在队伍后面，可谓威风扫地。

交流项目还算成功。按计划要组织更多的儿童参加，但战争没有丝毫变化，项目也没有因此被阻止。组织者们怀疑不同国度的孩子们相互交流、努力营造的和平大家族、世界一家亲一时难以让好战分子认同。

第二年（1934年）的交流项目还是由卡梅莉塔带队。这次是美国孩子和奥地利孩子共同生活。

随着年龄和见识的增长，寒春有了一定的判断力。她觉得奥地利孩子和德国孩子很是不同，大家一起玩的气氛尤其活跃。活泼的奥地利人常常拿身边死板的人开善意的玩笑，这让寒春乐得合不拢嘴。

一次，他们团队爬阿尔卑斯山，遇到暴风雪，情况紧急。导游听到了头顶岩石滚落的"哗啦"声，立刻大声呼叫大家躲避。孩子们试图四处逃散，但是安全带把他们拴在一起，他们只能平躺在大石头后面躲避滚落的石块，庆幸的是整个队伍毫发无损。

有一天，无拘无束的美国孩子划着小船，沿着摩泽尔河欣赏两岸风光，不知不觉地到了科布伦茨市。本来很轻松的旅行，却被纳粹头子希特勒的演讲弄得气氛紧张，好像周围的气温也在不断地上升。那天，希特勒在摩泽尔河支流萨尔河河谷狂热地巩固自己的权力。寒春他们到达时，希特勒正在做极富煽动性的演讲，听众成百上千。好奇的寒春跟在威格尔斯沃双胞胎兄弟的身后，顺着草坪往山坡上爬。三位美国小朋友居然一直爬到主席台前，近在咫尺地紧盯着希特勒看。寒春看到希特勒演讲时脸部肌肉异常地牵动，觉得不如自己在学校好斗时那副气定神闲的模样好看。

希特勒演讲的煽动性极强。演讲现场的人群狂热地对着讲台高喊："我们的领袖，我们的领袖！"有的甚至泪流满面。寒春和比尔非常靠近希特勒，他们觉得已经能听见希特勒本人而不是经过扩音筒传递的声音。

国际政治风云激荡，世界并不太平。希特勒演讲时，罗斯福也在美国登台掌权了，他试图施行一系列的联邦振兴计划。此时卡梅莉塔已经开始考虑孩子们的中学教育。

第二章／

参与『曼哈顿计划』的女科学家

科学本身没有阶级性，但谁掌握它，它就为谁服务。

——寒春

中学迷上云室

寒春进入中学教育阶段，妈妈依旧是她的老师。

在教育问题上，思想开明的人大多都愿意在儿童教育阶段搞些实验，因而小学阶段的进步主义教育还能为人所接受。而一旦进入中学，大学的入学标准就近在眼前，家长和学生会有意无意地开始为进入名校而追求高分。在当时的美国，布林莫尔学院是女生的升学目标，哈佛大学则是男生的理想殿堂。

卡梅莉塔早就有一个想法：要创立美国第一所实践进步主义教育的男女混合寄宿学校。这个理想抱负，是她送给孩子们的美好礼物，她坚定不移地将其付诸实践。

为了创办新式学校，卡梅莉塔决定周游全国以招募师生，尤其是在她比较熟悉的波士顿附近。她认识很多波士顿的教育家，也教过其中许多教育家的孩子。她为了在筹划奔波的路上有更多收获，同时想把寒春也捎带着让其锻炼一番，但在这件事上，寒春第一次没有顺从母亲。卡梅莉塔希望寒春打扮一番陪她前往纽约招生，寒春当即拒绝，与其为了去一个大城市打扮得衣冠楚楚，她宁愿留在家里喂马。

当时，美国经济处于大萧条阶段，尚未走出低谷，不少人急盼就业。卡梅莉塔称心如愿地找到足够开办一所学校的思想活跃、态度认真并急需工作的教师。

在大萧条的背景下，创办一所中学这样的浩大工程，被很多人看作是异想天开。然而，没过多久，学校竟然破土动工了。校址定在佛蒙特州帕特尼小镇。那里原有一所停办的舞蹈学校，学校的业主——两位老太太十分欣赏卡梅莉塔的想法，更不愿眼睁睁地看着舞蹈学校的地盘就此荒废。卡梅莉塔终于如愿以偿！

卡梅莉塔给学校取了一个依从地域性的名字——帕特尼，并亲自面试每一名申请入学的学生。卡梅莉塔挑选的学生都对特色课程兴趣盎然。对卡梅莉塔来说，考分和操行评语远不如学生对冬令营的爱好更重要。不过，帕特尼毕竟是一个私立男女混合寄宿学校，学费虽然不高，对普通家庭来说仍然昂贵，多数学生来自中上层的白人家庭。后来，帕特尼提供的奖学金数量有所增加，但学生的社会背景构成很久之后仍然没变。庆幸的是学生都兴趣广泛，并富于探索精神。

第一学期开始前，师生组成夏令营，建造男生宿舍和学校农场。舞蹈学校原有的建筑物很少，但师生们很快就建起了更多的教室和一个食堂。

此时，韩珍在韦斯顿完成了高级中学的学习，并在当年秋季考入佛蒙特的本宁顿学院。她十分支持母亲创办帕特尼学校，顶着烈日参加学校繁忙的暑期活动。韩丁在高三时进入帕特尼学校。当毕业临近时，他们年级全体决定推迟一年毕业——因为他们实在太喜欢这个学校了。寒春作为第一届学生，她的整个中学时代都在母亲创办的新式学校度过。

自己搭台自己唱戏。帕特尼学校给了卡梅莉塔充分实践自己教学理念的可能。帕特尼是她的学校，她自任校长，必须对重大事务做出科学决定，并亲自掌握学校的运作方向、办学宗旨和课程设置。她相信，教育是一种权利，有机会获得这一权利的人，同时应承担改变社会的责任。她希望把学生塑造成有能力、富于创造性、诚实的社会人。晚年的寒春说：“母亲从未对自己的教育方法进行书面系统总结。我觉得帕特尼学校的基本信条是：第一，在做中学习；第二，不怕艰苦；第三，诚实和真理高于一切；第四，世界由你的头脑和双手建造；第五，教育者并不比劳动者更高明。”

寒春自主学习能力超强，从小就养成了做笔记、上图书馆查资料、向自然学习、向身边人学习、爱动手做事与总结提高的习惯。

帕特尼的学生有一门必修课叫劳动，学生们可以尽情地体验劳动的乐趣。作业如同书本学习，在课堂内完成。每天下午都有劳动课，由懂技术、富有劳动技巧的成年人指导。寒春和同学们要做伐木、挤牛奶、割草等劳动项目，冬天还要驾雪橇去收集挂在枫树上的枫糖浆。像韩丁、寒春和韩珍负责打扫房间、照料自己的小马一样，帕特尼的学生都要负责料理整个校园、谷仓和厨房等。不过，帕特尼中学的课程里却没有任何关于烹饪的内容。这也许是卡梅莉塔自己就不曾学过烹饪的原因，她认为女生结婚后再学也不晚。

兴趣和乐趣是最好的老师。在帕特尼中学的课堂上，所有寻常的课题都以让学生们兴趣盎然的方式呈现。寒春的化学老师——同时也是几何老师——给她留下了深刻的影响。在这位老师的课堂上，寒春深深地迷上了威尔逊云室及其展示的带电粒子轨迹，想象着那肉眼看不到的微小的粒子怎样像喷气式飞机那样组成无声的轨迹。在寒春的老师中，这位化学老师是唯一夸奖她并给出准确评价的老师，这对寒春的一生至关重要。他对卡梅莉塔说：“寒春有一个很适合科学研究而不是文学创作的脑袋。”

寒春一向被视为是哥哥和姐姐的跟屁虫，现在终于在化学老师的肯定中找到了自己的天地，找到了自己的方向和自信。她甘之如饴，梦想着成为出色的科学家。这可能是帕特尼中学成功办学的范例之一。

卡梅莉塔的教育理念还有一点与众不同——反对以考试和分数衡量学生。帕特尼中学的学生不必在课后作业和考试准备中煎熬，学生毫无负累。老师们虽然没有过多的作业要批改，但晚上需要指导学生自学，包括开展关于音乐、艺术和手工等内容的兴趣项目。寒春每周有两个晚上跟化学老师夫妇学习小提琴和参加四重奏，还有一个晚上参加其他艺术活动。这样开放、自由的学习氛围堪比大学。

二战改变了人生轨迹

卡梅莉塔十分看重学生的身心健康并切实付诸实践。她让学生们在周末远足，特别是野营、登山和步行。滑雪是帕特尼中学压倒一切的冬季项目。

1933年，寒春坐雪橇上学

卡梅莉塔很早就涉猎各种体育运动，早在波士顿时就带领三个孩子滑雪。一到帕特尼，恰逢各学校组织滑雪队，帕特尼中学自不待言，积极参与，其滑雪队非常出色，始终在地区校际竞赛中名列前茅。寒春由此获益，成了滑道上的健将。

华盛顿山的塔克曼谷是滑雪爱好者的天堂，它坐落于新罕布什尔州的一角。冬日的周末，帕特尼中学的滑雪队便带着睡具、帐篷等户外必用品，挤上学校的大红卡车，向山顶进发。那时那里还没有滑雪缆车。当然即便有，那也不会是帕特尼中学学生的选项。队员们步行上山，把雪橇扛在肩上，鞋底绑上防滑的海豹皮踏雪而行。他们自己做饭，挤在只有三面墙的简易房里簇拥着入睡。后来寒春回忆说："山上极冷，同学们紧挨着才能御寒，才能挨过漫长而寒冷的冬夜。美国不讲男女授受不亲，挨得有多紧呢？要是想翻身，你必须先坐起身来、转身，然后再挤回自己的位子。"

障碍滑雪是寒春的拿手好戏。在塔克曼谷举行的一场滑雪大赛中，滑雪教练对寒春说："格雷西·卡特是一位冬奥会滑雪队员，也会参加这次比赛，你试试能否击败格雷西。”

结果出人意料——寒春赢了！

1942年，21岁的寒春（右）与同学在挪威的冰川野营

1943年，寒春在美国威斯康星州参加滑雪比赛

1940年的冬奥会资格赛，于1939年在佛蒙特州的曼斯菲尔德山举行。帕特尼有两名学生取得了预赛资格：寒春和玛丽莲·肖。学校提供给寒春部分资金，妈妈也给了一部分，寒春与玛丽莲一同前往，跃跃欲试。在此之前，寒春从未在这么大的山里滑过雪，而且滑雪降速赛是她最害怕的。但是，她站上曼斯菲尔德山顶，俯瞰阳光雕刻出的起伏雪道，便不顾一切地冲了下去。滑道是如此漫长，滑降是如此费力，她不断使用“舍身倒”技术以让双腿得到休息。障碍滑雪就是另一回事了。通过实地考察雪道和布局，障碍滑道向寒春完美地展开。就像水滴在重力牵引下飞落，她轻盈地飘过了雪道，名列前茅。

若不是第二次世界大战爆发，她将于来年在冬奥会上大显身手。

没能参加奥运会，寒春和队友一起去了普莱西德湖，同加拿大队比赛。经过巧妙的观察，寒春在障碍滑道的第一面旗处停下，对准终点，而后几乎以直线轨迹滑完了全程。最后，她在滑降和障碍滑雪项目中均获得第二名。

在几乎所有的活动和教学中，卡梅莉塔都没有把女生和男生特别分开，寒春表现得更像男生。但目睹女儿在学习和玩耍中的表现，她有些担心自己抚养女儿的方式有点出格了。为此，有年夏天，卡梅莉塔让寒春参加科罗拉多泉的一个舞蹈夏令营，想以此让她变得优雅些，变得更有女人味一些。

正巧的是，卡梅莉塔的姐姐海伦娜恰好住在科罗拉多泉，还有一匹马，那匹马成了寒春的坐骑。这个巧合适得其反，寒春没有把时间花在踢踏舞上，而是在驯服海伦娜姨妈的马中，度过了一个逍遥的夏天，不仅没有优雅起来，反而愈加野性了。

尽管帕特尼中学的教学实验和进步主义哲学自有其价值，可仍然承受着面向精英大学输送新生的巨大压力。毕竟学生来自富裕家庭，而这些家庭把子女送到帕特尼中学也承担着一定风险。卡梅莉塔向社会证明了，教孩子学会思考要比教他们为升学而奋发拼搏更有意义。没有家庭作业，更没有大学预科课程，帕特尼中学的学生却成群结队地进入了常春藤名校。

危险的核武器研究

帕特尼中学的化学和几何老师认为，寒春有一个“很适合科学研究而不是文学创作的脑袋”。老师的评价令寒春印象很深，甚至影响了她的人生走向。寒春越来越喜爱工科，研究兴趣勃发，逐渐起了做科学家的念头。

大学生活是一次庄严的人生预演。寒春1939年进入本宁顿学院。在这所大学，她对自然科学的兴趣得到了满足和发挥。

学校要求学生在大学期间完成一个研究项目，寒春选择制作云室。她除了在课堂学习理论，课余还去校外找老工匠学习使用车床和铸造零件。此外，还去康奈尔大学观察云室是如何运作的。康奈尔大学研究加速器的教授和学生不因寒春是外校生而排挤她，相反，大家热情地教她。大二时，寒春成功设计制作出了自己的云室。在两所大学游走学习，让寒春受益匪浅。大

1940年，19岁的寒春（左）在粒子实验云室观察粒子轨迹

三时，寒春被告知，她已把大学课程相关的核物理知识都学完了，下一步可以去读研究生课程。

寒春立即申请康奈尔大学物理系，但未被录取。那里的学友告诉寒春，物理系的大人物只因她是女性才不录取她。寒春又一次因女性身份受到打击，体会到男女不平等无处不在。

风华正茂的寒春散发着天然的妩媚与自信，而骨子里多半是倔强和豪迈。她对男女不平等十分不满，同时也不屑女性的过度打扮和矫揉造作。大学毕业典礼应当正装出席，母亲卡梅莉塔为此带来一双高跟鞋，让寒春穿上，以体现女性的优雅高贵与婀娜多姿。穿着高跟鞋的寒春很不自在，典礼一结束，就脱下一只鞋扔到远处。她不顾母亲的呼喊，接着又脱下另一只扔掉，并转过身对母亲说：“这就是我对穿高跟鞋的看法，我绝不会再穿它们了！”这是寒春一生中仅有的一次穿高跟鞋的经历。

第一次考研的挫折并没有打消寒春的科学家梦想。1942年夏天，寒春考入威斯康星大学，并获得奖学金。作为回报，她必须义务在系里的两个实验室辅助授课。不愉快的遭遇又来了：研究生们成立了一个俱乐部，但不许女性加入。

接下来发生了奇怪的事。1944年，有一段时间，她的大学同学一个个消失得踪影全无，没有人知道，也没有人解释到底发生了什么事情。终于有一天，寒春收到一封寄自康奈尔粒子回旋加速器小组同学的信和表格，说他们那里正在忙于一个军事科研项目，问她是否有兴趣加入。寒春喜出望外，迅即把收到的表格填好，寄回给加速器小组的同学。

不久，一份通知寄到寒春手里。寒春把通知给学校主管看，主管兴奋至极，因为战争时期，美国各高校最好的学生才会被召集参加军事科研项目。学校巴不得把优秀学生送出去，除了有助于赢得战争之外，还可以为本校争光，提高学校的知名度。主管破例提前安排了寒春的硕士论文答辩会，并以寒春大学二年级威尔逊云室的论文为凭，授予寒春硕士学位，让寒春提早获得硕士学位，以便她到新墨西哥州的洛斯阿拉莫斯参与国家实验室的科学研究。那是正在进行的最尖端的理论和实践项目——核武器研究及制造。

当寒春知道这个项目的机密之后，她进入了“被囚禁”的状态。不久，那两个将她从威斯康星地下室召唤过来的同学霍洛维和巴切尔找到寒春，将她带到一个密室。霍洛维说：“这里的工作是用铀和钚制造原子弹。”巴切尔说：“我们不叫它炸弹，叫它‘小玩意儿’。”这是寒春人生中第一次听到原子弹这个词。

第二天，工作人员给寒春分配了一个房间，并告知军用食堂的位置，同时给了她一个写有“H44”的白色徽记。职员脖子上佩戴的徽记分为两种颜色：白色和蓝色。戴白色徽记的是科学家，可以阅读所有机密文档；戴蓝色徽记的是军方工作人员，不可阅读机密等级文件。

试验场位于高地顶部，约有1.6千米宽，按工作类别划分为不同的区域。科技区包括巨大的机床厂房，里面有成排的车床和磨床；另一个区域负责爆炸研究，因为当“小玩意儿”最终制造出来时，需要有正确类别和适当数量的炸药将之引爆。

寒春所在团队的任务是制造人类史上第一个浓缩铀发生器。因为实验非常危险，所以他们被安排在一个峡谷里工作，如果发生严重意外，其他人员就可以与大爆炸隔离开来。在营地顶部一栋建筑的墙上有一块木板，上面挂满峡谷研究组的车辆钥匙。上班时，他们只需随便抓把钥匙驾着卡车或轿车下去。寒春则顺着边上的岩石走下去，而不必麻烦地开车上下班，因而时常和他人在山谷里相遇。

在洛斯阿拉莫斯，著名科学家费米是研究团队的总负责人。寒春和同事鲍勃·卡特负责高能反应堆工作。反应堆运行后，他们负责清理反应堆产生的毒气。当时寒春还不完全了解辐射对人体的危害。体检时，寒春的红细胞数和白细胞数明显偏低，大家认为是过量的辐射所致。

快速反应器组用钚作为内核，对钚进行各种实验。一次，哈梅尔将一些钚放到水里，然后将水倒掉，钚立刻变成紫色，开始核裂变！哈梅尔迅速放下手中的容器，惊魂失魄地吼叫着："大家离开！"

事后，哈梅尔被送到医院住了一段时间，活了下来，但头发明显掉了许多。

快速反应器继续使用钚进行实验。由大量氢原子组成的石蜡可以将中子反射回中子源，实验组就用石蜡将钚包起来观察其反应，分析核裂变的临界点，探究核裂变是否可能引爆整个地球的大气层等课题。这危险的实验被寒春称作是"摸老虎屁股"。

一天，哈里·达里安把钚上的一片石蜡碰掉了，钚变成紫色，哈里·达里安立即双手麻木。寒春马上开车送他去医院抢救。一个月后，哈里·达里安死了。他是原子辐射的首个受害者。

这是极其危险的前沿工程。寒春成为第一个参加核武器制造的女科学家。

费米是寒春最尊敬的老师。

出生于意大利的费米是一位传奇人物。他青少年时代桀骜不驯，同时表现出了超越常人的才华。幸好，他遇到了谦虚、开明的普齐安老师。普齐安

哈里·达里安（右）——世界上第一个因原子辐射去世的人

了解到，费米掌握了课堂所教的全部知识，还学习了好多课本外的新学问，于是他把费米请到家里，说："费米，你博闻强识，给我讲一点物理学方面的新知识吧！我孤陋寡闻，而你是头脑清晰的思想家。"费米谦虚一阵，见老师诚心诚意，便答应了，给老师开了一门关于爱因斯坦相对论的课程。1922年7月，费米以优异的成绩获评物理学教授，并在居里夫人研究的基础上发现了慢中子铀的人工衰变现象，由此1938年获得了诺贝尔物理学奖。他参加并主持第一个原子反应堆的设计和试验，成为曼哈顿计划的总负责人。

费米的渊博知识和人格魅力影响了寒春。费米给寒春安排了一项管理盖革计数器的工作，寒春觉得此项工作枯燥无味，一度心情不好，以致出现不正常的测量结果。费米看出来是寒春不专心所致，但并没有直接批评，而是开玩笑地称其为"辛顿效应"。聪慧敏感的寒春从导师的说笑中理解到了数据的重要和问题的严重，受到触动，此后都注意到做事严谨的重要性。

寒春跟随费米学到先进的思想和理论。寒春晚年回忆起这段时光时说："费米是一个完美的老师，能从实用角度理解最复杂的各种理论。他毫不犹豫地砍掉大量不重要的冗繁细节，把抽象的物理学变成活生生的现实。只有真正懂行的人，才可能将事物表达得极为简单，连门外汉都听得懂。”

“原子弹究竟给人类带来了什么？”

美国西部新墨西哥州沙漠地带荒无人烟。1945年7月16日，沉寂的洛斯阿拉莫斯天空突然红光闪耀，紧接着升起蘑菇烟云，天空一会儿耀映成橘黄，一会儿呈现暗紫色，之后传来地动山摇的声音——世界上第一颗原子弹爆炸成功！

在这个环境里，年轻的姑娘寒春极有希望成为优秀的核物理学家，甚至竞逐诺贝尔奖。但是她的内心充满了矛盾。

寒春和卡特主要负责高能反应器，不必亲临阿拉莫戈多试验场，但会错失近距离观察实验的机会，这是寒春不能接受的。幸好，金·克斯特和其他朋友给寒春和卡特画了一张详细的路线图，在上面标明了如何到达距离爆炸地点40千米外的小山，在那里可以安全地实地观察。

爆炸之前的周末，寒春去看望了在奥本海默小屋里度假的妈妈和姐姐。由于被要求严守秘密，寒春只是打哑谜式地对姐姐提及，如果她在16日早上很早很早起床，也许能看到某个奇特的现象，然后就此戛然而止，没有透露其他任何内情。

卡特有辆摩托车，而军方工作人员斯基茨有辆双座敞篷车，他们一行四人驾驶车辆，在7月的那个下午悄然来到阿拉莫戈多沙漠，在离军事基地最近的小镇等到黄昏。其间，有军用吉普不断来回巡逻，他们只能关着车灯静候自己与导师、战友用心血甚至生命换来的历史性时刻早些到来。

他们到达路线图上所标示的山崖，就把摩托车和汽车藏在灌木丛中，踮起脚尖往南方遥望。点爆的试验时间定在午夜。午夜来临，又过去了，南方像墨一样黑。他们不时感到有雨丝飘洒，旋即消散。

东方的地平线渐渐发亮，黎明到来了，还是没有动静，空气凝固了似的。

突然，天空骤然全亮，亮得刺眼，突如其来的光如此强烈。寒春感到光好像是从海底升起，霎时宇宙间都是耀眼的光芒。慢慢地，又像有巨大的磁铁在吸收，光亮猛地缩回到紫色的云团里面去了。云团像燃烧的巨大无比的油桶，外面黑色，里面紫色。作为局内人，寒春心里明镜似的，那些颜色统统是有毒的致命颜色！那紫色云团继续上升、上升，顶上温度极高，把云层都蒸发了，天空只留下一圈完美的蓝色；那紫色云团径直向上，圆柱顶端像积云，有着日出般的颜色，红蓝交汇，而底部黑夜重现，沸腾的紫色留在最底部，牢牢地托住整个紫色的云团。

空中色彩耀眼，世界依然万籁俱寂。突然，“砰”的巨响传过来，那声音难以置信的尖锐。它来自40千米开外，整个大地剧烈震动。由于地处山谷中，声音一直回荡不绝，如巨雷“隆隆”作响……

强光，巨响，高热，辐射——原子弹爆炸试验成功了！

由于亲身参与了这项工程，寒春和朋友们激动异常，两年来头一次放声讨论。然而环顾四周，寒春发现并不只有他们在这石山上，还有十几个人也藏在附近，他们来自基地的其他部门小组，都是按“路线图”来到这里的。

一切都在秘密地进行！科学家们都知道他们创造了一个可怕的“小玩意儿”。

1945年下半年，第二次世界大战正在激烈进行，侵略者到了穷途末路，但日本军国主义者痴心不死，困兽犹斗。

世界主流舆论以及拥有强大话语权的美国总统杜鲁门，主张给日本以毁灭性的打击，尽快结束给世界人民带来巨大灾难的战争。军方为科学家们成功制造了原子弹而欢欣鼓舞，希望它的威力在战场上得到验证，一些人甚至担心战争结束前没能使用自己国家缔造的新式武器。不久，美国决定在日本投放原子弹！

“为了观察原子弹的全部投放效果，军方预选了三个日本城市作为投放目标：广岛、小仓和长崎。最后没有轰炸小仓的原因是，小仓上空有太多的烟尘，不利于美国空军确定目标。”2008年，寒春参观日本广岛和平纪念馆时如是说。

1945年8月6日8时14分，日本广岛上空掀起了震惊世界的爆炸和强烈的冲击波，一时间烈焰万丈。十几万生灵在刹那间灰飞烟灭，包括关押在广岛监狱的美国战俘。

三天后，长崎遭到了与广岛同样的命运。

8月15日，日本宣布无条件投降。

原子弹的轰炸在美国和世界科学界均产生了巨大震动，在洛斯阿拉莫斯也掀起了轩然大波。有些科学家想从军方手中夺回这个他们创造的不是“小玩意儿”而是“怪兽”的东西；有些科学家甚至主张再使用原子弹去征服正在膨胀的苏联；有些科学家则回避政治问题，想继续他们的科学研究。

寒春则有着独特深沉的思考。十几万人瞬间蒸发，其中包括无数妇女和儿童。这两颗魔弹，一下子把寒春惊呆了。正处科学王国筑梦年龄的寒春，感到难言的疑惑、愤怒和痛苦。24岁的她在极度矛盾的痛苦中挣扎——参与制造原子弹，难道就是为了这个吗？原子弹究竟给人类带来了些什么？

1945年8月23日，克里希等九位科学家联名发出通告：“8月30日上午在2号剧院开会，请同意下述观点的人参加会议：有强烈意愿要组成一个科学家组织，这个组织的首要目的是将科学技术进步用于有益于人类的地方。关于未来原子能使用的意见正在商量当中。科学家们有必要成立组织来表达自己的观点。”

寒春和很多同事参加了这次会议。当天晚上，他们组成了洛斯阿拉莫斯科学家协会，目的是争取平民对原子能的控制权。

新成立的协会定期聚会，讨论当前问题，制订行动计划。他们做的第一件事，是收集原子弹爆炸后熔化的沙子样本，将之命名为“天地人晶石”，由寒春把它们装进透明塑料盒子里，寄给美国人数较多的几百个城市的市长，并附上字条："你们希望自己的城市变成这样吗？为平民控制原子能而奋斗。"其出发点无疑是世界和平和劳动者的利益，但原子弹造成大量平民死亡并威胁到人类安全是不争的事实，这使寒春心痛如绞。直到2008年寒春访问日本时，手里拿的仍是1945年核爆炸熔化的沙子样本。

关于美国使用原子弹轰炸日本的必要性和正当性争论不休。第二次世界大战结束不久，洛斯阿拉莫斯的科学家协会解散了。一些人回学校学习或教书，一些人继续从事研究。

正在寒春郁闷之时，芝加哥大学的阿里森和费米一起创办了核物理研究所。费米问寒春："你为什么不到我们这里来呢？"费米和阿里森给了寒春一份加速器助教的职位。在导师这里没有男女歧视，寒春觉得男女平等犹如阳光温暖人心。她没有理由拒绝导师的诚邀，再次进入了核物理的尖端研究领域。

这个核物理研究所学术氛围很浓。费米组建了一个晚间学习小组，晚饭后，小组成员聚在一起研究讨论各自感兴趣的物理学问题。这个被费米称为"娃娃物理学家"的小组成员有寒春、欧文·张伯伦、爱德华·泰勒、利昂娜·马歇尔以及杨振宁等。

寒春不仅获得了奖学金，而且换到大办公室，同当年在飞机上记录和拍摄广岛、长崎原子弹爆炸实况的同事哈罗德·阿格纽同室办公。寒春期待着不断创新研究成果，并准备1948年参加博士学位的论文答辩。

但是，寒春对项目越来越封闭十分困惑。比如，他们的加速器实验室需要重水，但是一点都无法得到。而学校大厅对面一间屋子里就堆满了成箱的重水。他们眼睁睁地看着这些重水运往国家核物理实验室，用于军事实验。

寒春还看到，当年一起为争取平民对原子能的控制权而呼吁的科学家们，都忙于发表各自署名的论文，而且互相嫉妒。

寒春反思原子弹究竟应该为谁服务之时，她又了解到，自己在核物理研究所的奖学金是美国海军提供的。这就是说，她的工作实际上受军方控制。这是纯粹的科学事业吗？致力于纯粹科学的她开始觉醒了。

为了解除心中的烦恼，认清周围发生的事情，她开始和朋友们讨论一些严肃的问题。可是，不久，有人警告她：不许同外人谈论原子弹和研究所的事情，当心被别人利用。自己的行动、谈话都有人干涉，这难道是自由和民主吗？寒春心中的问号越来越多，越来越大。

原子弹的魔火、妇女儿童的惨死、美国军方对科学的干涉，在寒春的脑海中一幕幕映现着、翻动着，多年来走纯粹科学道路的幻想破灭了。寒春晚年回忆当时的情形说：

> 那是一种孙悟空跳不出如来佛手掌的感觉，你拿了海军资助的奖学金，就得听命于军方。良心不允许我继续，这违反了自己的初衷，初衷不可违。我献身纯核物理的理想动摇了，土崩瓦解了，化为泡影了。于是下决心，愤然离开自己心爱的物理科学研究，尽快去中国。当然，如果在中国所见所闻也不满意，再回美国完成学业也不迟。

姐姐、哥哥是引路人

为什么寒春当时会想到去中国？这是因为受姐姐和哥哥的影响。

在寒春家的孩子中，姐姐韩珍是老大。1949年，韩珍从本宁顿学院毕业走向社会的第一份工作是在华盛顿特区的农业安全管理局任职。这个机构的宗旨是帮助处于贫困状态的美国小农自救。工作中，韩珍逐渐被身边的进步力量所影响，成为美国共产党员。作为大姐，韩珍经常给韩丁、寒春以及后来成为妹夫的阳早讲述世界大事，带给他们《共产党宣言》《红星照耀中国》《农民真相》等进步书籍一起阅读、讨论。有一部小说《愤怒的葡萄》让寒春印象很深。这是美国小说家约翰·斯坦贝克发表于1939年的作品，描写20世纪30年代美国经济大萧条期间大批农民破产、逃荒的画面，深刻反映了美国农民的血泪、愤慨和斗争，是美国现代农民的史诗。受这本书的影响，寒春更深切地关注和同情农民。在大姐的引介下，寒春还有机会与《农民真相》的作者来往交流，结识有影响力的美国左派人士、国际工人协会成员，如农会领袖阿奇莱特等人。

寒春晚年回忆说：

姐姐是我的思想启蒙者、政治教育启蒙者。在研究加速器和制造真空系统时，阅读姐姐寄的《红星照耀中国》等书籍，觉得姐姐的工作刺激有趣，也幻想以自己喜欢的物理学为社会服务。

寒春的另一个引路人就是哥哥韩丁。

当韩丁完成第二个高三学业并被哈佛大学录取时，卡梅莉塔建议他推迟一年入学，先去认识世界。于

《共产党宣言》《红星照耀中国》英文版

《愤怒的葡萄》英文版封面

是，风华正茂的韩丁怀揣十美元就出发了。母亲鼓励韩丁远游，他便把目标锁定在亚洲，一路搭车穿越美国大陆，之后登上一艘由美国开往日本的运输船，找到一份清洁工的差事。三次往返太平洋，韩丁惊奇地得知，日本运载的金属边角料是用来制造征服中国的武器——韩丁后来把这看作是日本侵华战争中的一部分，并深感愧疚。结束游历，韩丁进入哈佛开始大学学业。不久，他又转入康奈尔大学学习农业。二战时期，韩丁曾经希望参军，但体检医生发现他的左耳有问题，不适合战场作战。1945年，26岁的韩丁以美国战争情报处分析员的身份来到中国。到达重庆时，适逢国共两党谈判。在难得的机缘巧合下，韩丁见到了毛泽东和周恩来。

毛泽东问韩丁："为什么来中国？来中国之前是搞什么的？"

"我康奈尔大学毕业，搞农业的。"韩丁向毛泽东简要地介绍了自己的情况。毛泽东很感兴趣，问了韩丁一连串关于农业的问题，韩丁却一时回答

1939年，寒春（左）与哥哥韩丁、姐姐韩珍

不上来。他心里想，毛泽东眼界开阔，知识渊博，真了不起，以后同毛泽东谈话可得做好准备！

1947年，他在山西的北方大学教英文，以观察员身份亲历了山西长治北郊张庄的土地改革，做了大量笔记。翌年，他又随联合国善后救济总署（以下简称救济总署）到冀南，为解放区恢复生产培养第一代农机人员。

经过国内外的游历、观察，阅读红色书籍，结识左派人士，以及对世界的思考，韩丁逐渐成长为共产主义者，对寒春了解和向往中国起到了重要的作用。

寒春想去中国，便开始学中文。她的第一个中文老师是杨振宁。

寒春和杨振宁是同学、同事。1945年，杨振宁考取清华大学后赴美留学，在费米核物理研究所学习、工作。杨振宁清楚地记得，他和寒春是1946年1月2日认识的。两人同修费米的课程。那年秋天，两人又同在阿里森教授的实验室做论文，寒春前脚到，杨振宁后脚来，同在一室做实验，就更加熟识了。

杨振宁头脑聪明，但当时动手能力还欠点火候。1971年，杨振宁第一次回到新中国，和寒春在山西大寨不期而遇。寒春见老同学的第一句话就是："你差点儿把我给电死了！"

关于那段经历，后来杨振宁回忆：

> 那时我们同在一个实验室当学生，阿里森教授要建造40万伏的加速器，那个加速器在当时算是不小的了。实验室有两间房子，一间是加速器，一间做研究工作。控制系统在研究室房间里，寒春在加速器那边，站在木质平台上，手还抚在圆形表面上。正在这时，我走进实验室，没看见平台顶端的寒春，便拧开了旋钮，40万伏电压致使平台表层烧穿，电流狠狠地撞击寒春。幸亏寒春是手背挨着半球（这是寒春为保护自己养成的触接导体的习惯），电击瞬间，肌肉条件反射，手离开了半球，人也退了几步。感谢那一习惯，寒春才没被电死，但胳膊上留下了明显

的伤疤。

1947年春天，寒春突然跟杨振宁说："Frank（杨振宁的英文名字），你能不能教我中文？"杨振宁欣然应允，教的第一句是："这是一支铅笔。"

不久，寒春收到好友阳早从中国寄来的信。寒春下定决心——去中国。

第三章／从美国农场到红星照耀的地方

（延安的）每个人都在为共同的目标而工作，我强烈地意识到我融入于宏大的事业之中，作为全世界普通大众中的一员，我找到了家，回家了，那是一种享受，十分神奇。

——寒春

农民的儿子

阳早，英文名埃尔温·恩斯特（Erwin Engst），生于1918年11月9日，其父亲弗雷德、母亲埃德娜都是德国后裔。19世纪时，家族先辈便远渡重洋到达美国定居。

弗雷德两岁时，父母离他远去。失去依靠的弗雷德在孤儿院长大后，被一个农场主领走，名为监护和照顾，实质上却是把他当农场苦力。成年后，弗雷德逃离农场，当了一名煤矿工人。

埃德娜是一个农场主的女儿。两人婚后同在埃德娜家的农场劳作。埃德娜的母亲秉持德国人的古板，弗雷德难以忍受她的脸色。女婿、岳母性情不合，夫妻二人决计自立。他们在报纸上看到纽约州的一个农场正在便宜出售，便毫不犹豫地把钱付了过去，然后将全部家当——牲畜、农机和家具装在车上，踌躇满志地前往纽约。不料，到了才知道，这个便宜农场是一块低洼涝地，无法解决排水问题。辛苦一年下来，不但颗粒无收，还背负了一身债。弗雷德和埃德娜只好租下附近的另一个农场，借此勉强可以劳作创收。

弗雷德历经苦难，他既是煤矿工会的成员，也是社会主义分子；既见识多、知识丰富、风趣幽默，又善助人为乐，深受邻居欢迎。邻居们尊敬他，对他格外友好，每当夏秋农忙的时节，常常带着农具、卷着袖管前来帮忙。

作为租户，他们家收入相当微薄。那时，常有流浪汉从临近的车站过来，毫无顾忌地摘下弗雷德家的玉米，在地边点燃篝火烤起来，以求饱餐一顿。家人看不惯，弗雷德却不加阻止，并宽慰家人说："那些人只是因为饿才吃玉米，不要怪罪他们，让他们接着吃吧。"这样的善心被儿子阳早继承，阳早后来在中国西安草滩农场当副场长时，当地有人到庄稼地偷玉米，阳早也给农场的职工说："那些人只是饿了才这么干，不要赶他们，让他们

1928年，10岁的阳早在纽约州自家的农场骑马

1930年，12岁的阳早（右一）和哥哥在农场拉大锯

拿去一点吧。”

阳早有七个姐姐和一个哥哥，他排行第九。在这样的大家庭环境中，孩子们很小就要参加劳动。

因挤奶和喂牛都在天不亮和天已黑时的“两头黑”进行，阳早的第一份工作就是每天两次提灯笼照亮牛棚。随着年龄的增长，除了提灯照亮牛棚外，阳早还主动去搬运木柴给屋子取暖。活计相对增加，这给阳早很大的安慰——自己也为家庭摆脱贫困做了力所能及的事。

在那些年里，弗雷德和埃德娜带着家人数次辗转搬家，换了几处农场。最后，在纽约乡下一个叫高桥的地方租下土地，定居下来。那块土地的主人是富裕商人。商人在湖边修建了避暑别墅，需要看护人员。弗雷德一家人充当了看护员，条件是免交土地租金。刚来到高桥时屋里没有电，用煤油灯照明。那时电话刚普及不久，阳早对电话非常好奇。家人让阳早到路边给铁匠打电话，他兴奋不已，飞奔前往，以至于当接线员问他拨什么号码时，他竟说不出来，那号码早因兴奋被忘到九霄云外了。

在高桥安顿下来不久，弗雷德生病了，身体每况愈下，连续很长时间卧床，不能劳动。他为自己的疾病十分苦恼，但性情温和的他从不迁怒于孩子们。1929年，阳早11岁时，爸爸弗雷德撒手人寰。

那年，美国股票市场崩盘，在经济萧条和孩子众多的双重压力之下，母亲埃德娜含辛茹苦地支撑着全家的生计。

埃德娜是一位伟大的母亲——坚韧、勤劳且有远见，对孩子们言传身教，是阳早优秀的启蒙老师。为了增加收入，埃德娜饲养了很多鸡鸭和猪羊。阳早孩提时就几乎学会了室内、户外的所有活儿。他学会了宰杀禽畜，虽然并不喜欢。埃德娜把部位好的肉挑拣出来，送到烟熏室，用枫树枝熏制成美味的熏肉出售。这生意渐渐有了固定的顾客，埃德娜又从鸡鸭扩展到烘焙其他食品。

有了固定的销路，埃德娜便把加工的食品推广到附近雪城的周六市场上。在寒气刺骨的冬天，埃德娜的脚被冻得肿胀了，懂事的孩子们就生一个炉子放在妈妈脚旁，让她在等候顾客时休息取暖。每到周五，阳早和母亲便努力地干活儿，以便周六一大早去市场出售，多攒些钱。在乘公交车去高中上学那段期间，也许是太疲劳的缘故，每当晚饭后倚在火炉边或椅子上，阳早都会睡着，家人很难叫醒他。有一次妈妈摇醒他，要他到床上去睡，他回到自己的房间，却弄不清应该是睡觉还是起床。他脱下衣服又再次穿上，然后下楼吃饭，哥哥姐姐被他逗得哈哈大笑。

1936年，阳早高中毕业。他想进医学院深造，当一名体面的医生。这需要一大笔钱，他就去制碱厂打工，给修理工当助手，每周工作40小时，每小时工资40美分。此外，他还在农场里干农活，并在周末协助母亲去市场卖东西。除了为捕猎土拨鼠买了一把步枪和给汽车加油，阳早把大部分钱攒了下来。两年后，阳早如愿以偿，进入有医学预科班的伊利诺伊州立大学。该校对本州学生收学费10美元，阳早来自别的州，学费要100美元。为了省钱，他与4个同学合租房间，上课之余勤工俭学。阳早在极度困难之时，曾靠杂货店扔在街上垃圾桶的牛奶和其他过期食品度日。

学医面对的是浩如烟海的知识点，阳早几乎淹没在作业和考试之中，而且没完没了。他没想到在做临床医生前还要花好几年时光学习书本知识。学医之路如此漫长，且复杂艰难，这让他始料不及。他怀念农场生活，觉得养牛才是自己的理想和本行。于是，一年之后他转到康奈尔大学农学院学习。

左翼青年

一方面受父亲思想的影响，另一方面底层的生活经历让他过早地体会到贫穷给生活带来的艰难、贫富差距给社会带来的痛楚，阳早很早就萌生了阶级意识。

阳早清晰地记得，有一年，农场主在佛罗里达土地投机中输了个精光，回到自家农场务农。原先的协议是，阳早一家和农场主平分在租期内出生的牛犊。可是在分牛时，农场主却想赖账。埃德娜毫不妥协，据理力争，农场主只得认账，但他们得另寻东家。他们把牛一对一对地排好，以抛硬币的方式决定谁先选。

当离开这家农场转到下一个承包农场时，他们已经拥有了自己的小小牛群。在接下来的几年里，一家人在多个农场辗转，支付不菲的租金后勉强维生。其中一个租下的农场位于小村高桥，当时牛奶价格跌到了谷底。养殖户将牛奶运到牛奶厂，奶厂在称重时做手脚，短斤少两，实在让人忍无可忍。于是，农户们联合发起了一次牛奶业罢工。阳早的父母站在人群的最前面，呼吁人们走到一起，还将自家的房子用作开会场所。阳早和兄弟姐妹躺在床上睡不着，便努力地倾听大人们的讨论，听着他们的计划，也为他们担忧。

小的农户都参加了罢工。因运送牛奶的卡车归最大的农场主所有，所以大农场主拒绝配合罢工。罢工的第一天，运奶卡车试图给牛奶厂送奶，罢工的农户们站在路上拦截，把盛有100多磅牛奶的奶桶掀翻在地。第二天，卡车早早就出发了，绕过农户们的阻拦。第三天，农户们早早在路中央横棵树，当卡车被迫停下时，他们一拥而上，用铁耙把奶桶戳得千疮百孔，奶液涌到地上。尽管只是小小的胜利，农户们仍高兴不已。可是，松散的联合体不久就解散了。

阳早一家最后定居在高桥。高桥离雪城不远，是纽约附近的一个村庄。有一个街坊叫斯诺克，拥有一所大房子。他还把池塘改成游泳池，夏季经营游泳池赚钱，冬天则出卖冰块，是高桥的有钱人，却是公认的势利和为富不仁者。高桥村所有中学生都坐公交车去附近费耶特维尔中学上学。斯诺克家的儿子还没有到六年级，也挤车去费耶特维尔上学，却引起邻居不满。阳早后来认为，这是不同阶级之间的利益矛盾和斗争。

阳早渴望知识，更爱动脑筋思考，才15岁就关注俄国革命。那时候西方反共宣传铺天盖地，反苏论调甚嚣尘上，丘吉尔发表“把他们扼杀在摇篮里”的讲话，煽动反共狂潮。阳早虽不能清楚判断，但对此不以为然。阳早很关注苏联红军的信息，尤其是有关苏维埃不允许高层干部获得高薪和特权的内容，给他以深刻的印象。到1936年高中毕业时，他已经成为具有左翼倾向、赞赏苏联革命的青年了。

立志前往中国

康奈尔大学是阳早成为农牧专家的转折点，他的人生航线在这里被改变。

在康奈尔大学农学院时，阳早认识了对他的生命历程有关键影响的三个人——韩珍、韩丁、寒春三兄妹。

康奈尔大学农学院和兽医学院是“赠地学院”——州政府无偿划拨大面积土地，作为交换条件，农牧业和兽医专业为学生提供的教学服务免收学费，但是男生必须参加两年预备役军官训练。在这里，阳早学习了行军和射击，这为他后来在中国内蒙古三边牧场持枪站岗打下了基础。

阳早熟悉和热爱养牛，希望在养牛的理论和技术方面不断提升，借此转变靠租地来养家糊口的命运，成为供应商品的农场主。他的精力几乎全用到养牛课上，因为他认为这门课可以学有所用，而他认为的“没用的课”则全部荒废了。例如，在必修英文课的考试中，他第一个交卷——交了白卷。

在康奈尔大学，阳早租住两人间。正好，一位哈佛大学转校生要求合租，这个瘦高个便成了阳早的室友，他就是韩丁。

阳早和韩丁的共同之处是对哈佛大学的外在光环并不十分在意，他们更看重真才实学，学以致用。但开始两人也有些摩擦——晚上，韩丁要静心看书，对阳早玩弄半导体收音机很有意见；他俩对政治问题争论不休，阳早辩不过韩丁时，便说那句口头语：“或许你是对的，但我绝没错。”不打不成交，他们成了好朋友。

周末是他们的快乐时光。韩丁常去阳早家干农活，有时还带姐姐韩珍和妹妹寒春一起去。熟悉阳早后，寒春很乐意去两位男生的宿舍，旁听他们辩论各种问题，有时也加入自己的见解。接触多起来，寒春与阳早之间逐渐有了情意，韩丁无意中搭起了寒春与阳早的“鹊桥”。

1941年5月，阳早修完养牛课程，休学回家务农。他喜爱农场生活，喜欢和牛在一起。为了多赚钱，阳早每天挤三次奶，而其他奶农每天只挤两次。三次挤奶十分辛苦，加上耕作和播种，以及晾晒谷物、温习功课，实在太累了。精神上还可以招架，身体却不堪重负，以致腰疼得直不起来，必须穿上“钢条护腰”才能干活。

寒春和阳早（1940年拍摄于阳早家的农场）

随着阅历的增加，善于思考的阳早意识到，作为个体奶农，即使拼命奋斗，一年365天每天都拼命挤奶，在事业上也不会有大的突破。年轻的心不愿困于一隅，阳早开始关注牧场和奶牛以外的世界。这时，韩珍给了阳早一本《红星照耀中国》。这本书纪实性强，富有感染力，一下子就把阳早吸引住了。阳早跟着作者看到了1936年6月至10月中国西北革命根据地浴火重生的场景，看到了中国共产党和中国工农红军，以及许多红军将领头顶的八角帽上那颗闪闪的红星。这样的中国，令阳早神往。

1945年下半年，韩丁在重庆采访了正在参加国共谈判的毛泽东。回到美国后，韩丁把在中国的见闻描述给阳早听。阳早听得入迷。农场环境不允许他拥抱世界美好的一面，他喜爱的农场主生活反而成了一座围城，约束他参与社会斗争。他开始重新思考未来，去中国的愿望变得强烈。之前第二次世界大战进入尾声且更加激烈之时，阳早已不安于在农场喂牛挤奶了，他的脑海中反复萦绕着一个声音：进步人士必须参加对法西斯的斗争！早在1945年6月，阳早便开始拍卖自己的所有奶牛、马和一些机械设备，打算去参军打仗，消灭法西斯希特勒。然而，就在拍卖掉全部奶牛的前几天，日本投降了，二战终结。阳早不愿意加入和平时期的军队。如今，《红星照耀中国》的生动描述和韩丁的激情口述，让中国在他脑海中越来越清晰。终于，他立志前往中国！此时韩丁也已经去了中国。

出发之前，阳早特意到华盛顿与寒春话别。阳早说了自己的想法，并提议一起去中国。寒春说："我很想看看红色游击队怎么对付美式装备的国民党军队，但导师费米安排的职位在等着我。虽然我对原子弹已有疑虑，我还是先拿到博士学位，再考虑去中国吧。"

两人依依惜别，相约三年之后再会。阳早说："三年后结婚。"寒春说："三年后再说。"

上海、湖南见闻

当时，美国政府对中国实行禁运，不允许外国人去中国的解放区。阳早火急火燎之时，寒春的姐姐韩珍帮助他与联合国善后救济总署取得联系，韩珍就在这个总署工作。在韩珍的努力疏通下，阳早申请到了一个"救济总署奶牛专家"的职位，获准以此身份前往中国。

1946年3月，阳早乘坐飞机穿越太平洋来到上海。按理，抗战胜利了，应是人人沉浸在战后重建美好家园的喜悦和憧憬之中，喜形于色。然而，国民党欲调动800万被美式装备武装起来的军队去围剿解放区，内战一触即发，形势极度紧张。而当时的上海是国统区，初来乍到，阳早感觉自己仿佛置身于人间地狱，所见所闻，触目惊心——妇女出卖自己的孩子换取食物充饥，皮条客在街上明目张胆地拉客，水沟里漂浮着腐烂的尸体。在黄浦江边，入目之景无一不悲情。码头上的苦力骨瘦如柴、衣衫褴褛，没有人样。阳早俯下身子，伸手抓住货物一角，想试试有多重，尽管用尽全力，货物却纹丝不动。令阳早无法理解的是，苦力们在做如此沉重辛劳的工作时还唱着歌。很久之后，阳早才知道那不是唱歌，而是在喊劳动号子，以便协同一致，既可节省体力，还可避免动作不齐时货物倾倒。

在阳早眼里，上海糟糕透顶，没有一丁点生机和活力，连呼吸都难以忍受。

让此时的上海雪上加霜的还有街头的霍乱。此前近代上海霍乱流行史中，以1938年为最烈，发病率居高不下。此后，虽遇战乱，但总体发病趋缓。谁曾想，1946年，还沉浸在抗战胜利喜悦中的上海，霍乱持续蔓延，当时的国民政府上海市市长吴国桢在防疫经费筹募大会上说："今年霍乱流行，以情势观察，恐较1938年尤盛。"7月底，疫情毫无消退迹象，霍乱感染者超3000人。

"夜上海，夜上海，你是个不夜城，华灯起，乐声响，歌舞升平。只见她，笑脸迎，谁知她内心苦闷……回味着，夜生活，如梦初醒。"1947年上映的电影《长相思》的插曲《夜上海》在大街上轮番播放，浓郁的爵士乐风格中体现出国际大都会的韵味，但这个昔日繁华堪比伦敦的中国大都市正处于风雨飘摇之中。

阳早被安排在救济总署上海办事处，他的工作一开始是走在大街上，将从美国随身带来的衣服发给衣不蔽体的人。作为新来的救济总署人员，阳早得以住在上海的大东方酒店，但他每日所见尽是底层人民的惨状，心中十分感慨，真是人间两重天，有人在天堂，有人在地狱。

因持续处于战争状态，救济总署的工作难以奏效。作为奶牛专家的阳早本应靠培育奶牛来开展工作，但到中国已经好几个月，连奶牛的影子都没见着，工作毫无进展。在等待奶牛的日日夜夜里，阳早与上海地区的左翼人士

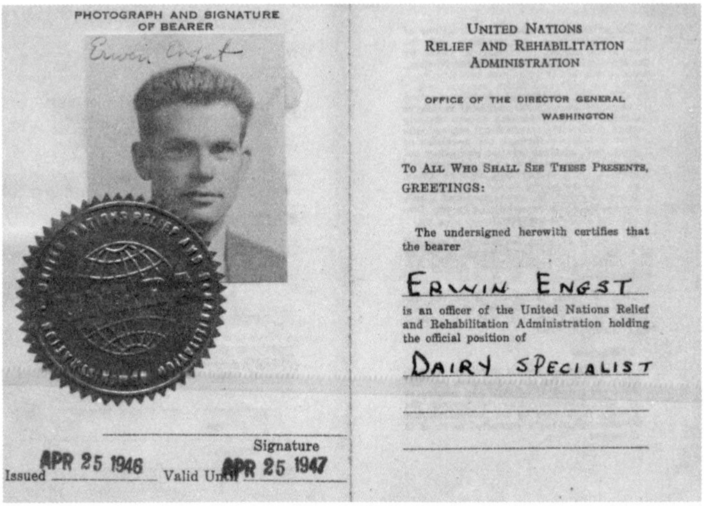
PHOTOGRAPH AND SIGNATURE OF BEARER

Signature

Issued APR 25 1946 Valid Until APR 25 1947

UNITED NATIONS
RELIEF AND REHABILITATION
ADMINISTRATION

OFFICE OF THE DIRECTOR GENERAL
WASHINGTON

TO ALL WHO SHALL SEE THESE PRESENTS,
GREETINGS:

The undersigned herewith certifies that the bearer

ERWIN ENGST

is an officer of the United Nations Relief and Rehabilitation Administration holding the official position of

DAIRY SPECIALIST

1946年，联合国善后救济总署发给阳早的证件

外交部為

發給各國駐華官員證明書事查

ERWIN ENGST

凡憲軍警各機關人員應妥為保護

此證 外交部駐滬辦事處主任陳國廉

中華民國卅五年 月 日

第 號

持證人簽字

Erwin Engst

1946年，国民政府发给阳早的通行证

包括宋庆龄的秘书谭宁邦建立了联系。

谭宁邦告诉阳早，最初由孙中山创立、后被蒋介石篡权的国民党政府如今腐败至极，背信弃义，不但不与共产党合作，还企图消灭之。在大灾之年，国民党政府非但没有实行人道主义，救子民于水深火热之中，还纵容官员将稀缺的谷物拿到黑市上交易，大发国难财。作为孙中山的夫人，宋庆龄对国民党大失所望，遂以民族大义为重，转向帮助中国共产党。宋庆龄坚信共产党代表人民利益，在为共同信念而斗争，必将取得最终胜利。

救济总署主要由对中国人民抱有同情心并愿意提供实际帮助的外国友人组成。阳早经常在酒店屋顶与一位叫保利的新西兰人讨论时局。保利是位开明的马克思主义者，爱讲述新西兰的进步斗争；而阳早则畅想自己的政治期望——到延安去。斯诺的《红星照耀中国》描述的红区太有魅力了，犹如强大的磁铁深深地吸引着他。

救济总署的主要使命是募集救灾物资并发送到灾区，虽然包含帮助战后重建任务，但因国民党统治区正闹大灾荒，资源全都投入救济当中，试图挽救成千上万正在挨饿、濒临死亡的人。当时，救济总署要组织一个饥荒调查团去湖南长沙，阳早死缠烂打申请前往，终于争得一个农业代表的身份，任务是调查农村以及善后救济总署救济营的建设工作。他想，加入灾荒调查工作一来可以了解劳苦大众的生活状况，二来也许可以寻找机会同进步人士联系，找到去延安解放区的契机。

舱门“嘎吱”一声打开，吉普车和卡车依次开进船舱，阳早背起那个在美国就随身携带的旅行包同大家一起登上登陆舰。救济总署调查团一行八人乘坐LST（坦克登陆舰）海军军舰沿着浩荡的长江逆流而上。到达武汉时，他们开着吉普车驶离军舰，上了一艘小型汽船，继续向长沙进发。

时值盛夏，阳光在地上跳跃，长沙的每一块砖头像烧红了似的，又似蛇信子一样舔向大家。阳早一行坐在烧煤的汽船上，犹如身处蒸笼。入夜，停泊休息，阳早顾不得禁令，扑入湘江野游起来——他把双手放在头后痛快地伸长懒腰，闭上眼睛仰游。阳早水性极好，一个猛子扎进水里，如鲨鱼，似

1946年，阳早以联合国善后救济总署调查官员的身份乘坐此船前往湖南长沙调研

龙王。“中流击水，浪遏飞舟”之后，是时候上船睡觉了。他一个翻身，睁眼望去，小型汽船却不在原来的位置了——船已在上游，依稀只看见一个小点儿。

阳早猛击湘江水面，以鲨鱼般的游速追赶船只，但尽管拼尽全力，与船的距离却越来越远。正在此刻，竹筏上的渔民发现了阳早。渔民把长长的撑竿递到阳早身边，阳早抓住撑竿，爬上渔船。渔民与阳早凭手语交流，得知是国际友人，行善天下，便拼尽全力追赶，终于追上阳早要搭乘的汽船。脱险后，阳早觉得自己肩负救济使命，还未施展身手就沦为难民，太过狼狈，加上不太懂中文，没有和渔民说什么话，也没回望一眼，向恩人挥挥手以示感谢。这件事带来的愧疚，阳早久久难以释怀。

调查团登陆后，分坐在两辆吉普车上，从江边向内陆进发。阳早坐的吉普上有加拿大人、英国医生、美国医生，他们很快成了朋友。途经渡口、村庄，车窗外是成群的乞丐，饥饿、死亡随处可见，惨不忍睹。

到达救济总署设在长沙的救济营时，阳早亲眼见到了大量垂死的人、绝望至极的人，而蹒跚入营伸出双手妄想抓住救命稻草的人还源源不断。只有

1946年，阳早在联合国善后救济总署设于湖南长沙的救济营目睹灾荒下民众的惨状

一口气的穷人就躺在路旁、帐篷外，救济站工作人员偶尔在他们的破碗中撒一点干面粉，但不少人的手死死抓着破碗，还没有来得及咽下干面粉就断了气。

遍地荒凉，处处哭声，一派“万户萧疏鬼唱歌”的惨境。在“湖广熟，天下足”的长沙，每天有200多人饿死！当阳早得到这样的信息，头“嗡”的一声，身子差点倒下。清晨，阳早看到一辆辆大车拉着尸体驶向城外；接着又见用绳子吊着尸体往外抬的抬尸人，瘦骨嶙峋的抬尸人也许是下一个被抬者。调查团肯定了阳早调查到的每天饿死200人的数据，而完整的数据只会比阳早调查到的更多！

灾荒如此严重，国民党的人祸更加凶恶！救济机构发的救济粮，大部分被国民党军政人员贪污了，却没人管穷人不断饿死的惨状。见此情形，阳早看不下去，找到当地官员质问，官员却说：“啊呀！竟然有这等事儿，都怪下面管事的人，真该死！”向救济营行政官员质询情况时，得到的回应也是官腔十足：“我把现在的情况告诉了工作人员，但工作人员实在太低效了，他们什么都做不了！很高兴你将情况告诉我。我之前并不了解，现在我马上找人处理。”

腐败，低效，无助，饥饿，死亡！在阳早一行到来之前，来过三个调查团，所见惨状一次比一次严重！

阳早一行在湖南进行了20天的调查，而后回到上海写报告。可是，交上去的报告被政府机关官员束之高阁。所有报告的结论均指出事情会越来越糟糕：长沙的饥荒非常严重，政府官员却极度腐败，营地管理者熟视无睹；大量难民在救济营死去，不是因为没有基本食物，而是因为供给的食物被偷运囤积变卖以获取暴利。

阳早深知自己的力量微小，自己辛苦调查的真实情况可能被忽略，但随着报告的呈送，心理上多少有些安慰，毕竟自己尽了力。

飞向红星照耀的地方

没有寻找到去解放区的机会，回到上海，阳早越发强烈地想同中国共产党驻上海办事处取得联系。一个偶然的机会，阳早终于找到了中国共产党上海办事处的负责人。阳早兴奋地说："我变卖了家产，漂洋过海来到中国，就是为了到《红星照耀中国》说的红区去呀！"得知阳早的来意，理解到他的强烈愿望后，办事处的同志十分感动。

没过几天，周恩来在办事处与阳早见面，欢迎他去延安。阳早晚年回忆起见面的情景还记忆犹新："周恩来清瘦却精神，满脸胡子却神采奕奕，潇洒大方却富有亲和力，比《红星照耀中国》描写的还要光彩照人！他迎上前来，有力地与我握手，温和文雅地向我招呼——'哈喽，我是周，欢迎呀！更欢迎你前去延安。'这次见面就把去延安定下来了。"

不久，传来好消息，阳早去延安的时机成熟！经过周密安排，想好了说辞，阳早断然辞去奶牛专家职务，宣布脱离救济总署，理由是救济总署骗了他——来中国几个月了，还没有见到奶牛。救济总署的官员十分不理解，他们不明白奶牛专家为什么放弃享有优厚待遇的职位，追问道："你有什么证据说救济总署骗了你？”“不是吗？叫我当奶牛专家，但牛却迟迟没有露面，我这牛专家也就没有义务履行合同了！”阳早理直气壮地回击，救济总署自觉理亏，他们也不知道奶牛会不会运来，就没怎么阻拦，批准了。

脱离救济总署，在等待从北平转道延安期间，阳早在中国解放区救济总会（CLARA）做临时工，努力为解放区多分些国际救灾物资，以此减少国际救灾物资轻松全部流入国民党控制区，流入腐败官员的口袋。阳早了解救济总署的内部工作流程，并且知道其拥有哪些物资，所以成效很大。

阳早在中国共产党驻上海办事处的安排下，从上海顺利到达北平中转，等待时机前往延安。当时，以叶剑英同志为首的军调处执行部（简称军调部）热情地接待了阳早，并答应把他安全送到解放区去。

在北平，阳早迫切地给寒春写信，诉说疯狂的思念之情和下一步计划，以及可能的行程，并催促寒春赶快来中国，越快越好，说内战即将全面拉开，一旦开战，进入解放区会变得越来越困难，甚至变得不可能，那将是终生的遗憾！

国共谈判破裂，美国要召回调解团。当美国派军用飞机去延安接三名美国军方人员时，朱德总司令指示秘书黄华想法安排阳早搭乘这班飞机前往延安。阳早如愿同机前往。阳早的去与美国军方人员的回，形成强烈的反差，耐人寻味。

1946年10月，北平秋高气爽，黄华把阳早送上飞机，向他告别。飞机起飞了，阳早的心怦怦直跳。透过飞机舷窗，外面是明丽的秋阳；前方好像有无数红星在向他微笑，他心里埋藏已久的愿望化为了现实——飞向红星照耀的地方！

飞机向西南方的陕北飞行，一个多小时航程后，从机舱往外能看到平阔的绿色大地变成了干燥的棕黄色；黄土形成的平顶小山一个挨一个，边缘突出坚硬的棱角，在阳光的照射下土红土红的，酷似蕴藏着巨大能量的热土，无止境地释放希望的光芒。

两个小时后，阳早走出飞机，一下子置身于中国革命的摇篮，中国共产党中央所在地、陕甘宁边区首府、先锋人士向往的革命圣地——延安。阳早以炽热的眼光打量心仪已久的延安：没有高楼大厦，没有繁华市场，也没有红男绿女；八路军官兵不分上下级通通穿着粗布军衣，有的还打了无数补丁，但干净整齐，说话带着微笑，就像帽徽上的红星那般耀眼动人，和花花世界的美国截然不同，和上海、北平等国民党统治的大城市完全两个样子！这里没有黄赌毒，没有乞讨，没有腐败，每个人都受到莫大的尊重，充盈着积极向上、朝气蓬勃的氛围，完全是一种人人平等的新型人际关系、组织关系、社会关系、团体关系。

他梦寐以求的愿望实现了！眼前展现的一切像《红星照耀中国》书上所说的红区一样光芒耀眼。

“解放区的天是明朗的天，解放区的人民好喜欢……”延安像这首歌唱的一样，到处是希望在前的景象，令人叹服！令人兴奋！令人期待！令人遐想！

延安给阳早的另一个印象是，它就像一个巨大的磁场，吸引着来自中国乃至全世界的先进代表。美国的三位军方人员走了，但延安到处有外国人的身影，包括留下来的美国人。

阳早被安排在外国人居住的地方，那里有美国军官、士兵，有美军记者、医生等。

在到达的第一天，阳早吃过晚饭，外出散步，看到了战争的伤痕——没有完整的砖墙。随行翻译告诉阳早，那是日本轰炸机炸的，因为中国共产党的总部就在这里，延安是日军轰炸的重点目标。

延安虽然在山谷里，但除了党政军机关之外，也有统一战线与中央外事机构，其他的也一应俱全，商店、报社、广播电台、大学、华书店、军队、营房、礼堂、广场，等等，都在路边或山脚下，或刚刚新建，或刚修葺好。最著名的，便是那矗立于延河岸边宝塔山上的巍巍宝塔。翻译说，大家都喜欢以其为背景照相留影，然后带到前线，或世界各地。翻译还特意带阳早看了看重建的市场区，当时的延安虽然百废待兴，无法与世界任何一座现代城市比，但却处处释放着重建的无穷伟力与解放全中国的希望。

几天后，时任中共中央外事组副组长杨尚昆来到阳早的住处。杨尚昆负责延安的外国人管理工作，实际关心多于管理。他看了阳早的担保信后，问阳早有什么教育背景、有什么技能、想做什么。

阳早回答："我是作为联合国善后救济总署奶牛专家来华的，在上海还担任过饥荒调查团农业代表。农业是我最熟悉的领域，如果这里有奶牛的话，我在这方面有一套。"

几天后，杨尚昆把阳早安排在延安郊区杜甫川的光华农场。

光华农场的"洋牛倌"

光华农场只有几十个人、60多亩（约4公顷）地、30多头奶牛，有小片平地可以种庄稼，平地四周的山地适宜养牛，每天能产些牛奶。牛奶主要供应给保育院的烈士遗孤、红军医院病人以及老人。

望着良种荷斯坦奶牛，对卖掉了奶牛的美国农场主阳早来说如入梦幻，他打心里喜欢黑白相间的奶牛。他如愿以偿地分配到畜牧组饲养奶牛，这个奶牛专家终于在延安解放区又见到了奶牛，脚又能站到牛粪里了。

刚到农场，阳早觉得自己上过大学，读过马列著作和《愤怒的葡萄》《红星照耀中国》等大批著作，来自先进的美国，有点清高。可是，他很快感受到，农场的同事们尽管文化程度参差不齐，经历各异，却完全可以当自己的老师。张耕野念过大学，懂英文，沉浸于钻研科学种田的王国；康迪大学时学植物保护，正在推广科学灭虫的方法；牛根忠厚老实，少言寡语，每天起大早把牛奶装上驴背，从杜甫川运到几十里外的延安保育院、战时医院、杨家岭，就像一头辛劳的老黄牛，任凭刮风下雨、延河水涨，都按时送奶；小个子刘德英虽然是个十几岁的"红小鬼"，却非常好强，什么工作都不甘人后。

很快，阳早与刘德英成了好朋友。刘德英刚刚上完高小，同很多孩子一样，受八路军打鬼子、求解放事迹感染，离家入伍，负责军队的日常杂务。刘德英与阳早一同被分配到农场，同属于“兵蛋子”。刘德英人小却机灵，并且懂得些许英语，组织安排他同阳早一起工作，既兼阳早的翻译，又兼照顾阳早的任务。

吃面包、喝凉水长大的阳早初来乍到，有些水土不服，一时难以适应延安的生活。农场安排他吃小灶，阳早不肯。

“阳早，你是美国人，吃小米饭肠胃不适应会拉稀的。”老炊事员劝他。

“不会，我适应能力超强，吃什么都行。”阳早回绝。

果然，他一吃小米饭就拉肚子。阳早怕大家知道，便悄悄地往厕所里跑，同志们心知肚明，笑问他怎么了，他幽默地说：“散散步嘛！”

阳早一来从小养成了习惯，二来受到解放区革命浪潮的感染，朴实、能干、勤快，整天和大家一起工作学习，打得火热。

饲养奶牛的工作是老本行，阳早得心应手，唯一的障碍是语言。刘德英、张耕野和康迪不在身边时，阳早与其他人沟通只能打手势。延安当时学习氛围浓厚，堪比大学，像一股强烈的推力，推着阳早克服困难学习中文。

阳早每学几句，就想练习练习，有时不免闹出笑话。一次，干活中途休息，阳早忽然在山坡上打起滚来。

同志们围拢上来，问他什么事。他一边翻滚着，一边用手指自己的衣服，嘴里还一个劲地嚷：“小牲口可把我咬坏了！”

小牲口？什么小牲口？是牛，是马，还是别的？大家看不像，好不疑惑；也不像是狗或狼咬的，因为并没有伤口，看他神情也不像受了伤那样痛苦，言谈举止还透着西方人的幽默。

经过仔细询问才知道，他说的“小牲口”原来是跳蚤，是跳蚤把他咬得奇痒难耐。同志们恍然大悟，笑得前仰后合，连周围的山水也在笑。

在紧张工作之余，阳早不忘学习。一次，他和刘德英一起学习毛泽东的一篇文章。刘德英一边念，一边用半英半中的语言为阳早讲解。开始还算弄懂了意思，当读到“揭露卖国傀儡政府”时，阳早瞪大眼问：“傀儡是什么？”

刘德英不会翻译傀儡，便找来一双筷子、一块手绢，扎成木头人模样的木偶形象，用手拨着那木头人，说明木头人自己不会动，要靠别人拨弄它，这就是“傀儡”！

“懂啦，懂啦！”阳早高兴地说，“照你的解释，蒋介石是美国政府的傀儡，汪精卫是日本政府的傀儡，对吧？”

刘德英觉得是自己教得好，阳早才懂得快，于是得意忘形，搂住阳早的脖子摔起跤来。为了和大家有更多的交流，阳早迫不及待地加强了中文的学习，逐渐能借助手势进行一些简单的对话。一年后，他基本上掌握了全部日常用语，只不过说话时有着明显的陕北口音。

光华农场是当年延安大生产运动的一部分，建造这个农场的目的是抵挡日军“扫荡”，冲破国民党封锁，克服自然灾害造成的困难。农场和“三五九旅”一样，“一把镢头一支枪”，奋力把陕北广大地区变成牛羊满山、稻谷翻金浪的好江南。1943年，由鲁迅艺术学院秧歌队创作的著名秧歌剧《兄妹开荒》就是对那段生活的反映。

一次，阳早问牛根：“你整天这样干活，从早忙到晚，不觉得乏味吗？”牛根睁大眼睛看着阳早，回答道：“你知道这牛奶送给谁吗？先送给延安鲁迅艺术学院托儿所、保育院的孩子们和医院里的伤病员，还送给身体不好的同志。他们喝到咱们光华农场的牛奶，你不觉得高兴吗？咱们农场是延安唯一的农场。”阳早的脸腾地涨红了！他联想到自己，在美国养牛，到这里还是养牛，可其中的意义大不相同。过去是为了赚钱，为了讨生活；而在延安养牛是为了解放区的儿童、烈士的后代、伤病员，以及日夜操劳、行军打仗、急需补充营养的老同志。

阳早决心留在中国，留在延安，走上新的生活道路。

第四章／亲历解放战争，成为合格的革命战士

正如毛泽东所说，一切知识，直接的或间接的，都来自实践。我有幸经历了中国人民的西北解放战争，在六个月当中，亲见了什么叫人民战争，什么叫与人民打成一片……群众是中国共产党军队的眼睛与耳朵。虽然在此之前我可以回答这些问题，但这次经历让我刻骨铭心。有马克思主义信仰、用马克思主义作指导是无敌的，因为他们依靠人民群众。这是人类真理。

——阳早

“放弃延安，是为了得到新中国”

1946年12月，光华农场接到通知：陕甘宁边区政府决定，光华农场迁往陕西省最北方地区，兴建三边牧场，并帮助当地改进本土牲畜品种。

农场立即精选四人前往北部紧邻内蒙古的区域寻找合适的场址，阳早和刚从西北农学院毕业的康迪以及另外两人被选中。准备就绪正要出发时，国民党“西北王”胡宗南蠢蠢欲动，企图袭击革命根据地，并把光华农场作为搜查重点。农场接到战情，立即藏好所有设备，安排阳早、刘德英及老幼妇孺孕转移到偏远的农村躲避。

躲避期间，无事可做，阳早就教刘德英学英语。当时有位叫羊枣的进步文化工作者牺牲了，刘德英建议取羊枣烈士的名字，转音为“阳早”，作为埃尔温·恩斯特的中文名，以纪念这位英雄，也作为对美国朋友的赞誉，同时希望阳早成为坚强的战士、同志。身边的同志也这么建议，埃尔温·恩斯特便欣然接受，于是“阳早”成了埃尔温·恩斯特的中国名字。这就是阳早名字的由来。

躲避快满一个月，警报才解除，阳早被召回光华农场，继续执行去北部“小延安”创建牧场的考察计划。四人考察组赶紧把必要的行李装上补给驴车，跋涉在高低不平、沟壑分明、荒凉广大的黄土高原上。

第一天，他们在一个小旅店投宿。旅店的炕床用泥做成，暗火加热。阳早感到新鲜，晚饭后便上炕睡下。炕床温暖舒适，加上路上颠簸劳顿，阳早很快进入梦乡，一夜睡得很香很沉。第二天早上，阳早还在睡梦中，肚子突然疼起来，一下就醒了，起床后上吐下泻，可能是水土不服导致的。当天前进速度缓慢，大家走走停停，一边赶路，一边悉心照顾阳早。

沿途的乡村都解放了，建立了人民政权。共产党按“耕者有其田”的原则进行了土地改革，失地农民长期被地主剥削的历史结束了。大后方送粮给前线、送儿郎参加解放军成为时尚，人们尽其所能提供实物支援前线，青年踊跃入伍。

到三边时，阳早一行才得知有一个来自解放区的工作组已先期到达，正在尝试改进农业种植环境。先期到达的工作组得知光华农场的先遣队来了，非常欢迎，也渴望能够帮助他们加快工作进度，尽快帮助三边人民改善生活。可是，那里是蒙古族人的聚集区，人们世世代代靠养牲畜生存，显然比较适合兴办牧场。

其实，包括解放区的工作组在内都不知道，在陕西与内蒙古交界处建“小延安”是延安方面另有考虑——希望建设一个大南泥湾、大后方。

阳早一行在那里进行了两周的土壤考察、评估，之后返回延安。回程同样用了一周时间。他们回到光华农场，已是1947年2月了。

阳早回到延安的第一个夏天，国民党蒋介石撕毁《双十协定》，挑起全面内战。

1947年春，国民党军队大举进攻陕甘宁边区，企图把人民革命队伍的指挥中心从地球上抹掉。阳早在杜甫川光华农场，开始只是听到一些前方作战的消息，接着，在夜里能隐约听见炮声。无疑，杜甫川光华农场也在国民党军队清除的计划之内。

因此，光华农场的中心任务由发展生产转为战时状态，职工一致表示“誓死保卫陕甘宁边区，保卫革命圣地延安，保卫党中央和毛主席”。党中央却决定暂时撤离延安，陕甘宁边区政府机关和各直属单位准备转移。

如登天一般费尽周折才到了延安，崭新生活刚刚开始，如今却要撤走！阳早和多数人一样，对这个决定不理解。延安可是全中国乃至世界人民心目中太阳一般的红星，自己追随的圣地啊！共产党用兵如神，解放军是天兵天将，边区人民是坚强的支持者，为啥不拼而退，革命硕果岂能拱手相让！正当百思不得其解之时，农场领导通知阳早：“你不要走远，毛主席要接见你。”阳早心头为之一振，一时还不敢相信。

3月上旬的一个下午，一辆吉普车出现在农场。阳早心里一愣，因为边区当时没几辆吉普车，莫非真是主席要接见自己？来人将阳早邀请上车，汽车拖着一串烟尘直奔王家坪，在党中央驻地的一间普通平房前停下。阳早下车进屋，只见几位熟悉的美国“老乡”已坐在那里，有马海德、李敦白，还有著名记者安娜·路易斯·斯特朗。大家难得聚集在一起，互相问候之后，便直奔主题，大家一致认为，延安是一面旗帜，是党中央的心脏，全世界瞩目，千万不可丢失！

议论才开始，门帘被轻轻掀开，周恩来副主席从容进来。上海别过，第二次见到，周恩来依然精神饱满，笑容满面，只是两眼越加有神，比上海见面时状态更好，毫无大战前的焦虑、匆忙。他从容地与大家握手、问好，笑声爽朗，神情轻松，眉宇间充满自信。周恩来的到来像春风一般把大家的愁容吹散了，房间里的空气顿时轻松下来。

接着，走进一位五十开外、中等身材、结实健壮的慈祥长者，阳早看他那朴实的打扮，以为是伙夫——他脖子上还有一块羊肚毛巾！

周恩来起身迎上前握住他的手恭敬地打招呼：“朱总司令，你好！”

阳早一愣，咦，这位朴实和气的“伙夫”竟然是《红星照耀中国》里描述的那个使敌人闻风丧胆的红军总司令，真是神奇啊！

朱德总司令刚刚落座，屋外由远而近传来了洪亮的湖南话，没等大家缓过神来，毛泽东主席进来了。毛主席身材魁梧，神情自若，沉着坚定，同大家一一握手。他与阳早握手后，拉着阳早的手问：“你是做什么工作的？”

阳早来华之前，在美国就听韩丁讲过毛主席会见时风趣问话的故事，于是镇定地回答：“我原来是纽约州的农民，现在在光华农场养奶牛。”这句话引起毛主席的兴趣，他亲切地说：“农民，好啊，中国是农业大国，欢迎你来帮我们搞农业技术。”

早在美国看到《红星照耀中国》中毛主席头戴五角星帽的照片时，阳早就心生敬意，今天，毛主席同他握手、谈话，并赞扬、鼓励和指点他，他更是倍感亲切。如今大战在即，周围已是炮声隆隆，敌人正在进犯延安，可毛泽东、周恩来、朱德等领导人却依然镇定自若，谈笑风生。

这次聚会，是毛主席、朱总司令、周副主席宴请美国朋友的特别安排。宴会前，毛主席说：“你们看，要搬家了，要给胡宗南腾延安，忙一些。我们要搬出延安，你们有什么意见？”

“一枪不放，就把延安让给敌人，真有点不甘心。”有人说。

“可以放枪呀，完全可以放几枪欢迎胡宗南嘛。告诉他，我们走了，延安这个包袱送给他背。我们放弃延安，他们就会喊叫共产党垮台了、解放军垮台了，还会开庆祝大会。但最后的胜利属于人民。我们放弃延安，是为了得到新中国。”毛主席笑着说。

接着周恩来向美国朋友们介绍了国内外形势，说明中央暂时撤离延安的部署、指导思想和前途——“为了争取和平前途，我们满怀诚意同国民党进行了谈判，可是，国民党铁了心要消灭共产党。美国政府做他的后台，仗总是要打的。蒋介石有美国支持，有八百万军队，武器也先进，气焰嚣张，可是他不得人心，代表不了人民。你们在蒋管区和解放区都生活过，你们认为共产党有信心打赢这场战争吗？”

大家信服地点头。周恩来接着说：“但是，我们在战术上还要重视国民党。现在我们暂时撤离延安，目的是取得主动，我们还是要走农村包围城市的道路，准备用六年时间打败国民党。”

谈完撤离计划之后，周恩来说：“这里很快就要打仗了，你们可以离开这里，也可以去蒋管区住一阵。”

阳早说：“我不走，我要和同志们一起撤退，上级已经答应我了呀！”

周恩来接着又劝斯特朗离开延安。这位年过花甲、头发花白的著名记者当场落泪。周恩来安慰道：“你是著名记者，是搞宣传的，跑到山沟里太闭塞，到白区住一段时间，还可以做些工作。”

斯特朗虔诚地说：“我不能离开人民，逃避战斗。”

朱总司令见状也劝导斯特朗。一直谈到深夜，斯特朗才答应。

走出那个令人难忘的房间，夜风拂过脸庞，阳早感到异常兴奋，毫无倦意。宝塔山下，枣园、杨家岭窑洞的灯火闪烁，照亮夜空。尽管炮声隐隐传来，但延安城是那样坦然、沉着。

阳早心里默念着：离开延安是为了得到新中国，毛主席说得多么透亮、多么暖心、多么浪漫。梦想一定会实现！我们一定要回来！胜利，一定属于我们！

是啊，宝塔山下的延河水哗哗流过，它终将汇入黄河，形成磅礴之势，去迎接崭新的中国。

6个月战争考验

陕北的初春依然寒风凛冽。1947年3月的一个深夜，胡宗南率部逼近延安，光华农场所在的杜甫川能清楚地听得见大炮的“隆隆”声，能看见远处战火映红的天空。

这时，光华农场接到命令：“实行战略转移，向延安城北撤退！”光华农场与全城人员一同疏散，阳早则随光华农场一起开启了长达6个月的战略转移。晚年与寒春谈起那段经历，阳早深有感触地说：“这6个月对我来说，比之前28年的生命历程还重要。”寒春则说：“阳早是经受了革命战争考验的战士。”

胡宗南部到达延安时，延安坚壁清野，只留下了空城和陡峭的黄土山。农场挑选了数人参加游击队，10多人避开敌军的行进路线，负责保护30多头荷斯坦奶牛和1头公牛。阳早给那头公牛命名为“阳早”，说是因为它劲儿大。这是阳早的西式幽默。在护牛的队伍里，有一对夫妇，家在遥远的南方，他们的孩子随着食物和补给物资一起被安置在牛背上，牛每走一步，孩子就随之晃动，这幅画面出现在历经千年风霜的黄土地上，透着一种革命的浪漫情怀。阳早和同志们随身携带轻便的日常用具，赶着这些奶牛出发。人们加快步伐向安全地带撤退，以求最快的速度摆脱敌人，可是那些奶牛仍旧慢慢腾腾、不慌不忙，迈着笨重的脚步。队里的几个年轻人急坏了：“这该死的奶牛，拖我们的后腿，简直在要我们的命。”阳早赶忙说：“无论如何也不能丢下这些奶牛，它们为边区的孩子和年长的人们以及伤病员提供过牛奶，功劳可大呢！将来胜利了，还要靠它们发展大牧场，解决全中国的奶品供应呢！毛主席已有重托！”于是，大家仍旧耐心地赶着奶牛继续前进。大约在夜里两点钟，护牛队伍悄然无声地离开了延安。他们经过一个叫枣园的小村庄时，国民党的轰炸机向延安投下无数炸弹。多年后回忆起来，阳早说，那是世界上放得最漂亮的炸弹——好似在为共产党总部战略大转移送行。

在农场撤退的队伍中，数阳早个子高，他又穿了一件新大衣，更加显眼。那件大衣是陕甘宁边区政府主席林伯渠特批给他量身定制的。阳早不肯接受特殊待遇，但林主席坚持。在寒冷的天气里昼夜行军，这件大衣非常实用。但阳早为享受特殊待遇感到不安。他看到走在旁边的康迪穿着单薄了些，便大声说：“康迪，这件大衣在我身上太重了，请帮帮忙，把这几斤东西替我披着。”没等康迪明白过来，暖和的大衣已经披在他身上了。

康迪特别怕冷。过了两天，阳早见康迪休息时还是冻得跺脚，便又把自己的皮靴取出塞给康迪：“喂，朋友，把这两斤半替我带着，它对我没一点用，为了方便，你最好把它穿上。”

转移的路上难得吃上一顿饱饭，炊事员见阳早身材高、饭量大，开饭时老想给他多舀一勺，但阳早总是拒绝：“我要和大家完全一样！”

在最艰苦的时候，阳早喝生牛奶、吃半生不熟的食物充饥。一次，实在饿得受不了，他吃喂牲口的麦麸，一个同志见了大吃一惊：“这怎么能吃呢？”阳早笑着说：“同志，照科学观点，麦子皮里含有多种维生素，最有营养呢！”

第二天，队伍继续行进，农场人员到一个村子里躲避。日落之前，阳早与张耕野到周围小山上察看地形，以确定前方撤退转移的线路。正走着，一架国民党飞机呼啸着俯冲过来疯狂地扫射，然后扔下几颗炸弹。炸弹近在咫尺，瞬间在山沟里爆炸。张耕野连忙躲避，阳早却像解放军侦察兵放哨的样子，上树察看，看得真真切切，还连声讽刺："炸得太不准了。"

张耕野连忙警告："树上太危险了，快下来！"

阳早却哈哈大笑，说："树上看，清楚一些。"

回到住处，转移队伍收到警报：国民党军队正朝这边过来，必须加快撤离速度，否则会被俘虏！光华农场不像正规军，拖家带口不说，还要保证奶牛及必需品安全随行。然而，农场职工树立了"丢失宝贵的财物仅次于丢失生命，爱护枪支要如同爱护眼睛"的革命思想，保有坚定的革命信仰、严密的组织纪律和安全疏散的战术，每人都有量身定制的任务与行动策略，且具有强大的执行力，所以，很快就有序遁迹潜形。

在撤离途中，护牛队员偶遇一处世外桃源，那是群山中一片水草丰沛的宜牧佳地，附近还有一片荒地可以种植谷物。照料奶牛并不需要所有的人，阳早和张耕野等四人主动请缨试验种梯田。很快，上级批准了。说干就干。那头叫"阳早"的公牛犁地，两头驴则驮着筐从附近羊圈拉肥料。荒地上很快种上了苜蓿等青饲料和小米等作物，空气中充满着泥土的香味，一派开荒建设陕北好江南的气象。他们多么希望开荒造田便可以"迎来战争的胜利"！

烽火岁月，紧张的跋涉和战斗损害着阳早的健康。一天上午，阳早和同志们在山上劳动，觉得肚子越来越疼。同事见他脸色苍白，直不起腰，就把他送下山去。情况不见好转，他开始拉肚子、便血，因为太虚弱，最后不省人事。这位29岁的美国青年被病魔击倒了。

大家赶忙找大夫。未找到大夫，只带回一些药，也带回了振奋人心的胜利消息：我军撤出延安之后，消灭了好几股敌人。5月初，我军和国民党部队在蟠龙镇打了一场大仗，收复了蟠龙镇，歼敌近7000人，活捉了敌军旅长，还打下一架敌机。5月14日，我军在安塞县真武洞召开了祝捷大会，周恩来到会讲话、祝贺，向欢呼雀跃的军民宣布："毛主席还在陕北，还在同我们一起战斗！"

阳早被这些消息所鼓舞，身体很快好了起来，便又同大家踏上新的征程，向安全地带撤离。

撤离期间，迁徙不止，居无定所，食物紧缺，精神高度紧张，睡眠严重不足，加上要保卫牛群，所以他们的队伍撤离缓慢。

为了不出意外，阳早和张耕野抄后，确保农场撤离也同正规军一样从容不迫。

行军打仗，出生入死！夜行军日复一日，日伏昼行，时常黎明刚刚躺下又接警报，不得不紧急撤离。

转移途中最紧张的一天来临了。这天得到消息，敌人主力误以为农场转移队伍是解放军主力，便紧紧追赶。战情骤然紧张，同志们使劲地轰赶奶牛，谁知那些奶牛牛脾气一发，有的死死站着一动不动，有的又叫又跳，还踢人！怎么办？阳早在美国当农场主积累的经验派上了用场，他用肩膀力扛不肯迈步的牛的屁股，用手抚摸和安慰发怒暴跳的牛，果然那些牛又听从指挥赶路了。

天将黄昏，一条河挡住了去路。河并不宽，但水势汹涌，水流湍急，河面打着漩。当时正值凌汛期，河面漂着冰块，寒气逼人。河上只有用木头临时搭起的简易小桥，摇摇晃晃，勉强可以过人，却无论如何都承受不了几十头奶牛的重量。

紧急情况下，为保证队伍安全，把牛丢下是被允许的。但大家都舍不得，阳早更是把牛视为命根子。两年前，为了来中国，他忍痛卖掉了心爱的奶牛；现在，毛主席嘱咐过他为中国的农业发展施展才能，怎能背弃主席的嘱托？阳早那高高的块头像坚硬大石头般立在岸边，心头波涛翻滚。思忖再三，他横下心来：把牛赶下河，和牛游到对岸！

同志们都被他的想法惊呆了，望着河面上此起彼伏的冰块，纷纷劝阻阳早不要冒险。阳早说："牛会游泳，不会被淹死，但需要有个人随牛一起游，以防止它们被流水冲散。"说着，他"扑通"跳进冰冷刺骨的河水里。那群牛大概在撤退中学会了逃生技巧，跳下河便拼命地游向对岸。阳早在水里游了一阵，身体冻麻木了，一点力气也没有，便用手揪住一头牛的尾巴，大声吆喝着。牛群在阳早的指挥下顺利游过了河。阳早靠岸时，同志们赶紧搀住冻僵的他，挪到高处的平地。

“阳早，阳早！”大家边呼唤边忙着给他解衣服、换鞋子，烧姜汤给他暖身子。

夜风像刀子割在人的脸上、身上，但撤离不能停留，必须连夜赶路。好不容易到了第二天早晨，农场人马刚在一个村子扎营睡下，却被侦察员“嘚嘚嘚”的马蹄声惊醒！

“快，快！敌军来了，就在山谷下十里的地方！”又是十里的警报！所有人迅速起身，打包，牵牛，撤退！

阳早继续断后，他时而上树，时而站在墙上，时而跑到山头上，随时观察敌情。黄昏时分，阳早发现敌军从山谷追了过来。

好在撤退的大队伍已搭船过了河，一会儿便不见了踪影。阳早和张耕野等赶紧赶驮着补给物资的毛驴渡河！渡至河中心时，一头毛驴疯了似的往上游跑，装着物资的包裹掉进了河里。张耕野拽住毛驴，阳早潜到水中捡包裹，重新把包裹放到驴背上，这才安全过河，把追兵甩掉了。

阳早不顾安危，两次在湍急的河中保护装备和补给，给大家留下了深刻的印象——他坚强的战士形象在大家心中矗立起来了。

6月，国民党包围了漯河山谷，对刚转移到此的中共中央虎视眈眈。阳早所在的光华农场也在漯河山谷之中。30天的大突围，农场职工同党中央一样，每天转移一到两次。实在走不动了，就简单吃点，小睡一会儿，接着与敌人周旋。天上有飞机，地下有追兵，炮火连天，命悬一线，那地狱一般的情形磨炼着队伍。阳早晚年回忆说：“大多数情形，如《红星照耀中国》书上描写的那样，我这一辈子真值。”

农场撤退队伍一直处于运动之中和生死之间。一次赶着牛群过高桥时，一头奶牛不慎滑落摔死。正架锅煮肉时，侦察兵快马加鞭急报：“赶快离开这里！”阳早迅速把半生不熟的肉从锅里捞出带上就走！挤奶制作黄油的人员也立马停止工作，接着转移。在躲避国民党追兵的途中，阳早拿着半生半熟的牛肉蘸着黄油啃，同志们说他像西部牛仔，阳早则如战场凯旋的士兵般自豪地说："我吃到的是作战的味道，胜利的味道。"

漯河山谷两端的路被国民党军队切断了，同时，宁夏"土皇帝"马鸿逵的军队挡住了西进之路，农场队伍唯一的希望是渡过黄河向东突围。阳早一行白天休息，晚上趁夜色掩护把疲惫的牛群拼命往北赶，靠近漯河后择机迅速渡河。7月的漯河水一般只有两尺深。凌晨时分，一队黑影出现，溅起少许水花，快速横穿河床，再一直朝东，赶往安全地带。农场的队伍终于突破了国民党军队的包围圈，摆脱了追兵！按阳早的计算，这天是7月4日。

7月间，光华农场胜利突围后接到命令：阳早和张耕野等前去附近的绥德边区政府报到。

国民党军队遍布各处，危机四伏，他们得到的指示是：必须谨慎地走特定的山路，在预定的时间到达指定的地点，以避免腹背受敌。只有在到达指定的地点后，才会接到下一段行程的指示。

出发第一天，东方刚露出鱼肚白，他们便起程赶路，直到晚上9点才到达指定地点。入夜后，他们沿着山脊小路向前走，经过一个转弯，突然看到微光从山谷中的窑洞窗纸透出，酷似星星散落在村庄各个角落。在阳早看来，那简直是人间最温暖、最美丽、最幸福的光。他们的步子变得轻盈了！

"什么人？"突然传来一声盘问。阳早循声望去，见是哨兵，便掏出上个交通站发给的特制通行证，哨兵仔细确认无疑后，才把他们带到一个小房子里登记，更换通行证，安排住宿，给些小米，吩咐道："明天早上继续赶路。"

经过四天行程，他们终于到了绥德边区政府。报到时他们得到重建部的指令——火速赶去光华农场在绥德时的旧址，彻底疏散驻扎留下的全部农业补给和设备！阳早一行接着又赶了一天的路程，虽已精疲力竭，但战争不容一丝拖拉作风，他们到达后以最快速度完成了疏散任务。

接着，他们接到了第二个紧急任务——向东渡过黄河进入山西。他们马不停蹄，晚上在黄河边的村庄等待过河指令。

这个村庄地势较高，黄河裹着黄沙，打着黄色巨浪翻滚而过。

第二天大清早，接到过河命令后，他们乘筏子渡过黄河，往山西走了一段，然后停下等待新的指令。

国民党军队穷追不舍，追到黄河岸边，反被解放军“包了饺子”。国民党的增援部队也被同样的方式歼灭。仅仅几天时间，好消息频频传来，这是胜利的预兆。

山野的风像柔软的丝巾滑过阳早的脸颊，他的思绪随之如彩带展开。他想到了美国国防部的五角大楼，那些将军们在豪华的庞大建筑里制定作战计划，中国共产党的领导机关却在陕北深山的小村庄，指挥着中国人民的伟大战争，牵住了美国支持的国民党军队的鼻子，并各个击破。

我军以3万人对抗国民党军25万人，消灭敌军1.4万人。这个铁的事实给本来只是想“到中国、到延安看看”的阳早极大的震撼。战争把阳早汇入中国革命的洪流之中，他更加没有理由回美国了，他坚定地要和中国人民紧紧地在一起战斗。

安全渡过黄河后，阳早巧遇从延安疏散出来的美国医生马海德。马海德是美国公民，当时就在附近的医院工作。他也同阳早一样抱着看看中国是什么样的想法，来到上海与进步人士联系，正赶上宋庆龄要选派两名西方人去解放区：一名诚实客观的作家、一名医术高超的医生。最后被选派的作家是埃德加·斯诺，他后来创作了惊世之作《红星照耀中国》；而选派的医生就是马海德，斯诺采访毛泽东时马海德也在场。

阳早去看马海德时，马海德顺便给阳早做了个全面体检，做完笑着说：“基本健康，但有点饥饿过度。”

阳早微笑着说：“在疏散之初得了血痢，还在恢复呢，战争结束时我就全好了，我们都全好了。”

阳早在马海德那里的三四天中，看见食物就抓起往嘴里塞，一副狼吞虎咽的样子。马海德尽其所能地拿出储备食物分享给阳早，说：“天啊，阳早，现在我知道你妈妈为何在农场里把你养大了，也知道延安让你喂牛的原因了。”

阳早回到重建部，遇见康迪，建议康迪同他去重建部做农业工作，学习农业技术，以应战后重建之需。重建部很快批准他俩到周围农村开展调研。

阳早与康迪用驴车带上食物和补给，徒步出发。有人提醒他：“可以骑驴。”阳早笑着回应：“毛驴和我差不多大，而且脾气极其暴躁，就不骑了。”

他们走到山西北部，越过长城进入河北，停留在一个小村庄里。中央在那里开大会，200名游击队员在外围保卫。阳早的出现让保卫人员陡然紧张起来，后来见这个西方人一门心思搞农业调研，才放松了警惕。

阳早之前已得知女朋友寒春的哥哥、自己的大学室友韩丁又来中国了，此时听说河北南部的解放区有几个外国人在工作，于是去碰碰运气，看能否见到两年没见的韩丁。

无巧不成书，阳早运气也真好，韩丁正在那里撰写报道解放区的英文稿。阳早见到韩丁，高声地说：“我的天，你的鼻子真大呀！”

“小点声，鬼子进村，放炮的不要。”两人热烈地拥抱在一起。

韩丁也渴望回归农业。他们在华北农业大学改造农具，很快研制出几台小型农业机器，包括播种机。

正干得热火朝天的时候，阳早与康迪接到指令：“返回延安。”

回延安的路上，他们遇见一队民夫在匆忙赶路，有的赶着毛驴，有的推着小车，还有的挑着担子，运的都是沉甸甸的粮食。阳早忙上前询问：“你们这是要到哪里去？”他们回答：“陕北有几个县受了灾，我们是从山西、河北解放区过去支援的送粮队。”

原来，在陕北的一些地区，先是日本鬼子“三光”扫荡，后是国民党为切断共产党补给大肆破坏，加上连年灾荒，农民急需粮食救济。于是，中国共产党特辟一条由河北、山西往陕北运送粮食的路线，一站接着一站把粮食运到最需要的地区，以解苦难大众燃眉之急。阳早想起自己在国民党统治区长沙做调查时目睹的情景——国民党官吏贪污了救济物资，并在街头公然设立商店出卖，而商店旁边就倒卧着饿死的穷人；而在解放区，一处有灾，八方支援，群众从山西、河北等遥远的地方运来粮食，救济受灾同胞。

阳早在湖南见过国民党对饥民的“救济”，目睹了国统区的冷酷无情，而在这条运粮路上，消除饥饿的决心与效率给他留下了深刻的印象。那时的长沙，每天有数以百计的人死去，成袋的面粉却放在仓库里；这里的人背着粮食穿越两省，源源不断地向灾区伸出援手，几乎完全避免了饥荒。

两个天地！两种命运！

阳早和康迪再次渡过黄河，向绥德进发。到绥德边区政府时，他们遇到了陕甘宁边区主席林伯渠。林主席原以为阳早不会回来了，战火硝烟中的重逢等于劫后重逢，如英雄浴火重生，两人相对无言，紧紧地拥抱在一起。阳早与好战友刘德英、张耕野也见面了。

他们全都被临时安排在距离延安几天路程之外的瓦窑堡铁厂工作，任务是赶制战后重建的农具和生活用品。工厂原来只有4户农民，边区政府派了20来人。工厂由大熔炉和小排山洞组成，附近的小煤矿提供燃料。铁厂生产当地农民急需的产品——简陋的农业用具和生活必需品，如锅和蒸煮器具。没有铁矿就将废铁熔化，甚至将尚未引爆的炸弹壳熔化。他们找到一个炸弹，小心翼翼地放在小溪里泡些时日，再用大锤敲开。刘德英是一个好猎手，他把炸弹里的火药取出来，装在猎枪的枪膛里，再放些铁砂，去打鸟和野兔改善生活。

熔化废铁需要4个人拉动风箱，颇为艰难，干起来却很有趣。和老铁匠一起工作，阳早深有感触——劳动过程和战争经历一样，让阳早深刻地体会到人民群众中蕴含的巨大潜力。不会读书写字的农民，可以浇铸精密模具，能把铁水制成很好的薄铁锅，用废料制作灌溉渠里的升降铁闸。制作升降铁闸是一项硬任务——将旧铁轨熔化制成闸门平板。为了制造升降闸门的齿轮，一位老装配工在实心铁盘上用凿子凿出一个个齿。20年以后，阳早旧地重游，灌溉渠里的升降铁闸仍在那里守候岁月，好像日夜都在等待缔造者阳早的探望。

阳早在铁厂才安定下来半个月，又接到警报：驻扎榆林的国民党军队要突袭延安，进攻路线之一要经过瓦窑堡，因此工厂要疏散。国民党军队最终选择了更西边的所谓安全路线，却在偷袭延安的路上被消灭。这支军队是唯一留在陕北的国民党军队，被打败之后，陕北彻底解放了。

从胡宗南占领延安之日算起，到延安重新解放回到人民手里，正好一年一个月零一周。西北战役彻底打败了国民党部队，解除了国民党对陕北的扼制，从此黄河及其西部广大地区成了解放区。那首《解放区的天》又响彻黄土高原。

阳早和其他同志的主要任务虽然只是带着奶牛躲避敌人，但也是中国革命的重要组成部分，他们也是国民党企图歼灭的队伍之一。转战结束，农场的同志们都做了总结和鉴定，领导和同志们在阳早的鉴定表上写着："对革命胜利有信心，1947年战争中表现坚定。"

中国迎来寒春

重返延安，亲历延安重新回到人民手里，阳早更加坚信中国共产党必胜，而且必将取得压倒性的胜利。他期待着寒春的到来，便给寒春写了一封长信：

从撤离延安起，到现在一年了。这一年我思想上的主要变化是，变得谦虚多了，对红星、对小米加步枪更加崇敬，对共产主义信仰更加坚定……我长于美国，有些西方沙文主义，到中国后，我强烈地意识到，我以前抱有这种思想是不纯洁的，中国人民在做推翻三座大山有关的事情，非常棒。这一年，我经历了中国人民解放战争的撤离与突围，从3月到9月，我与同志们大约有6个月时间都在翻山越岭躲避国民党的枪林弹雨（那枪林弹雨有些来自美国），保存自己的性命，也努力地让奶牛存活下来，尽量少让人民利益受到损失……在经历这些事情的过程中，我懂得小米加步枪的队伍能够取得胜利的秘诀所在，这让我变得谦虚了许多。我还意识到这不只是尊重人民的问题，而是要非常认真地向他们学习。

在这种形势下学到的东西，不仅让人变得更加聪明，让人学习和认识世界发展规律，还让人具有强大的执行力，正如毛泽东所说，一切知识，直接的或间接的，都来自实践。我有幸经历了中国人民的西北解放战争，在6个月当中，亲见了什么叫人民战争，什么叫与人民打成一片……群众是中国共产党军队的眼睛与耳朵。虽然在此之前我可以回答这些问题，但这次经历让我刻骨铭心。有马克思主义信仰、用马克思主义作指导是无敌的，因为他们依靠人民群众。这是人类真理。

阳早不停地给大洋彼岸的寒春述说，并催促她坚定信心：“尽快离开原子弹，来中国亲眼看看，为人民谋解放的中国共产党是怎样打败腐朽的国民党，并在烂摊子上重建伟大国家。当你亲见奇迹的发生，同样会无比激动、振奋不已。”

寒春终于拿定主意，到中国去。

按哥哥韩丁的建议，寒春通过宋庆龄的秘书谭宁邦捎信给中国福利基金会，述说自己去中国的愿望。谭宁邦就在宋庆龄创办的中国福利基金会工作，寒春的信捎去不久便得到回复：中国内战加剧，形势对她太危险了，请耐心等待。寒春又通过中国福利基金会给中国的一些大学写信申请物理教师职位。中国福利基金会被寒春的决心感动，便以最快的办理速度，给她发出了工作录用函。

寒春拿着录用函，迫不及待地去申请护照。在填写去中国的“访问目的”时，她为难了——当然不能填写“去看看中国革命是怎么一回事”，而

1948年，寒春来中国前夕

最让人信服的理由是“爱情和婚姻”。寒春一咬牙，填上了“与未婚夫团聚并结婚”。还好，那个年代没有互联网，申报材料没有寒春在洛斯阿拉莫斯为军方工作的记录，审核人员也不能核实，否则，寒春肯定是不会被允许离境的。拿到护照，寒春以最快的速度订到最近一班从旧金山到上海的“戈登将军号”船票。

1948年3月，寒春对同事说，她要到共产党的中国去。这在当时的美国是不可思议的事。寒春是费米的主要助手，费米当时做的非常重要的事情就是测量原子铀的临界质量。这是费米和寒春合作测量出来的，属于很关键的实验，原子弹研究又是极其绝密和敏感的事情。所以，此时寒春要去中国，确实非比寻常。作为寒春的导师，费米、阿里森、泰勒都劝说她不要去战乱的中国，不要去延安。但是，他们一直没有向任何人走漏风声。事后，美国中央情报局找阿里森调查寒春的情况，阿里森对他们说：“这关你们屁事！”

寒春把自己的决定告诉了杨振宁。杨振宁才明白寒春前些日子为什么要学中文。尽管已经下决心离开，她仍然有几许不舍，长期为之奋斗的博士学位考试不能参加了。她接着去向曾经在洛斯阿拉莫斯国家实验室一起工作过的鲍勃·卡特告别。在离开芝加哥的前一天晚上，费米和夫人为寒春开了个送行晚会，请大家参加，费米还送给寒春一台照相机，嘱她多拍摄些照片。这相机一直跟随在寒春身边，记录了寒春在中国的岁月。

杨振宁借了一辆汽车，把寒春送到火车站。寒春由此出发，先坐火车，然后乘船踏上了远去中国之路。

行程计划是从旧金山经夏威夷到日本休整，再出发直抵上海，共18天。

船上大部分乘客都是中国人，寒春用杨振宁教的几句中文与乘客交流，还从一个中年男子那儿学会了“要凉开水”。船上有三个留学归国的中国学生，其中一个学物理，寒春能从一个方程推导费米统计，让这位学生大吃一惊。为此，他对寒春的印象非常深刻，一回国就对所在的大学提到寒春，立即给寒春发出任职邀请。

18天的太平洋之旅，寒春给自己制订了中文学习计划，每天学习10个中文词汇，当船在上海靠岸结束旅程时，她已学会180个。

轮船停靠在日本横滨时，乘客下船坐上汽车到东京游览。当地的码头工人跟美国的工人境遇完全不同。旧金山码头工人用机器装卸货物，而且已经通过工会组织起来，而日本码头工人完全靠人力背送货物，且衣衫褴褛。从横滨到东京道路沿线的乡村，几乎都被夷为平地。被轰炸后的东京与美国宪兵摩托驶过的残影，令寒春叹息不已。

第二天重新上船，驶向中国。到中国的第一站是上海，寒春在码头见到的卸货工人境遇更糟——骨瘦如柴，俯身负重，步履维艰。宋庆龄安排中国福利基金会的王安娜到码头迎接，并带寒春坐三轮车到家里住下。寒春随即找谭宁邦接上头，获取帮助。为了尽快多学中文，寒春还请了一个青年学生给她上课。

王安娜1907年生于德国，曾在柏林大学攻读历史和语言学，并获哲学博士学位。从1931年起，她参加反法西斯斗争，两次被捕入狱。1935年与留德的中国共产党党员王炳南结婚。1937年，随同丈夫在中国参加抗日战争。1938年，受宋庆龄委托，以支援中国人民抗日战争的救援团体保卫中国同盟代表的身份，负责援华物资运输工作。1945年作为宋庆龄的助手在上海保卫中国同盟工作，她的回忆录《中国——我的第二故乡》后来被翻译成多种语言。

一天，宋庆龄派人请寒春去她的办公室见面。宋庆龄的办公室位于上海市中心的一座两层小楼里，办公室房间仅能放下一张桌子和几把椅子。见面后，宋庆龄认为寒春穿着长裤和简朴的鞋太过引人注目，建议寒春穿裙子、抹口红、烫鬈发，尽量与上海这座城市合拍一些。寒春尊重宋庆龄的意见，同意穿裙子、烫鬈发，但不接受抹口红。

当时，保卫中国同盟已改名为中国福利基金会，除为解放区筹集资金外，还在城市开展慈善活动，其中一项工作是开办育才学校，培训穷苦孩子的艺术才能等。宋庆龄希望寒春到育才学校教英语，寒春则期待宋庆龄设法早日送她去延安。

寒春到上海大约一个月，韩丁的妻子史克也来到了中国，希望一同去延安。中国福利基金会计划通过在中牟（河南省郑州市附近的县城）的一家友谊服务医院送她俩去解放区。史克是护士，马上得到机会进入这家医院，而寒春则被告知需要等候消息。

在漫长的等待中，杭州一所大学邀请育才学校的戏剧小组演出。育才学校安排寒春一道，让她去看看中国的另一个城市。他们坐了一夜的火车到达杭州，学校把他们安置在剧院的二楼休息。寒春带了睡袋，而其他人则睡在她身旁的草席上。

演出中有个短小哑剧，讽刺国民党的物价像气球一样飞速膨胀，工人工资赶不上通货膨胀。学校的小短剧击中了国民党的痛处。当时正是国民党在人民解放军强大攻势下节节败退之时，上海则一边是灯红酒绿，一边是讨吃要饭，可谓“朱门酒肉臭，路有冻死骨”。

杭州的国民党官员对这个演出很不满意。在第二天晚上演出时，警察冲进剧场搞破坏，剧团的孩子们一边向后台跑，一边冲着寒春喊：“快跑！快离开！”随后，他们收拾好道具和乐器，逃回了上海。

为了买把小刀子，寒春拿5美元换了一大包国民党法币，赶紧跑到商店把钱给老板，老板数都数不过来，只看体量差不多就把刀给了寒春。突然间，国民党发行金圆券替代原有法币，强迫所有人必须把持有的外汇或者金银换成金圆券，谁违抗当场枪毙，被毙者的照片第二天刊登在报纸上以示警告。

寒春有记日记的习惯。在日记中，她把通货膨胀率绘制成曲线图。在金圆券发行后，寒春画的通胀曲线图有将近一个月趋于平稳。随后，金圆券也崩溃了，通货膨胀率直线上升，冲破最高位。结果是，国民党逃到台湾时带走了大量金银，而普通百姓则只能熔化金圆券硬币，以出售其中的铜。

不久，中国福利基金会让寒春乘坐装满医疗用品的货机去中牟。寒春在那里等待时机与史克去解放区。寒春闲暇时经常在医院的杂货店驻足，跟一个美国人学焊接。她悟性极高，几天就设计并焊接了一张能上下滑动、有安全栏杆的婴儿床。

当开封附近也遭到国民党轰炸时，寒春跟着医疗分队到奥地利医生利帕居住的大院里，亲见他们在院子里给被炸伤者做手术。在中牟，寒春得了疟疾，高烧不退，好在这所医院有治疗疟疾的药物，数天后高烧得到控制。然而，疟疾还没完全好，寒春又感染了热带口炎性腹泻，难以消化食物。利帕医生说寒春太虚弱，不能去解放区，于是寒春被送回上海。因为病情较重，中国福利基金会想把她送回美国，但寒春坚决要留下，等病好转后再去解放区。

热带口炎性腹泻也叫热带脂肪泻，寒春的哥哥韩丁到中国时也得过热带口炎性腹泻，并用叶酸治愈了。因此，寒春想法弄到一瓶叶酸，服用后，果然便慢慢地好转了。

不久，寒春得到消息，史克离开中牟进入解放区，与韩丁会合了。寒春想：史克进入了解放区，意味着我也能进入解放区。她坚信机会还会来，便继续在上海的中国福利基金会工作，等待下一个机会。

在此期间，寒春得知欧洲犹太难民索尔莫医生在一个乐队活动，便带着小提琴加入。索尔莫医生为了表示对寒春的好感，送给她一双高跟鞋，让寒春回忆起大学毕业领受学位时“对高跟鞋的态度”。

乐队里还有一些外国人，包括“工业合作运动”之父路易·艾黎、《中国评论》杂志社的朱利安·舒尔曼。寒春还见到了沙博理和凤子夫妇。沙博理是美国律师，凤子是中国女演员和文学评论家，他们在中国喜结连理。

时间来到1948年年底，寒春还在上海。与从美国到上海相比，上海距延安近在咫尺，一步之遥，却久久不能成行，寒春越来越不耐烦了。她和宋庆龄还有谭宁邦一起度过愉快的圣诞节之后，宋庆龄悄悄地告诉寒春，有一个可靠机会可能促成她去解放区。这与寒春在乐队里认识的沙博理和凤子有关。他们夫妇跟地下党联系好了，同意寒春先到北平，然后择机去延安。寒春听到能同阳早一样先到北平再转道去延安的消息，欣喜若狂，当着宋庆龄的面在秘密谈话处的床上翻了一个跟头。

寒春得到的指示是：在指定日期买一张机票前往北平入住北平饭店，在那儿有人跟她联系。

寒春快速买到机票，收拾行李，并跟中国福利基金会的朋友道别。

她乘坐的是一架货机，降落在山东，按照计划在机场坐长途汽车抵达北平，入住北平饭店，等待接应的人。

几天过去了，没人跟她联系。寒春白天冒险在长安街、天安门、王府井转悠消磨时间，缓解焦急的情绪。在王府井，寒春突然发现一个可疑男子不断出现，疑似尾随——时局教会寒春警惕身边事态，她意识到被跟踪了！于是加快步伐，直到甩掉跟踪，才直奔北平饭店。

回到宾馆惊魂未定，寒春就听到了敲门声，她格外小心地开门，从门缝看见是凤子、沙博理和一个陌生人，才将门打开。陌生人说，跟我们走吧。寒春麻利地收拾好行李，跟他们进入地下党秘密联络点。

在北平饭店接应寒春的陌生人叫石澜（化名）。寒春每次看见石澜，他都穿戴不同的衣帽。很久之后寒春才得知，原来这个把她送到解放区的人是北平地下党总负责人，大名鼎鼎。

从北平饭店出来，石澜领着寒春、凤子和沙博理往东走，奔向东单北面第二条胡同尾部的小房子。那儿住着一家人，也在等待机会进入解放区。在等待的日子里，寒春为了尽快提高中文水平，和孩子玩耍时也努力地学习中文。

北平地下党为寒春进入解放区准备了一张假通行证，上面写着的身份是北平某大学教授。

几周后，他们三人搬至另一名地下党员戴浩（化名）位于北海边的精致小楼住下。戴浩在影视界工作，同时有个国民党官员身份作掩护，去过延安，如今又回到北平从事地下党工作。寒春三人搬进去时，他的住所已经成为地下党员进出解放区的秘密据点。

从那座房子进出的人好像都会“川剧变脸”，能由一种样子变换成另一个模样。穿着高跟鞋抹着口红的女电影明星、作家、文学评论家从前门进来，然后变成普通农民，穿过厨房从后门出去。寒春从小接受的做人信条是永不撒谎，谎话从不出口，也从不乔装打扮，现在她被这样的情形深深地吸引住了！

在那里，寒春还遇到了已故进步记者羊枣的妹妹、著名作家杨刚。刚从上海过来那天，杨刚穿着裘皮大衣，径直走向餐厅，在壁橱里换农民衣服，戴浩在大厅帮她准备通行证和照片。正在这时，一位国民党三青团团员径直走来，负责放哨的人发出信号，戴浩熟练地拿出一摞家庭照片把通行证和照片盖住，像亲友一样拉起家常。杨刚则在壁橱里纹丝不动，毫无声息。那个三青团团员未见异常便离开了。杨刚立马拿上通行证，消失在厨房的门外。

地下党终于定下带寒春三人进入解放区的计划——乘汽车从天津离开。戴浩开车将他们送到前门火车站上火车，并交代天津地下党联络员接应暗号。

天津的联络员领着他们到一座五层公寓的顶楼住下。隐藏几天后，寒春三人根据联络员的指示，去当地市场坐车。那是一辆旧敞篷卡车，车上的乘客多数是回农村的。寒春和沙博理扮成一对传教士夫妇，凤子则扮成农民，跟着联络员一起走。他们互相之间假装不认识。卡车刚驶出市区在第一关卡停下接受检查，哨兵胡乱翻过行李后，命令寒春和沙博理、凤子下车。凤子很冷静，她假装生气地嚷道：“凭什么把我们拦下？”沙博理也加入争吵，声称负责中国境内美国传教士安全是官员职责所在，并威胁要向国民党方面反映这件不愉快的事情。寒春哪儿见过这等阵势，她故作镇静，掩饰内心的恐惧，十分担心哨兵看穿沙博理的虚张声势。

过关失败，他们回到那座五层公寓。沙博理指着寒春的满袋子腹泻药说："是这招致了怀疑。"寒春则指着两台打字机说："是它们引起了麻烦，打字机在没经验的人看来就是发报机。"

取道天津去延安的计划失败，他们回到北平，戴浩对寒春三人表示歉意，说："不该在平津战役紧要关头安排从天津去延安。"

1949年初，当解放军以闪电般的速度从东北向北平突袭时，国民党军队在北平城外炸出一片无人区，毁掉了城墙附近所有可供用来遮蔽的物体，以为这般就可阻止解放军攻城。枪声昼夜不停，撤离的飞机"嗡嗡"地从头顶飞过。北平与延安的通信被阻断了，寒春便给老师费米写了封信描述正进行的"大破坏"，以打发时间，等待暴风雨过去。

为应对艰苦岁月和撤离之需，寒春除花30美元买下一辆二手自行车之外，同时不停地往储藏室里装罐头。

从天津回北平后不久，1949年1月15日，天津解放了，平津战役进入第三阶段，中国人民解放军兵临北平城下。

北平处于战争状态，飞机每天定期空投信件和供给，城里的国民党军队士气却越来越低落，士兵浑身污泥、消瘦沮丧，寒春认为这样的状态就连进行一次像样的反击都不可能组织。

显然，解放战争到了重要的历史性转折点，但寒春仍然不能进入解放区。坐落在城外的燕京大学已经解放，学生们不肯被锁在城内，与岌岌可危的国民党政府谈判要求返校复课。寒春终于找到机会。打开城门让学生复课的那天，她取出谭宁邦让燕京大学一位教授转交董必武的介绍信，把睡袋、打字机绑在自行车上，与沙博理和凤子道别。沙博理调侃地说："我们就这么等待北平的解放。"

进入解放区

终于出了城门，到了解放区。寒春老年时这样回忆当时的情景：

> 天啊！我实在太兴奋了！我们先通过国统区，看到周围的所有建筑都被毁了，满目疮痍，到处可见战争的创伤……我只能推着自行车往前走……走着走着，路边开始有树了，然后见到了人民解放军整齐的队伍在高大而整齐的白杨树下纵队行进。战士们步伐整齐、斗志昂扬、精神饱满，与城里的士兵截然不同，与《白杨礼赞》歌颂的民族气节是那样的贴切——朴实、坚强、向上。天哪，我太激动了！想想国统区的那些绝望的官兵，更是兴奋。

寒春与学生们往北走着，而解放军纵队往南急行而去。

就这样，没有受到任何阻拦，寒春就到了解放区。

燕京大学处处洋溢着解放的新气象，人人充满活力。校园开展各种庆祝解放的活动，有唱戏的、踩高跷的、演短剧的，还有土改宣传的，等等。在北平时，国民党士兵悲观地拖着身体晃荡着，全身泥污，民众惊魂不定。而在这里，大学校园却有序地组织活动，充满欢笑，活力四射。

寒春好像又回到了大学时代，终于安顿下来，一边享受解放的快乐，一边寻求去延安的契机。

燕京大学的教职工大多是传教士。寒春把信交给驻扎在学校的解放军后，去见了传教士格特的夫人。世界说大也大，说小也小。格特夫人居然认识寒春在爱尔兰的亲戚。格特夫人把寒春当亲人悉心照顾。在此期间，寒春突发大病，格特夫人一直陪在她身边，无微不至地照料，直至她完全恢复健康。

寒春在燕京大学等待，直到1949年1月31日北平和平解放，她也没等到机会去延安。北平解放的这天，北平城打开城门迎接解放军时，寒春又把行李绑在自行车上，骑着车跟在解放军队伍后面进城了。

出城、进城的情景恍如隔世！寒春老年时回忆当年的情景时说：

> 我到西直门时与解放军的大部队相遇，整座城市都沸腾了！城门敞开着，解放军威武进城，我跟着队伍走。人们向队伍抛撒糖果，每个人都在鼓掌和欢呼，我被看作解放区来的一员而受到隆重的欢迎！我的天啊，我从未受到过如此隆重的礼遇。

寒春又与沙博理和凤子大如会合了，沙理博和凤子仍住在北海边上的小楼里，见寒春回来，惊讶不已。

不久，寒春被他们带去与一个文化社团的负责人见面，负责人将寒春拉到一边轻声地对她说："你去延安的行程安排好了，是搭乘一辆顺路送重机器的卡车。马海德也在北平，他将通知何时出发、如何走。"负责人把声音压到最低说，"马海德的身份对沙博理和凤子严格保密！你不可透露半点风声！"

1949年春天的一天，马海德来到寒春住处，对寒春说："你可以去延安了。"听到这一喜讯，寒春忍不住又兴奋地在床上翻了个跟头。

不几天，两位战士开着一辆道奇卡车到北海小楼前接寒春去延安，寒春还得到一个军用小提箱。

告别老朋友，寒春与新朋友两位战士刚熟络起来，便向他们卖弄起开车技巧。他们三人将车开到一座高大空旷的建筑前，装上指定的机器后用防雨布包裹好。两位战士将送寒春到延安视作特殊任务，一起愉快地向着遥远的延安进发。

寒春激动的心情难以言表。她站在车上，欣赏着前方的风景，看见大鸟自由地高高飞翔，便引吭高歌。

停留的第一站是石家庄。在那儿，寒春听说临近温水小镇住着两位外国朋友，其中一人在拖拉机学校当老师。寒春前去打探，发现那位教书先生竟然是她的哥哥韩丁。

寒春赶到学校时，韩丁正在讲课，讲解拖拉机结构。异国遇亲人，兄妹分外喜悦，尽情地述说分别后的情况。韩丁还将机器拆开，向妹妹详细讲解工作原理，这为寒春以后改良农业机器和奶业设备打下了基础。不巧的是史克已去了解放区，这让寒春多少有些失望，但也让她产生早日到延安与美国“老乡”会面的念想。寒春在从北平去延安的路上，感到非常自在。没有人因为她是金发女郎就另眼相看，相反，却认为她是他们中的一员。这与整个西方媒体的新闻报道正好相反。西方媒体报道说如果你是外国人，在解放区不会被允许独自行走，因为担心你看到解放区不愿让外人看到的东西；外国人做每件事都要受到严密监控，等等。

寒春按时返回石家庄，继续“兵车行”。前方道路越发地难走，多数桥梁和道路被毁坏了，老道奇卡车在泥泞的路上、在战火毁坏的路上，行进非常缓慢，不得不经常停下来，借助人的力量，用绳索辅助才能开出泥坑。

寒春和两位战士每晚都在小山村过夜。战士除要保护军用品，还要分别睡在寒春的两旁，保证她的绝对安全。

进入太行山区后，不管他们停在哪里，消息总会立马传开，看热闹的人群便蜂拥而至，推着挤着看不够似的。两位战士既要给寒春找吃的，又要保护她的安全，为此绞尽脑汁。

经过许多个日夜的艰苦行进，终于到了榆次铁路镇，两位战士要腾出手来完成另外的任务，便将寒春托付给当地组织。当地的干部不知道该怎么招待国际友人，于是给她一间屋子住，一日三餐都用元宵招待她——他们听说外国人喜欢吃甜食。直到有一天寒春说不能再吃元宵，该给她吃点别的了，她才吃到当地可口的主食和小吃。

等待两位战士的时间格外漫长。寒春去参加当地的日常学习，虽然听不太懂，但心情舒畅多了，因为她不再是在小屋里“吃甜食的孤家寡人”。

战士完成任务后，寒春便随他们改坐烧煤的蒸汽机车，沿着阎锡山修建的窄轨铁路前进。寒春坐在火车车厢敞开的车门旁，把双脚晃在车外，一边看车外风景，一边听旅伴讲述解放军的故事——在哪里消灭过国民党军，在哪里打过阎锡山……

火车到站后，他们改乘在那里等候的军车，沿黄河边行进。黄河水流湍急，一派“黄河在咆哮”的气势。战士们哼起《黄河大合唱》《东方红》的调子，寒春也跟着哼唱。

他们将车开上渡船，横渡湍急的黄河，平安到达对岸。不久，一座建在山上的城市突然展现在寒春的眼前，城市的台阶从河边一直盘旋蜿蜒到山顶，寒春仰望着这座独特的古城。司机说，这是著名的古城绥德。

他们把车留在山下，到山上去找食宿。好像整座古城的人都听说来了一位漂亮的外国姑娘，许多人聚集到小旅店来看“西洋景”。一大堆人围了过来，两位战士努力向人群解释，但后面的人仍往前挤……小店在摇晃，好似快要崩塌。

延安近在咫尺，可不能功亏一篑！战士机警地做出“撤退”决定——把寒春从后门带走，一口气跑下山，回到车上，继续向延安开拔。

行进于解放了的壮丽山河间，寒春高高地站在车厢上，回想起了在帕特尼学校时的自由时光。卡车颠簸，激起她青少年时期野外生存训练时征服困难的原始冲动。黄河两岸迎面扑来的山风与河风撩起她的长发，她情不自禁地大声唱起涌到胸口的英文歌，除了风儿打着轻快的口哨附和着，谁也听不懂。

“我找到了家，回家了”

1949年3月下旬的一天，他们的车以胜利者的姿态，骄傲地发出“隆隆”的轰鸣声，驶进延安城。

跨越太平洋的追寻，何止八千里路云和月，终于见到了宝塔，见到了梦中的、书中的、信中的、讲述中的、神话般的延安！

延安位于三条主要峡谷的褶皱中，两条河流在城中心汇成延河主流。窑洞分布于各条峡谷旁边的黄土山上。山体土质良好，洞穴被打造成精巧的拱形，以便承重。

经过战火洗礼的延安，几乎所有建筑、桥梁、马路都被炸成了碎片，破败不堪，所存无几。卡车开在唯一一条尚可通行的路上，两旁空无一物，没有一座完整的建筑，医院、学校乃至新华通讯社等新闻单位都在露天办公。突然出现的木房子矗立在旁，显得十分突兀。

战士径直将车开往边区政府。车在河边的道路上前行，路的上方突然出现了一排小平房洞，这便是整个边区政府机构所在地了。

会英语的年轻人康迪与其他政府人员热情地欢迎寒春的到来。延安虽然破败，但人的精神饱满，每个人的脸上开着太阳花一般，寒春一下子被热闹与热情所拥抱。两位战士热情地向寒春告别。如此前北平告别一样，寒春又将融入另一个秩序。

延安给寒春的第一印象太深刻了：

> 每个人都在为共同的目标而工作，我强烈地意识到我融入于宏大的事业之中，作为全世界普通大众中的一员，我找到了家，回家了，那是一种享受，十分神奇。我自言自语道："老天，这就对了！"

寒春从美国到上海花了18天，而从上海到延安用了一年。

那时去延安是一种时髦，大量的知识分子都到延安去，去建设新的社会。一到延安，寒春便强烈地感受到了自由的气息，她独立的性格、奔放的情绪又可完全释放了。康迪十分热情，和寒春一见面就大谈特谈1947年发生的事情，谈阳早在延安大撤退与突围脱险中经受严峻考验的传奇故事。康迪绘声绘色地说："有一次，敌人已经爬上背后的小山，阳早和张耕野却镇定地抢救掉进河里的设备……阳早已成长为坚强过硬的革命战士了。"接着，康迪严肃地说："组织交给你的第一项任务是：向阳早学习。"

到了延安，没有见到阳早，这让寒春有些意外，更加意外的是被告知向阳早学习。对于这个任务，寒春大喜过望。一方面，阳早经受住了革命的考验，在战争中不断淬炼，成了坚强的革命战士，这让她高兴；另一方面，她还没结婚，她曾是与费米发表过论文的核物理学家，是个大胆却没参加过奥运会的滑雪健将，是个令人恐惧、可以把任何对手摔倒在地的摔跤手，但很显然，在延安她不如阳早，要在思想和行动上向阳早看齐。

在一般人看来，寒春融入解放区不是一件容易的事。作为核物理学家、世界级的滑雪运动员和有实力的摔跤手，要融入艰苦卓绝的中国革命与建设事业也是很难的，除非她有超越常人的精神动力。

康迪对寒春说："阳早离这里有两天的路程，他在一家铁厂工作，并且我已去信告诉他你来了，一周之内他就会回延安。"随后，康迪领寒春到了一口窑洞："你就住这儿。"

寒春把从北平出发时配发的军用小提箱搬进窑洞，将所有家当——打字机、计算尺、睡袋和几件衣服拿出来，摆放到窑洞内，原以为东西并不算太多，如今却显得太多了，加上有人议论说"这一提箱东西实在不是一般多"，寒春猛然觉得小提箱似乎在变大，变得越来越大，而窑洞却在变小，变得越来越小。

后来，阳早向对寒春解释说："延安大撤退时，每个人都要背上自己所有家当，遇到敌情，拔腿就跑。在延安的每个人都像枕戈待旦的士兵，随时都可背起背包就出发。"寒春惋惜地告诉阳早，自己在北平时曾忍心放弃一辆刚成交的二手单车和一个更大的行李箱。

寒春破天荒地住进了窑洞，虽然开间还在"变小"，但她还是很喜欢窑洞的实用性——厚如大山的黄土墙壁把洞内和外界隔绝开来，冬暖夏凉，对处于战争状态的延安来说，简直是天然的防空洞，即使原子弹投来，冲击波和众多的辐射也将被阻挡在外面，原子弹之于延安也不过是一个大西瓜。

入夜，整座延安城只有一台小型发电机，单薄、微弱、飘忽不定的电力

1949年的延安

不足以照亮整座山城。居民大多用油灯，正因如此，人们日落而息。只有杨家岭少有的窑洞深夜还透着灯火。

白天，随着太阳升起，整座城换了另一副模样，到处生龙活虎、生机盎然、朝气蓬勃。寒春被延安呈现的敢于胜利的精神所感染，人们的每个毛孔都洋溢着为民族解放而斗争的使命感、自豪感、幸福感。

很快，组织就派人为寒春量了身高、三围等，为她量身定制了衣服——一套棉冬装和两套轻便、结实的夏装。当时，延安实行军事供给制，组织上已经把寒春当成革命战士了。

寒春被安排在自助食堂吃饭。因为她是外国人，所以便和阳早刚到时一样，伙食好些，吃饭与老人、病号在一起，通俗说法是“吃小灶”。寒春不想受到特殊对待，于是对管理人员说：“我可不想成为‘老奶奶’‘病号’，我要和生龙活虎的人们在一起。”寒春说服了管理员，把她安排到了普通食堂。

延安还有一个现象让寒春兴奋不已——每个人每天都在挤时间努力学习。战争年代，人们都有繁重的工作、训练、劳动任务，有突如其来的战事，但学习与思考的氛围弥漫在延安的每一个角落，每个人都在迫切地了解周围的世界，尽可能多地掌握知识，以强化必备的能力——战争与战后重建的能力。

生活条件很差，但没有人叫苦。寒春在孩童时就与妈妈、哥哥、姐姐一起在野外拓展训练，早已习惯了艰苦生活，加上在洛斯阿拉莫斯的经验，她觉得自己在大集体中，干着自己喜欢又对大多数人有益的事，就特别有意义。

晚年的寒春这样回忆那段延安的生活：

> 每个人都在为共同的目标工作，我忽然产生了这样的强烈感觉，那就是自己成了全世界普通大众的一员，这种感觉十分神奇。“你受了那么多的罪，生活条件那么恶劣。”有人这么跟我说。但我实在不记得我受过什么罪，或者我并不认为在中国、在延安、在农场、在路上，是在吃苦受罪。我再不会在衣服上花太多心思，每天穿同样的衣服成了我的信念……刚到延安，我感觉脖子后面有什么东西，我试图把它拔掉。人们告诉我那不过是只虱子，随后给我示范用指尖掐死虱子。此后，我便熟悉了虱子，延安那时虱子很多，腰带处比较暖和，虱子喜欢，我们开会时，会觉得腰带周围很痒。有些人在谈论边区政府正在进行的重大事情以及政策是什么；而此时，有些人被咬得忍无可忍，便在裤腰里找虱子，找到后掐死。找虱子是个绝妙的享受，能听到轻微的“咔吧”爆裂声，看到一点血迹渗出来。
>
> 和这些思想如此先进的群体学习、工作在一起，我意识到自己是宏大事业的一部分，这一事业全世界人民都应该知道，但实际并非如此。我还意识到，虽然我经历了很多不可预知的事，而且还将经历从来没有受过的苦，但我有了一种异样的好感——就像是回到了家，刹那间

我便在家中了，在全人类的大家庭之中，在精神家园里……周围的人都不考虑自己，完全是无我地奋斗。他们甚至没有考虑延安、没有考虑瓦窑堡，而是在思考全世界……这是一种国际主义精神；他们思索着如何把全世界而不仅仅是中国，改造成为人人都能好好生活的家园。

当我投身其中时,感觉极其高兴和精神解放。我真想大声地说："老天，这就对了。"

没有人把我当作老外，更没有人疏远我，都把我看作同志，因为他们为全人类的幸福而奋斗，他们把我看作是世界命运体中的一部分。

万里良缘，圣地花烛

得知寒春到了延安的消息，阳早急不可耐地从瓦窑堡铁厂赶回延安。一别三年，他们看到对方既熟悉又有点陌生的面容，怔了一下。寒春向阳早大步走过去，接下来的情景让旁边的人出乎意料。按西方人的习俗，一对有情人相见，定会毫不顾及旁人，久久地拥抱亲吻。然而，此时的寒春却照着阳早的臂膀一记重拳，阳早也回击了一拳。

他们就像两条不同的小溪，流经延安，猛地一下汇合了。

这不仅仅是他和寒春的渴盼，整个边区机关都对此充满期待，大家期待见证这两位美国友人在延安喜结良缘，并操办一场窑洞里的洋婚礼。这次回延安，阳早觉得山更好、水更甜、天更蓝、风更轻。在婚姻登记处，工作人员问："阳早，你是否愿意娶寒春为妻？"

"是的。"阳早坚定地回答。

"寒春，是否愿意嫁给阳早？"工作人员问寒春。

"这个，你们知道，我来到这里是……我……，我……再想想……"寒春吞吞吐吐地回答。显然，寒春对一到延安就举办婚礼准备不足。

原来，寒春和阳早虽然在美国时就是朋友，但从事的行业千差万别，一起相处得并不多，还不知性格上合不合。此外，一会面就结婚会让人产生误会，觉得寒春是追随阳早而来中国，而非为了别的。其实寒春是来中国看看小米加步枪到底有什么威力，要是没有中国革命、没有红军、没有红区，寒春是不会来中国的，是中国革命吸引了她。工作人员的问话让她尴尬，不愿马上作答。

可婚礼即将按当时延安革命婚礼的程序进行，只要说同意，办证人员就可盖上大红印，颁发结婚证。婚礼就会像公共节日那样，大家为之庆祝，整个边区首府也会为之庆贺。这是多么浪漫的洋婚礼，两个外国人在延安结婚还是第一次。

寒春努力让自己冷静。她被大家的热情深深感动，不忍让大家失望，尤其是见到阳早已经成长为合格的革命战士，望向她的真诚的目光更是将她融化，终于，她坚定地说："我同意。"随后，与阳早在边区政府婚姻登记处领取了结婚证。

边区政府主席林伯渠将自己的工作用车也是全延安唯一一辆雪佛兰小车给他们当婚车。大家把他俩塞进雪佛兰，从婚姻登记处簇拥着小车，推推拉拉，一会儿就到了举办庆典的礼堂。边区礼堂大门口上方悬挂着"美满幸福"的标语。当他俩下车时，"心"字纸屑如天女散花，把幸福的人儿包围了。礼堂坐满了前来祝福的人们，主婚人宣读简短文件后，婚礼庆典进入洋婚礼环节——《婚礼圆舞曲》响起，成双结对的人儿进入舞池，翩翩起舞，其乐融融。

舞会结束后，主持人宣布："送入洞房！"

寒春住的窑洞已被朋友们布置成了别样的洞房，完全是用革命元素布置，锦旗、对联挂得满满当当，祝词很革命，亦富有世界性，又不失新婚的喜庆。

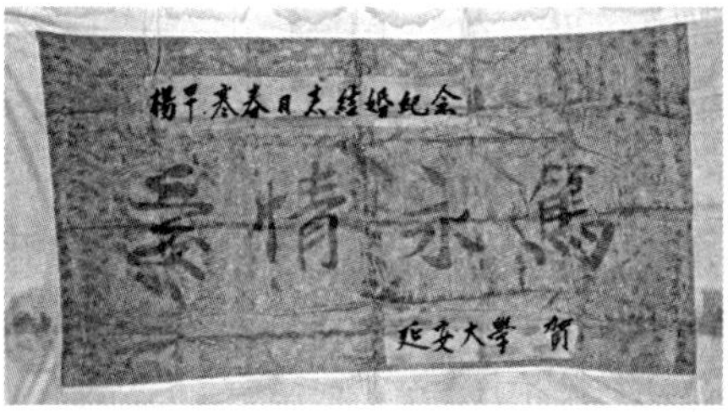

延安大学祝贺阳早（当时又名杨早）、寒春结婚的锦旗

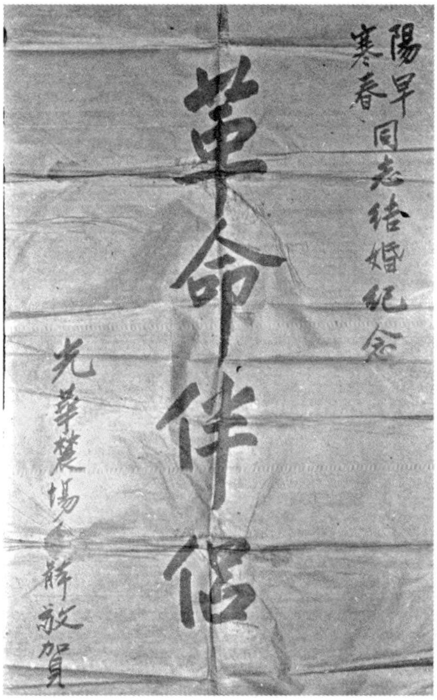

光华农场祝贺阳早、寒春结婚的锦旗

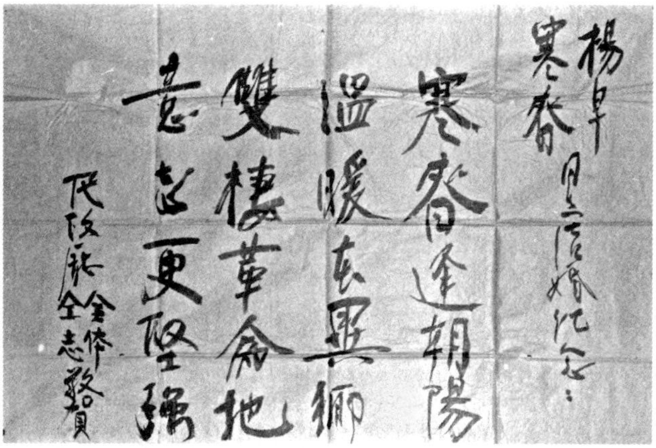

边区政府民政厅祝贺阳早、寒春结婚的锦旗

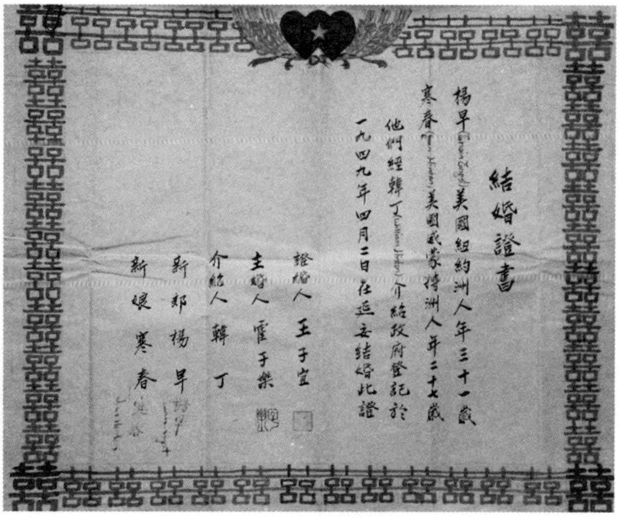
結婚證書
楊早 美國紐約洲人年三十一歲
寒春 美國威斯康辛洲人年二十七歲
他們經韓丁介紹政府登記於
一九四九年四月二日在延安結婚此證
證婚人 王子宜
主婚人 霍子樂
介紹人 韓丁
新郎 楊早
新娘 寒春

1949年4月22日，寒春和阳早领取结婚证书

康迪特别制作了一副长长的对联，以庆祝他们走到一起。对联的祝词是一首藏头诗：

阳台好梦两情长　早有宁学喜弄璋
寒食清明刚到了　春风先送合欢香

诗把阳早（早晨的太阳）和寒春（寒冷的春天）结合在一起，含意十分贴切而深刻——阳早寓意太阳刚刚升起，寒春寓意寒冬过去就是春天。

农具工厂全体职工赠送的锦旗是这样写的：

千山万水阻挡不住对真理与爱的追求

边区政府民政厅也给他们送去了祝福的锦旗：

寒春逢朝阳　温暖在异乡
双栖革命地　意志更坚强

边区政府秘书处的锦旗是这样写的：

正当全世界革命人民，以伟大的国际主义精神紧紧地团结在一起的时候，欣逢你俩在中国人民革命的圣地——延安结婚，我们相信你俩今后在争取世界和平与人民民主的斗争中，会发挥更多更大的力量。谨以革命底热忱，祝你俩的幸福和成功。

新房正中央的墙上挂着这样一面锦旗：

万里良缘　圣地花烛

身在黄土高坡，胸怀天下

有个刚穿越国统区回到延安的人士，听说有对美国情侣在延安举行了婚礼，便将随身带回的一支价值一美元的哈瓦那雪茄作为贺礼送给阳早。

阳早老年时回忆当时的情景说：

洞房有把逍遥躺椅，我坐在上面想——活见鬼，它现在是支雪茄，不管收藏多久它还是支雪茄，不如现在吸了。于是我点着烟，坐在逍遥椅上吞云吐雾，看那烟雾呈现万千图案，又散化而去。我正沉浸在如烟的过往和未来的畅想之中时，“吱呀”一声，门开了，寒春跨了进来。见我抽烟，她二话没说，抢过烟连吸两大口，两眼圆圆地瞪着我，像决斗猛虎，将雪茄狠狠地扔在地上，再狠狠地踏灭，然后说：“现在你知道我对吸烟的态度了吧！”此后，我再也没有抽过烟，虽然此前因吸烟把指头和牙齿都熏成了棕色，是个老烟鬼。实在想抽时，我就叼一会儿烟斗，过一过吸烟的派头瘾。

当寒春和阳早在延安窑洞中化解婚后第一次冲突时，蒋介石和他的追随者在慌乱地做着逃离大陆的准备，新中国则从容不迫地拉开了战后大规模重建的序幕，大家的注意力开始转移到重建体系和建设新社会的伟业上来。

寒春、阳早小两口新婚蜜月还没过完，便与铁厂厂长一同前往瓦窑堡开始了重建工作。铁厂虽小，但车、铣、冲、刨等机床齐全，还有革新小组。曾经热爱加速器的寒春一下子就钻到革新车间，一门心思地改进铁铧犁，制造水车和风车。

厂长的随和、实在、平易近人，把寒春脑海中固有的权力、威严和等级等刻板想象打散了——在延安新生社会中，每个人都把自己看作是微小个体，自觉融入各自岗位，发奋工作，共同为人类解放事业而努力。

1949年，阳早在延安

1949年，阳早在瓦窑堡扶犁耕地

慢慢地，寒春喜欢上这里的每一个人。比如小伙子刘德英，没一点封建思想，不认为男女存在不同，自被分配照顾阳早后，两人就成了好伙伴。寒春和他很快熟络起来，也成了“同志加兄弟”的关系。

寒春虽然有西方人强烈的隐私观念，但对当地妇女在毫无预兆的情况下撩开门帘闯入她的“私人空间”也不感到尴尬。妇女们来看望寒春，撩起外套，讨论胸围尺寸，并好奇地大声讨论寒春的胸罩与自己胸上缠的布条有哪些不同，她也不排斥。为了和当地妇女有更多的私密空间，寒春与阳早分居过一段时间。

阳早负责制造灌溉水泵，这是个新鲜活儿，对阳早来说是“大姑娘上轿头一回”。他同寒春一样，遇到问题就请教书本，从延安图书馆借的一本书就帮了大忙，书上有关于机械制造的大量信息。一切从零做起，钳子、螺母、铁钉都要自制，他们便使用一切能找到的材料，用劣质木头制作模具，从被击落的国民党破飞机中提取铝。

寒春善于创造发明，有一股争先恐后的劲儿，她在瓦窑堡铁厂的第一个任务是设计和制造用于装卸矿煤的大车。已有的装载车需人工铲煤，她设计的大车不同，操作灵活，能够自动卸车。人们夸奖寒春了不起，寒春则笑着

1949年，阳早（左）在延安瓦窑堡铁厂工作

说：“机械的改进，都是懒人推动的。”

婚后的5个月里，解放战争的捷报频频传来，一支支干部和技术骨干队伍从边区分赴全国开展战后重建。寒春和阳早预感到，他们在瓦窑堡铁厂的工作时间不会太长，西安一旦解放，就将需要大型工厂和现代机械设备，大量生产人民日常生活用品和战后重建所需物品，阳早将会投身于更加擅长的牲畜养殖，寒春当然会不离不弃。

在这5个月里，边区政府邀请他们去延安参加了几次会议，讨论政治局势，讨论怎样建设新陕北，怎样饲养改良牲畜，怎样建设西安，以及怎样建设新中国。

瓦窑堡铁厂的氛围是真诚友爱、生动活泼的，职工们业余时间就读书、看报、唱歌、跳舞，有人还要寒春、阳早教大家学英文。寒春感慨，身在贫瘠的黄土高坡，大家却胸怀天下、思想先进，这在世界上也不多见。

他们最后一次被邀请到延安时，一支支队伍正在向北开拔。

第五章／

三边岁月，铸剑为犁

我是刚从资本主义国家来的知识分子，身上存在很多自己察觉不到的弱点，但同志们并不嫌弃我，也不因我从美国来就迁就我，而是对我非常耐心、热情和负责任。我能接受多少批评，他们就给我提多少，这使我非常愉快。

——寒春

到内蒙古参与战后重建

最后一次被邀请去延安开会回来后，阳早和寒春就接到指令：同光华农场的同事加入北行队伍，前去陕北的北边开创畜牧事业，创建牧场，同时改善当地的生产、经济状态。这是延安给他们的神圣使命——为将来解放全中国之后铸剑为犁、敢叫日月换新天的生活做一次小尝试。与农场的其他同事一样，寒春和阳早也热切渴望投身于建设新中国的热潮之中，接到指令便立即动身。

阳早神气地驾着两头驴并排拉的四轮车，酷似前往美国西部淘金的样子。当地的农民从来没见过这种架势。寒春在四轮车后部装上自己设计制作的风车，那风车的叶片受风之后便转个不停；旁边是床头柜、睡袋、打字机、滑板。他们就这样为北去的队伍增加了一道别样的风景。

黄土高坡颇具别样风姿。这里的大地富有激情，不甘寂寞。其地势起伏不定，绝不平铺直叙——中间留出大块平原，边缘是平地与山峰相连，这种组合大气而壮美、独特而荒凉。在刀削斧砍般的黄土悬崖上，人们大多数住在山上凿出的窑洞里，在窑洞顶上种植作物，或在河流和雨水冲刷而成的隙间小地刀耕火种。

羊肠小道盘旋山间，北行队伍第一天在一个小山沟的小屋炕上过了一宿。第二天继续越山头、跨小河，穿过数不清的黄土坡。

在旅途中，紧要的事是寻找宽阔的路面，以便四轮车通过。大路好走，但不可过于引人注意，国民党残余和土匪仍然在到处滋事、捣乱，所以多数地段必须择小路，以躲避敌人攻击。如此这般，步行只需两天的路程，四轮大车要走7天，每天行程30千米左右。

寒春和阳早不会忘记这段新婚宴尔时期的旅程。一路前行，他们饱览了

1949年，从延安撤离之前光华农场职工合影

1949年，光华农场从延安撤离的情景

1949年，前往三边牧场的路上

黄土、大漠、戈壁、草原的独特风景。一次次爬上黄土山脊，一次次走下沟谷，一会儿如在天上行走，一会儿在低谷穿插，有时又在大地的褶皱里跋涉。路大多在深沟里曲折迂回，高高的峭壁紧紧地靠拢又散开，像在打醉拳。继续往北走，悬崖峭壁少了，身边的溪流也在变小，不再有大沟。他们踏上一马平川、辽阔无边的高原，隐约可见远处的长城烽火台。阳早掩不住内心的激动，告诉寒春："我们到内蒙古高原了。"

阳早已在陕北度过两年时光，寒春来华时日尚短，他们对这片土地的感受是不一样的。阳早以前经常在黄土沟壑中行进，但这次和新婚妻子一起踏上高原，胸襟更为辽阔高远。小溪清澈如玉带镶嵌在大地上；山尖上的云朵娴静纯洁，曼舞于碧蓝天空；小草与小花如大地的情侣相依相爱；鸟儿是那样洒脱与自由……原先道路总是没完没了地向前延伸，好像一辈子都走不到尽头，这回是移步换景，美不胜收，颇有"黄土高原走泥丸"的诗意与浪漫。

日上中天时段，火烤大地，是驴子和赶驴师傅歇息的时间，大家用玩耍、游戏甚至打猎打发时光。刘德英喜欢捕猎小动物，一次遇到一只野兔，他把枪递给寒春说："射击！"寒春断然拒绝说："我不杀害对自己没有任何危害的动物。"后来有一次刘德英射杀了一只大鸟，让寒春难受了好一阵子。

如吉卜赛人一样，驴拉的大篷车载着他们往前、往前、继续往前，喜欢唱歌的寒春时不时唱几句英文歌曲，阳早笑她浪费嗓子，说大家听不懂。于

1949年，前往三边牧场的路上

1949年，前往三边牧场的路上，阳早和刘德英在玩沙雕

是，寒春改哼悠扬的《东方红》和陕北味极浓的信天游，引得和声一片。

艰难行进数日，眼前出现条状沙漠地貌，阳早说沿着相对直的路线走，就会到达下一个带状草原。果然，直路的尽头是带状草原。在沙漠与草原间行走的间隙，寒春乐意与阳早和刘德英用沙子玩“堆蒋介石雕塑并推倒”的游戏，借此打发时光。

寒春、阳早一行的目的地是苏坝海子村（现位于内蒙古自治区鄂尔多斯市鄂托克前旗）。这个村庄地势低洼，适合兴建牧场。当路过一个小县城时，阳早坐在大篷车上惊喜地看到了熟悉的“面孔”——长长的脸、全身黑白相间，他与同志们在陕北喂的奶牛，正在苏坝海子的草地上悠闲地吃草。阳早对这里一下有了故乡般的亲切感。

这里的草地与沙漠没有交叉，从西北向东南绵延开来，一直向天边伸展而去。阳早告诉大家：“眼前这些疏松的土壤和沙子，多半来自中亚。在新疆，在西北更远的地方，那里的大漠黄沙长时间在西北风不断的作用下，其中一部分吹到内蒙古高原，眼前的黄沙便是风搬运过来的；有时候风沙会把沿途的城市埋葬。”正如阳早所说，这里的沙漠边缘每年移动一二十米。附近的宁条梁镇（现位于陕西省榆林市靖边县）离他们居住的地方很近，沙丘悄然逼近村庄西边的城墙，村民们试图改变沙漠行进的路线，但徒劳无功，全村人被迫搬走了。

就在这风沙称雄的沙漠与草原的争夺战中，寒春和阳早将会在这里生活三年。

阳早和负责人对形势持乐观态度，决定在1949年9月下旬搬入建有围墙的城川，建设新牧场。由于牧场位于陕甘宁边区的安边、定边、靖边三县交界处，所以起名“三边牧场”。从义和团运动时期起，城川就是一个由老式土坯建成的堡垒，四周城墙几十米高。自从解放军挥师南下后，当地的土匪和一支投诚后又反水的国民党军队残余不断地对这里进行报复和攻击。为了避免意外，阳早一行去做敌情调查，寒春则与农场的年轻工作人员留在后方待命。

到城川以后，寒春四处察看，并绘制了一张城堡图——城川北边是主城门，保留了许多城墙，城墙的形状呈L形，这个形状足以让两边城墙上的哨兵及时发现入侵者。城中东北处有一座天主教堂，还有一所学校和一些建筑。虽然随着形势好转，社会变得稳定，当地人开始建造新房子，但远远望去，新建的泥巴墙以及被拆掉屋顶的房子，仍然像战火的遗存。

由于可供当地政府分配的房子紧缺，牧场没有分到多少房子，寒春和阳早被安排住在城北的库房里。一个稍微好些的房子当实验室，存放器材。不远处的一排排房子，喂养着牧场的牲口。这是阳早养成的习惯，能看见牛，能闻到牛粪的气味，心里才踏实。

库房的床是传统的炕，通过下面泥土台烧柴取暖。房间因靠在粮仓旁边，有很多老鼠，晚上在人身上窜来窜去，有人险些被咬了鼻子。

寒春逢人就说：“必须赶一赶老鼠！”

刘德英教他们逮老鼠，阳早觉得不怎么靠谱，就用自创的方法，在老鼠洞口用棍子支起一个箱子，关灯后，静静地等着。不一会儿，就听到了爪子蹭地的声音，阳早将绳子一拉，只听“砰”的一声，箱子扣下，寒春开灯，一查看，七只老鼠入瓮。这个办法成功地使老鼠数量锐减。

牧场虽然按计划建设，但仍处于临战状态，随时准备迎战或撤离。寒春觉得牧场灌溉困难，迫不及待地把倾注自己心血的风车安装在城川城堡的西北角。风车一时成为城川最活跃、最现代的元素。这里的西北风强劲，有时卷着尘土扑来，直到有一天狂风袭来，风车越转越快，最后“轰”的一声，风车解体了，碎片飞向空中，然后四处散落！

城川位于草原深处，往来交通全靠毛驴，到延安需要步行一周，与外界沟通不畅，以至于1949年10月1日城川整座城连同三边牧场无人知晓中华人民共和国成立这一震惊世界的伟大宣告。20天后，大家才在驴车拉回的报纸上得知这一令人振奋的消息。革命的巨大成功是巨大代价换来的。他们喜极而泣，敲锣打鼓，吹响唢呐，高举连夜自制的五星红旗绕城奔跑，庆祝人民的胜利，庆祝共和国的诞生。

1949年冬是三边牧场职工在内蒙古高原过的第一个冬天，牧场自建要暂

1949年的三边牧场

停一段时间，他们打算帮助蒙古族同胞提高生活水平，但遇到众多困难，自顾不暇。

阳早感叹道："完全茫然，生活窘迫，食物匮乏，非常寒冷，条件艰苦。拉运取暖的煤要赶驴车走20天才能到达，来回得40多天。吃黄米饭，喝小米粥，一周只能吃一次面食，春节时能吃上一两顿米饭。有人说牧场遍地是牛羊，拥有大量肉类和奶品，但那是国家财产，得严格按计划供应，牧场职工仅能分一点。整个大冬天，全靠白菜、土豆、萝卜和苦荞菜'四样宝'度日，多数时候吃苦荞菜，难以下咽。"

早晨，军事化的起床信号一响，大家得鲤鱼打挺似的起床穿衣服，拿起脸盆冲向厨房打上热水，快速回到房间，把冻得像铁板的毛巾放到热水里化冰再洗，洗完的毛巾很快又会被冻成铁板模样。之后，学习铃声响起，便要开始约一个小时的学习。

寒春和阳早同睡一个炕，要互相用身体为对方取暖，以抗击平均温度在-10℃以下的严寒。实在不行时，才烧炕取暖。寒春和阳早的炕墙紧挨着旧城土墙，烟很难散出，险些造成煤气中毒。为了保险，他们在墙外挖个洞，点燃羊粪给屋里供热。

烧炕也大有学问，寒春、阳早不知窍门儿——在使用炕之前要生大约一周的火，炕烧起来后，不能间断，要持续烧。如中断，会产生潮气，再烧炕时，潮气就会向上汇聚，侵袭睡炕的人。寒春、阳早刚改造好炕就烧火睡在上面，第二天早上天一亮，阳早起床忙工作去了，待寒春起床时，潮气入骨，动不了了！当朋友王福平查看寒春为什么不起床做早饭时，寒春只能发出"咿啊"的呻吟声："骨头……成胶了……"王福平帮助寒春上卫生间，扶她到厨房慢慢恢复知觉。

寒春有气无力地感叹："天哪！不睡炕了，我宁愿选择挨冻，这炕要命。北国的寒冬让人左右为难。"

第二年冬天到来之前，为了抗击严寒，西安的管理机关决定给三边牧场职工每人发放一些无烟煤取暖，满足职工的基本生存需求——不让屋里结冰，还分配了纯羊毛让大家自己纺织袜子御寒。

阳早在延安大生产自救运动中学过纺织，他把筷子插入土豆，围绕它旋转捻毛线；寒春喜欢美学，并且对颜色敏感，负责编织。两人你纺我织，组成一幅《天仙配》里出现的镜头——“男纺线来女织袜”。

1950年，寒春用泥给阳早做的生日蛋糕

陕北异常艰苦，对年轻的美国夫妇来说，生活更显困难，但越是在艰苦的火红年代，那些经历越是让人难忘。阳早32岁生日时，考虑到陕北当时没有蛋糕，寒春想出了一个替代的好办法。傍晚，寒春拉着阳早的手说：“今天是你的生日，我要对你表示最热烈的祝贺，祝贺你在陕北度过一个难忘的生日。”说着，变戏法似的转身捧出一个特大双层“蛋糕”，原来，她用黄泥捏出了一个，上面还画了很多细小的花儿，用一根根小木棍当蜡烛，乍一看和真的一模一样！寒春双手将“蛋糕”捧给阳早。阳早兴奋极了，上下左右看不够，其神态宛如天真烂漫的孩童。

寒春用老师费米送的相机拍下了这份特别的泥蛋糕。直到晚年，阳早对在美国过的20多次生日不记得任何细节，对这个泥蛋糕却一直念念不忘。

物质条件虽艰苦，但精神生活无比丰富。冬日里，学习、讨论是大家的日常活动。省政府发下来一些学习资料，里面有关于从原始公有制到封建社会发展历程的内容，寒春和阳早学得津津有味，谓之“思想武装”；还有党和政府的少数民族政策，这是可以学以致用的知识，了解这些知识，也有利于他们在当地展开工作。

上面给他们的工作设定了两个重点，一个是建设强大的国有牧场，一个是帮助当地改良牛的品种，开发奶产品。寒春负责奶酪部门的技术工作和研究开发奶产品。中国战后重建太需要营养品了，做好这项工作，功德无量。三边牧场牛奶产量在增长，但交通不便，不能及时向内地运送，也无奶产品工厂。而且，没有鲜奶市场交易，怎样处理产品也是一个迫在眉睫的问题。作为奶业技术负责人，寒春压力很大。她来中国时，带着一本小册子，其中有详细描述制作奶酪的方法，只可惜内蒙古地处边疆，使奶酪凝固的凝乳酶稀缺。寒春使用豆腐凝固剂凝固牛奶，按美国方法制作黄油，但不能长时间储存。寒春突然想到，为何不向蒙古族牧民请教呢?

与牧民女子嘎拉的友谊

城川驻地附近皆是蒙古族同胞，他们过着游牧生活。蒙古族妇女是喂养牲畜、挤奶、制作奶品的好手。城川北部住着一家蒙占族人，主人叫德哈尔吉，妻子已经去世，他雇用了坚忍能干的嘎拉帮他照顾牲畜。

嘎拉是一位30来岁的蒙古族妇女，黑红的脸庞，长长的辫子，身强力壮，干起活来像头牛。她从小就给别人当雇工，每天从早到晚喂牛、喂羊，挤奶、制作奶酪和黄油。嘎拉有绝妙的储藏黄油的办法：把黄油装到经过处理的羊肚子（即羊胃）里，挂在墙上，长年不坏。这是蒙古族同胞的生活秘诀。

因为离得很近的缘故，德哈尔吉和嘎拉与三边牧场的人接触机会较多。“嘎拉”在蒙古语中意为“火红的人”，寒春有男子汉风格，两人性格开朗、性情相投，说话直来直去，寒春便经常向她请教。

“嘎拉，你教我怎么制黄油。”寒春快人快语。

“学这个可不容易了，要费好大力气呢！”嘎拉笑着回答，“先把奶倒进大奶缸中发酵，然后再用大木棒反复地搅动，这叫作打奶。至少打100下才能打出油来。”

寒春听了要领介绍后，跃跃欲试：“这有什么难的，我能打！”

嘎拉找来奶缸和大木棒，把木棒推到寒春怀里说：“好吧，你打。让我看看你能打多少下！”话里充满看热闹的味道。

寒春撸起袖子，抄起大棒，“呼哧呼哧”地在奶缸里搅了起来。她原想一口气打100下，可是刚打了30下，胳膊就发沉、发麻了。

“怎么样？”嘎拉问寒春。

寒春装出毫不费劲的样子说：“很好，很有意思。”

嘎拉在一旁数数，当数到50下时，寒春喘不过气了，但她哪肯半途而废，一定要拼够100下！她坚持着，咬紧牙，搅动那越来越沉重的大棒，打到100下时，浑身都被汗水湿透了！

“大鼻子，你真行！”嘎拉从心里称赞眼前这位来自美国的美女，同时产生了比试的念头。

寒春擦擦汗水，刚走到屋子外喘口气，嘎拉从后面拦腰抱住她，大声说：“来，比比看，看谁能翻倒谁！”

寒春喜欢嘎拉的泼辣直爽，连忙应战：“好！”

话音未落，俩人就在院子里摔起跤来。嘎拉学过摔跤，寒春当过业余运动员，两人虽然路数不同，却各有绝招，摔了几个回合，也难分高低，最后握手言和。

嘎拉说：“好吧，摔完跤了，进屋继续制作黄油吧。”

“我的天哪！”寒春吐了一大口气。

这次摔跤，和寒春在谢迪希尔小学时与同学摔跤毫无二致，权作增进友谊的一种游戏。寒春感觉胳膊被灼烧一样疼痛，但挺喜欢这个经历。后来寒春还和跟自己身体差不多壮实的妇女比赛摔跤以增进友谊。

寒春和嘎拉成了无话不说、不分你我的好朋友。嘎拉毫不保留，教会了寒春制奶酪和黄油的办法。

寒春还跟嘎拉学会了蒙古族人防止黄油变质的秘诀——搅拌好黄油之后，将其倒进大锅，加一点小米加热，待黄油慢慢融化并且开始沸腾，蛋白质聚集在锅底的小米上，留下的液体就是纯黄油；在黄油还是滚烫时就将其倒入羊胃，再缝成袋状，然后扎紧，与空气隔绝，挂起来。黄油很烫，所以杀了菌，而且蛋白质还留在了锅底的小米上，因此可以长期保存。

1949年，嘎拉在给寒春演示如何制作黄油

中国蒙古族女牧民成了美国核物理学家的老师，并且师徒二人情同姊妹，这是人间佳话，正如蒙古族民歌中经常唱的那样：有什么比这珍贵的友谊更珍贵的呢？

1985年，寒春随中央新闻纪录电影制片厂的工作人员一起来到三边牧场，为拍摄寒春、阳早事迹的纪录片搜集素材。寒春与嘎拉多年不见，再次重逢默契仍在，说着说着便摔起跤来，那种深厚的友谊令人感动。

与国民党军队残余势力的斗争

牧场原定的首要任务是提高牲畜数量和预防牛羊马的疾病，但解放军主力部队南下后，1950年春天，一支投诚后又反水的国民党部队的残余势力与土匪联手，游荡在内蒙古和陕北边界，烧杀抢掠。对付这股残余势力成了牧场最紧迫的任务。

面对敌情，阳早和牧场其他领导决定：将所有人员集中起来，在城楼围墙上轮流放哨，严防敌匪来犯；拿出所有的枪支和弹药，分发给大家，荷枪实弹，以防不测。

分发武器时，寒春站在队伍前面要求领取一支枪，但刘德英阻止了她，说："你来这里的路上连一只兔子都没打过，要枪有什么用？"结果，寒春只领到一根武装棍。

阳早在美国有持枪经验，特别是在延安大撤退与突围中，他经受住考验，大家认为他已经是一位刚强的战士，所以，他领到了枪，同牧场的精锐战士一样，得以荷枪实弹地上岗。寒春不甘于人后，她与警卫到城墙上观察城外动静。他俩还有明确分工：如果敌人沿着城墙爬上来，警卫拿砖块砸，寒春用棒子猛击。夜里，他们加倍小心防范敌人的偷袭，这让寒春认识到暴力革命的严峻性。寒春后来说：

> 那以前，我是一个和平主义者，不能想象自己去射杀敌人。当我站在城墙上守卫家园的时候，害怕战争的想法烟消云散了。如果敌人胆敢冲向我，我会毫不留情地扑杀，不会有一丝良心谴责。

由于严加防范，敌人不敢来袭。当牧场决定暂不放哨时，侦察兵又传来急报："敌匪骑兵随时有可能来抢劫！"情况危急，当地政府和牧场派出两人，快马加鞭，从附近解放军的兵工厂领回特批的手榴弹，摆放在城墙上，进入临战状态。

敌匪得知牧场防范严密，城中固若金汤，终不敢来犯。

1950年，阳早荷枪实弹在三边牧场站岗

长期防御，高度紧张下，免疫力下降，寒春出现了轻微的感冒症状，随后身体越发虚弱，还发起了高烧，终于卧床不起。阳早眼睁睁地看着体温计的水银柱往上蹿，束手无策。

就在此时，敌匪见牧场放松了警戒，又出来袭扰。牧场组织第三波防守，便无力顾及生产。

当地政府考虑到城川离土匪和这股国民党军队残余势力实在太近，牧场防守力量又太薄弱，建议三边牧场撤离到岸边。牧场的上级也正想运用延安大撤退的战略战术应对土匪，大家不谋而合，大转移马上实施。

寒春躺在床上不能动弹，身边只有一瓶用来预防感染的药，对她此时的病没有任何效果。

寒春对阳早说："你们离开我，不要管我，否则我会拖累大家的。"

"我不能离开你，也不会离开你。" 阳早说。

"我选择了参加革命，现在我是革命队伍的一员，我做好了时刻牺牲的准备。"寒春说。

牧场不允许一个人落下，也不愿丢下任何东西，一切牲口、设备都要撤走。刘德英和几个同事赶制了一副担架，5名强壮劳力抬着寒春，和转移人员一起向撤离点岸边转移。岸边有很厚的墙堡和门，可以抵抗轻武器，足以抗击土匪和国民党残余势力。

担架稍有颠簸，寒春就眼冒金星。阳早日夜守护在寒春的担架旁，监视妻子病情变化。

城川去岸边要穿过10多千米的沙漠，5个人轮流抬着寒春，在沙漠上行走困难异常，每前进一步，往往要后退半步，速度很慢。

阳早保留着标准的军队装备（包括武器），那是他和所有救济总署成员抵达中国时配备的。在那个组织中，每个人有一种称之为“饥饿的药片”的救命药物，作用是在筋疲力尽时补充能量，维系战斗力。阳早从来没有使用过，他试着喂寒春吃了一片，帮助她维持体力，以确保能平安地穿过沙漠。寒春的病情一直不见好转，但当她听到牛的叫声“哞”时，病情却好像减轻了。她也同阳早一样，只要和牛在一起，精神就会好起来。

撤离的大队人马在移动的沙丘上跋涉，脚步越来越沉。当夕阳快要坠入沙丘，他们便在堆了梁的一个堡垒里停下休息。这个堡垒是义和团运动时期修建的。

同路人随地躺下小憩，阳早却关注着寒春的病情——依然高烧不退！阳早不免焦急万分。这时山村教堂的温神父路过，阳早急切地向他求助：“她是什么病？请你救救她！”

神父扫了一眼寒春，说：“她得的可能是瘟疫。”

为防万一，他们把寒春隔离在一间结满蜘蛛网的破烂房间里，只在墙上留个洞观察。在这个被蜘蛛网包围的屋子里，寒春几乎精神崩溃。躺在那里，寒春出现了幻觉——自己躺在现代豪华的美国医院接受治疗，起死回生。转眼她又觉得自己濒临死亡，所有的人都与她渐行渐远，纵然阳早在她床边说话，她的感觉仍然是这样。

无奈之下，牧场医生给寒春注射了樟脑。这名退役军医对缝合伤口很在行，但对流感之类的病束手无策。他也只有樟脑，注射樟脑有时会导致寒冷和痢疾，但他确信对寒春的流感有好处。注射后，寒春又出现了幻觉，好像躺在美国的豪华医院，周围都是亲人，很快，沙漠、草原、黄土高坡、奶牛场……像电影蒙太奇镜头在眼前反复出现，忽然一个声音渐渐清晰起来——这里的人们在这里生生死死几个世纪了，这就是这里的生活方式。这里没有医生和医疗设施，人们祖祖辈辈生活在这里，有些人活着，有些人死了，但是仍然有人生活在这里……

别无选择，那位军医又取出一剂樟脑，寒春从幻觉中清醒过来，一见樟脑，她极力阻止军医，有气无力地说：“不，不……”

这时，有人建议找当地的医生。牧场派出骑手去请，很快医生随同骑手快马加鞭地赶来了。看了病情，那个医生也无计可施，但是他提供了一个重要的信息：“有一种对高烧病人有用的药，叫青霉素。”

牧场果断派出四位骑手，分别向四面八方寻找青霉素。有人在10多千米外定边小镇的黑市上买到一瓶，立马赶回堆子梁。这时，寒春体温已达43℃！

阳早进过医学院大门，是给牛注射的好手，但从未给人注射过。他将药和热水混合后慢慢地注入寒春体内，紧张又焦急地等待了30分钟，寒春的体温终于降下来了！他喜极而泣。间隔6小时，阳早又给寒春注射了第二针，稍许，寒春的体温正常了。为了不再复发，他们派出骑手又去买了一瓶青霉素，分几次给寒春注射。

几乎在寒春病情好转的同时，关于土匪的消息也传来了——随着牧场撤空，土匪离城川越来越近。土匪看见牧场的队伍，派探子打听，听说是解放军的骑兵部队。牧场向南撤往岸边的时候，土匪慌忙直线向北逃窜了。土匪和国民党残余散兵在相反的方向上抱头鼠窜，最终被击溃。

情况明朗后，牧场赶着牲畜搬回城川。寒春大病初愈，不能随行，牧场领导决定留下寒春、阳早和刘德英，以及一头每天供应他们牛奶的奶牛。寒春焦急地要回城川，于是，阳早和刘德英将寒春扶上两头驴套着的架子车，返回三边牧场。

温暖的天气使万物复苏，三边牧场掀起建设高潮。三边牧场的另一项政治任务是清除辖区和周边种植的鸦片，这也是全国“清除鸦片运动”的一部分。

新中国立志尽快甩掉“东亚病夫”的帽子，绝不允许吸食鸦片，更禁止种植。因此，当牧场响应国家号召开展禁烟运动时，当地人民群众积极响应。牧场组织当地人成立了若干个禁烟小组，每组负责一块区域，拉网式徒步搜索，不留空白。罂粟隐蔽地种植在沙漠的小块绿洲上，搜索小组见到罂粟就坚决铲除。至于这些罂粟是谁种的，一直是个谜。

改良牲畜品种　造福当地牧民

上级给牧场的另一个重要任务是帮助当地改良羊、驴、牛的品种。牧场用优良种羊提高本地绵羊产毛的数量和质量；用大型驴为体型小的驴配种；用荷斯坦奶牛与蒙古奶牛交配改良奶牛，以提高牛奶产量。

改良奶牛品种的工作并不顺利。因为当地有人并不完全信任牧场技术人员，不愿意让技术人员接近他们的牲畜，也不相信科学技术的力量。造成这一被动局面的原因，是有个马神父在暗地里进行反面鼓动，散布谣言。这个马神父通过售卖治疗梅毒的药物获得了丰厚的利润，赢得了当地一些人的认可。在一个礼拜天，马神父用拉丁语祷告结束后，当着大家的面说："只有上帝才能够医治疾病，共产党是来破坏生活的。"一个邻居问马神父："我觉得很奇怪，神父您与寒春、阳早同是外国人，说同样的外国话，但彼此却从来不说话。"马神父说："我们不是一路人。"

随着正面宣传的深入、工作力度的加大以及情感的融合，附近的居民渐渐地开始信任牧场干部职工。这得益于一位举足轻重的人，他是牧场雇来的当地人，特别信任寒春、阳早。他家里的牲畜接种疫苗并让母牛与荷斯坦种牛交配成功后，他如实告诉了大家。

随着接触的增多、口碑的树立，愿意与牧场来往的人越来越多。而且，从牧场也能买到治疗梅毒的药品，收费只是马神父的一半，这样的信息不胫而走。与此同时，马神父给病人注射蒸馏水却将没有疗效归咎于神的旨意的谎言被人揭穿。人们认识到牧场诚实可信，开始愿意接受疫苗接种来防治致命的疾病，如黑腿病、炭疽病等。

1950年秋天，许多家庭让牧场提供的公牛进入他们的畜群。到了来年，各个牧场出现了许多黑白花纹的小牛。内蒙古母牛生下的带有荷斯坦血统的黑白花纹小牛给当地带来了显著变化：牛群更多，产奶量更大，蒙古族牧民与牧场之间的关系更好。

由于工作成效显著，寒春好几次被政府请去做有关生产、技改、设计方面的报告和经验介绍。1950年底，寒春、阳早和牧场干部又接到通知，让他们到西安参加为期一个月的会议。尽管三边牧场坐落于偏远的内蒙古草原，牧场工作却与中国各地正在开展的工作同步。

在西安的这次会议上，寒春、阳早与他们的老朋友康迪不期而遇。相见时，他们用洋礼节拥抱，也用中国的方式互致问候。

寒暄过后，康迪问寒春是否愿意到西北大学物理系任教，这使寒春很惊讶。她本认为没有人会记得或者在意她曾经是优秀的物理学家。她俨然由物理学家变成了草原上的奔马、蓝天上的雄鹰。她喜欢蒙古高原纯净的蓝天、广阔的大地，热爱在“风吹草低见牛羊”的广阔草原上无拘无束地生活，痴迷于牛奶和奶酪试验，喜欢微风吹过她树立的风车。

寒春礼貌而温和地拒绝了康迪的邀请。此前，阳早在一次执行任务的途中，遇见西北大学校长，校长求贤若渴，执意让他去执教，也被谢绝了。

回到牧场后，他们继续干牧场的工作，改善与周边牧民的关系。有一次，一匹狼在晚上跃过栅栏进入一位牧民的羊圈。牧民向寒春寻求支援，牧场职工迅速赶去施以援手，救活了很多只羊。这件事传遍了城川以及周边的草原，牧场与当地牧民之间的猜疑逐渐冰释。

牧场必须确保奶牛健康、高产。漫长的严冬对于初来乍到的人来说尤其艰难，对牛羊来说也不易，很多牲畜在春天来临之前便已瘦骨嶙峋，甚至被饿死。蒙古族牧民仅仅用天然食物喂养牲畜，而对于引进的荷斯坦牛来说，难免水土不服——引进良种奶牛是为了产更多的好奶，但前提是奶牛在冬季有能量更高的饲料补充体能，积蓄能量。

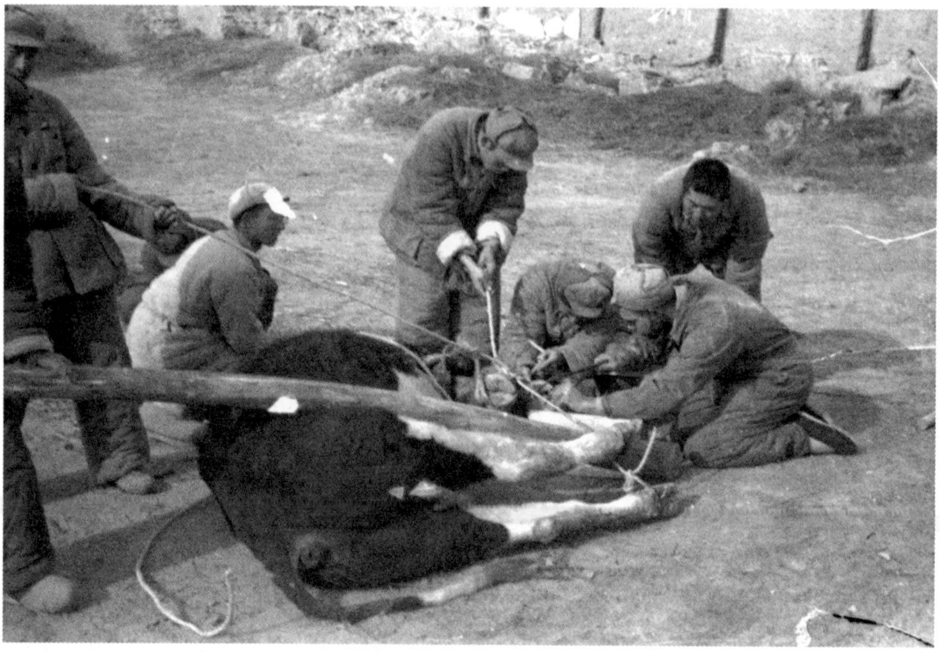

1950年，阳早和三边牧场的同事在抢救病牛

牧场建立后的第一个冬天，牛靠切碎的谷草勉强度日，当它们再次回到草地时，已经极度虚弱了。因此，当大地回春之时，阳早建议，牧场需要大量种植玉米和能量高的新品牧草，这样可以在秋天制作青贮饲料，以此保证引进的奶牛有足够的能量对付严冬。

在美国学过农牧业且当了一阵子农场主的阳早具有一定的牧场经验，这种经验同样适合于内蒙古大草原的牧场建设。寒春热衷于将制作青贮饲料的每一个步骤都转化为科学研究和实验。寒春穿过高高的玉米丛，寻找长出最多、最大玉米穗的健康植株做来年的种子。留好种子后，他们砍下玉米秆，制作青贮饲料，并将其倒入大坑发酵。就这样，冬天来临之时，牧场便可为牲畜提供蛋白质含量丰富的青贮饲料和干草。

1951年，人们突然发现，三边牧场并不在原来认为的陕西地界上。牧场一直归陕西管辖，当然得建在陕西的地盘上，但三边牧场所在地现在归属于内蒙古自治区。在新中国成立前的连年军阀混战中，陕西的边界向邻近的内蒙古移动了大概10千米，现在相关部门希望纠正该问题，三边牧场的“越界行为”也在纠正之列。为此，三边牧场的领导找到一处位于陕西原始边界之内的新址——仓房梁，并夜以继日地建造新的牧场。所有建筑都要新建，直到1952年，新的三边牧场才启用。

当“越界”的三边牧场要搬家之时，周边那些受益于牧场的蒙古族牧民不愿意牧场搬走。由最初的不接纳到如今的极力挽留，这种变化是对牧场的极大肯定，于是牧场决定组建一个精干的特别小组留守城川，继续为蒙古族牧民提供服务，以维系来之不易的鱼水般的蒙汉关系。

寒春是蒙古族牧民第一个要挽留的人，当然要留在老三边牧场；而阳早作为牧场领导，必须率员搬到南边新三边牧场，创造新的业绩。这样安排虽然照顾到了牧场与牧民们的利益，却让寒春、阳早分居两地。

在新牧场总部，阳早住在繁育室，寒春和他在周日“牛郎会织女”。他们根据工作时间表，其中一人徒步穿越沙洲，周末团聚，周一又回到各自的工作岗位。

从新建的牧场总部徒步到城川要经过长长的一段沙漠与戈壁路，需要跋涉3个小时。穿越沙地，对大多数人来说是艰难的。小路总是被风吹来的新

从农场新址仓房梁到城川老农场的沙漠之路

沙覆盖，几乎无路可走。对非本地人来说，唯一办法是寻找并沿着骆驼粪便的踪迹前行。这些驼粪很大，沙子已经裹着它们形成一个个的小沙包。小沙包西北方向高，西南方向低，这也是判断方向的唯一参照物，在沙海上行走的人都有此经验。

“牛郎织女”苦苦相望，但寒春和阳早则愿意像普通劳动者一样，让每一个日子飞舞起来。

1952年春节到来时，建在陕西、内蒙古交界处的新老三边牧场试图更好地融入当地过大年的氛围之中，进一步融洽与当地牧民的关系。于是，经阳早建议，牧场领导决定举办盛大的春节宴会，邀请当地的牧民参加，除增进与老朋友的友情外，力争吸引更多有影响力却还未完全认同牧场的当地牧民，巩固群众基础，以图发展牧场的事业。

春节宴会的准备工作有一项是酿酒。蒙古族牧民因豪饮善饮而名扬四方，春节宴会不可无酒。有位牧民叫“楚胡子”，友善却守旧，是还未认同牧场的关键少数之一，阳早建议必须请到他，并在聚会时特别陪好他，由此赢得他的认可。

但是，寒春认定酗酒或过分劝酒是令人十分厌恶的陋习。此前，阳早受邀参加当地的一次聚会，喝得酩酊大醉，跌跌撞撞回到家，寒春见状，厉声警告：“再醉，离婚！”此后，阳早再也没有喝醉过。

那时，醉酒对牧场干部而言并不是大事。牧场领导们认为，如果要让楚胡子喝满意，牧场的干部们必须轮番上阵，这可难为阳早了，寒春的禁酒令不可能解除，阳早又不能有失主人的热情，为此必须另辟蹊径。于是，阳早用奶油、牛奶和刚下的雪制作了大量冰激凌，宣称美国有一种风俗，主人可用冰激凌代酒敬客人。寒春是真正的冰激凌爱好者，在宴会上却只能默默地克制着自己，还不便在大庭广众之下揭穿阳早，眼睁睁地看着阳早以他的所谓“美国风俗”得意地敬客人冰激凌。

一切照计划进行。牧场干部轮番向楚胡子敬酒，直到他说必须去上厕所。上完厕所，楚胡子抬头佯装观察星空，在大家不留意时，突然飞快跑向房门口，抓起鞭子，猫身跳出三米远，麻利地解开拴马绳，跳上马背扬长而去，还丢下一句话："阳早，你以为能把我醉在这里！"

阳早望着绝尘而去的楚胡子，笑着把剩下的冰激凌带回家，一勺一勺地接着吃。寒春也抓起勺子，猛吃起来。

第二天一早，楚胡子策马回访，满面春风。他从马背上跳下，拥抱着阳早，说："哈哈，阳早，你以为昨天能灌醉我，哈哈！你确实好样的！哈哈哈！"阳早的点子果然取得预期效果，楚胡子与他成了好朋友。

楚胡子的故事很快传遍草原，牧场与草原牧民的关系变得更加密切。寒春则认为，春节让人喝醉并不是蒙古族牧民进一步接受牧场的主要推动力，而是大多数蒙古族牧民看到牧场勤奋、踏实的艰苦劳动和真心实意的帮助，加之宴会时机恰当，才有此效果。

那年夏天，牧民对牧场种牛的需求猛增，牧场趁机让所有的公牛发挥最大效益，告诉牧民们可随时牵走牧场良种公牛配种。某个周日，一名蒙古族妇女来晚了，所有成年公牛都已被牵走，可她执意要带一头小牛犊回家。兽医说小牛太小，远没有达到配种的能力。但她坚持己见，牧场只好让步。结果小牛不但没给她的母牛配种，反而吃了母牛的奶。

20世纪50年代初，抗美援朝战争期间，全国农业战线的人想提供食品支持朝鲜人民。蒙古族牧民想赠送牲畜，被政府阻止了，让他们不要影响他们自身的生活。美国入侵朝鲜，牧场的同事和当地牧民并没有把寒春、阳早看成是帝国主义者，反而当作亲密战友。但也发生过一次尴尬。当时阳早正在猜拳，一个当地商人醉得一塌糊涂，向他挑战，却频频失败，便嘟囔了一句："一个美帝国主义怎么能击败中国人民？"其他参与聚会的人立马站出来维护阳早，对那位商人呵斥道："玩就玩，不许胡扯，不许对阳早不敬！"阳早因此感叹道："重要的不是你来自哪个国家，而是你站在哪一边。"

又一个新年来临之际，寒春前去仓房梁看望阳早。在那里，听说有位牧民妇女难产，寒春便与刘德英一同前往，看能不能帮上忙。到了产妇住处，只见婴儿的一只手已经出来，但头部仍在腹中。刘德英一番查看，断定只有将整个婴儿推回母腹并使其掉转方向才能顺产。但产妇不同意。寒春与刘德英又建议产妇及其家人尽快送医院抢救。他们非但不听，还找来巫婆。巫婆拿一把刀，割这，割那，甚至在婴儿的手上下刀子。眼看产妇性命堪忧，才勉强同意用刘德英的方法一试。刘德英小心翼翼地将婴儿的手推进腹中，然后把婴儿的身子掉转。孩子一经被掉转，产妇松了一口气说："哦，好多了。"遗憾的是，最佳抢救时机错过了。如果在巫婆对产妇、婴儿动刀之前就接受刘德英的科学施救，也许能做到母子平安。当婴儿掉转的时候，血管压力被改变，产妇大出血而死。临终时，巫婆还在击打产妇，说是赶跑鬼魂。寒春怒不可遏："天哪！除了我们和巫婆之外，什么都没有。"

这次经历给寒春留下了可怕的印象，她脑海中的阴影长期挥之不去。1952年3月，她怀孕了，但患上了产前抑郁症。进入8月，肚子凸显，胎儿在肚子里频繁乱踢，这引起了她的联想——那个巫婆的坏印象如影随形。思来想去，寒春决定去看望在北京工作的兄长韩丁，借此散散心，消除阴影，且北京有大医院，在北京生孩子要安全方便得多。

说走就走。寒春向单位请好产假，收拾行李，与阳早和同事告别："很快就回来。"随后，寒春坐上楚胡子的驴车，先去延安，再坐火车转道西安，然后前往北京。这时，她31岁，身孕7个月。

这次北京之行，深刻地改变了寒春和阳早的人生轨迹。

在亚太和平大会上震惊世界

寒春从延安到北京，历时半个月。北京作为新中国的首都，相比几年前寒春刚投身革命时的北平已经大不一样了。那时，满城是衣衫褴褛、神情沮丧、毫无战斗力的国民党士兵；如今，形势大为好转，北京已经是新中国的政治、经济、文化中心，变得精神起来。

寒春的哥哥韩丁和妻子史克在北京郊区双桥农场负责制作乳制品，转眼间他们已是三口之家——女儿卡玛出生了。

到北京后，韩丁所在的单位慷慨地接待了寒春，并同意了她在北京诊疗与分娩的请求。在新的环境下，寒春的产前抑郁症很快一扫而光，而且也没有了分娩之忧。

寒春很快就进入产前准备状态：定期检查；参加医院分娩班学习“无痛分娩法”；掌握呼吸技巧——孕妇在分娩时深呼吸，可以减少痛苦；学习心理学。

寒春在认真学习腹式呼吸和上心理课时，建筑工人正夜以继日地建设北京和平饭店。那年秋天，亚洲及太平洋区域和平会议（简称“亚太和平大会”）将在北京举行，和平饭店将承担主要接待任务。宋庆龄的秘书谭宁邦听说寒春在北京，便机智地请求宋庆龄邀请寒春加入大会的美国代表团。

与会代表多数是杰出人士，由宋庆龄召集。寒春来中国，宋庆龄和谭宁邦做了很多工作。谭宁邦在内蒙古时也一直与寒春保持联系，并请她为宋庆龄的一个以“重建中国”为主题的项目撰写了一篇关于陕北状况的文章。

寒春对参加亚太和平大会十分感兴趣，愉快地接受了邀请并从哥哥家搬出，住进了刚竣工的北京和平饭店。

亚太和平大会在北京举行，对成立才三年、还处于婴幼期的新中国来说是一件天大的好事。来自世界各地的代表均下榻在北京和平饭店。寒春感觉自己只有两套破旧的棉西服太过单调寒酸，毕竟其他代表都是西装革履。她为了穿得像样些，把裤子仔细叠好，压在棉褥下，躺下睡觉时，刻意用身体压实，希望能压出裤折线。第一天上午，穿着的效果还不错，但一到下午，宽松的裤子把她处于怀孕后期的身体显得十分臃肿。相比穿着笔挺高档毛料服装的其他代表，寒春显得有些寒酸。

细心的谭宁邦决定向与会者借衣服来解决寒春的穿着问题。他环视会场一周，眼睛停在了会场的另一边，他发现了一位与寒春体态相似的女士，便走过去说明来意。这位女代表是澳大利亚人，听了谭宁邦的解释，便慷慨地给寒春捐赠了羊毛衬衫、西裤和配套的衣服。

寒春穿上后，顿时显得气派起来，还拍了一张照片以作纪念。

亚太和平大会举办期间，代表们被安排在酒店顶层的西餐厅用餐。用餐时，代表们坐在宴席桌前往往并不急于吃喝，而是大谈特谈世界形势、参观中国的感受等。而过久了清贫日子的寒春则被眼前丰盛的美味佳肴惊到了，晚年回忆起当时的感受仍记忆犹新：

> 我从来没有见过这么多好吃的。在陕北，我们周三下午吃白面馒头，其余时间只吃难以下咽的黄小米饭。一年到头都这样。中央领导也这样。而和平饭店所有餐桌都摆满了中西美食，哦，天啊！人们坐在美食面前交谈，好像对美食毫无兴趣，而我口水一个劲地往肚子里流，但不好意思伸手抓起来吃。天啊，我实在太馋了、太饿了！我使劲克制自己，所以我看起来并非像猪。大家动嘴吃的时候，我才吃，我不停地吃，狼吞虎咽过后，便不停地等，一直到大多数人走了，我才挨着桌子把剩下的盘中餐一扫而光。

1952年，寒春（左一）在亚太和平大会的小组会上

一次，寒春与几位美国代表一起吃饭，他们正用录音机播放在抗美援朝战争中被俘的美国大兵的讲述，其中有一句“美国曾投下带有各种病菌的昆虫……”寒春听到这里，十分惊愕。当时会议讨论的话题，除原子弹问题外，还有美国政府否认使用过“细菌战”。这也让寒春对会议开始感兴趣，她开始逐渐参与到大家的讨论中。在一次用餐时，发现身边是日本代表团，她便对研制原子弹的岁月有所反省，并且自责地说：

> 我是纯粹的科学家，然而却让十几万日本民众瞬间化为紫色蘑菇云，化为灰烬，从人间蒸发了。这是所谓“纯粹的科学”带来的罪孽。必须思考科学是为了什么，不能自作清高，更不能对政治不闻不问。

这看似有些唐突、生硬的自我陈述，却引起了巨大反响。一位美国共产党报纸的评论员在旁边听到寒春说这番话，便说服寒春在大会上发表演讲。

第二天上午，既定议程之前，计划外的议程震惊了全世界——寒春走上讲台，发表了如下演讲：

> 在广岛和长崎被残酷杀害的成千上万的无辜的人中，有孩子，有老人，有各行各业的男人和女人，屠杀的场景历历在目，我想把这几句话，通过在本次会议上的日本代表团转告给日本的科学家们。
>
> 作为一个在洛斯阿拉莫斯、新墨西哥原子弹项目工作过的科学家，作为一个亲手触摸过那颗在长崎投下的炸弹的人，我对我在这场对全人类的犯罪尤其是针对日本人民的犯罪中所扮演的角色感到内疚和羞愧。
>
> 几乎每一个在美国的物理学家都以不同的方式参与研制了这颗二战期间可怕的大规模杀伤性武器，我又是怎么像他们一样参与进来的呢？也许我自己的故事可供大家借鉴。
>
> 从记事起，我就对“世界是如何构成的”这个问题充满永不满足

的渴望，我立志成为一名科学家。我越学越认同“为科学而科学”的理念。这种理念是现代科学的毒药。正是由于这种误解，认为科学已从社会中分离出来，从人类和人们的生活中分离出来了，我在战争期间从事原子弹研制工作。我相信我的很多同事也一样，认为我们科学家的工作就只是去探寻大自然的真谛。除此之外，任何对于我们科学家所发现的知识的应用，对我们来说都是次要问题。在我们的纯科学的研究中，我们没有时间让自己去关心这些小事。科学的应用必须留给政治家和工程师。

我很惭愧地承认，广岛和长崎恐怖的爆炸将我震出了这个自我满足的象牙塔，基本事实是根本没有“纯粹的科学”这样的东西；科学的意义只在于其能够服务于人类，只因为迄今为止它有助于创造一个丰富而美丽的世界。

我要告诉日本和美国那些即使现在仍然在从事原子弹、氢弹和细菌战研究的科学家：好好想想你在做什么！你可能认为你现在提交给美国军队保险柜的标有“机密”的科学论文将使你名利双收，但这完全是错误和可耻的名声，是一个会被全世界人民的仇恨践踏成灰的幻想。

我将和所有那些拒绝加入这一致命工作的人们一道，并在此号召：让我们加倍努力，迫使原子弹、细菌战以及大规模杀伤性武器得以禁止！

1952年，寒春在亚太和平大会上发表演讲（图片来源：新华社）

这段演讲，寒春命名为《简短声明》。这就是原美国芝加哥大学核物理研究所研究员寒春要说的话。这突如其来的声音，以及年轻美貌的寒春，让世界各国媒体措手不及。当记者们从震惊中回过神来时，寒春的发言结束了。记者们哪肯错过这条足以惊天动地的爆炸性新闻，在中场休息时便把寒春团团围住，坚决要她再次登台重复《简短声明》，然后拍摄下来，向全世界发布。

这段演讲的录像很快传遍世界。但寒春对后续影响毫不知情，因为亚太和平大会后她便回到奶业、庄稼和农机设计制造的自我王国里去了。

《简短声明》在美国引起了轩然大波。销声匿迹的核物理科学家、费米的得意门徒寒春，突然出现在亚太和平大会的新闻中，这样的新闻对尚处于麦卡锡时代的美国具有足够的爆炸性。不祥的敲门声在寒春的美国亲戚朋友和以前同事的房门上此起彼伏，有关方面在密集盘问调查有关寒春的问题。在反共迫害浪潮中，为打击美国民众对新生的社会主义苏联和中华人民共和国日益增长的好感，美国政府和他们的喉舌把“寒春案例”作为“红色威胁”侵害美国利益的典型。但这只是徒劳无功。对寒春的恶意攻击，反而导致美国联邦调查局吃了不少闭门羹，“娃娃物理学家”小组成员之一的爱德华·泰勒就痛斥联邦调查局的调查人员：“你们下地狱去！”

1953年7月，美国《真相》杂志刊登了一篇文章，题目是《一个逃掉的原子间谍》。文章说，曾参与过美国最早的原子弹计划的女物理学家寒春突然失踪，而后在中国北京露面，向中国透露了美国的原子弹秘密，并且协助中国政府发展自己的原子弹。这篇文章把寒春和阳早来中国这件事描绘成了一个充满谜团的案件，读起来像是一部惊心动魄的间谍小说。杂志封面还画了一个寒春的漫画形象——身着时尚风衣，很得体地束腰，鬼祟地向后张望，在一个隐蔽的记事本上做记录。当时的美国甚至传言说，毛泽东特别派出专机到陕北接寒春到北京帮助中国赶制原子弹。

这些抹黑寒春的做法十分滑稽。寒春就是因为原子弹巨大的杀伤力退出了高能物理界，不可能再为其他国家制造原子弹。不过，她认为，作为反对帝国主义霸权的手段，她并不反对中国研制原子弹。

多年后，有人从美国给寒春带来了这些报道寒春的刊物。寒春和阳早看到所谓“坐毛泽东的私人飞机”的报道时，回想起了在驴车后赶路和坐着篷车旅行的情景，他们笑出了眼泪。

1953年，美国《真相》杂志封面图

完成《简短声明》演讲之后，寒春回到和平饭店，感到肚子疼，这种疼法与之前不一样，一位女代表确认寒春“马上要分娩了”，便打电话到前台。会务车把寒春送到韩丁联系的定点医院，亚太和平大会召开之前她就在这家医院接受呼吸训练。医院把她安排在已住了三个孕妇的房间。寒春刚住进去，就听到房间外有人在紧急讨论，机敏的寒春明白是在谈论她。医生在商议，是否有足够的时间把这位亚太和平大会代表转到条件更好的协和医院，那里为新中国培养了第一批接生员。因为是头胎，医生评估后，认为时间足够，便将她转了过去。果然，协和医院的设施和环境皆属一流，寒春被安排住在单人房间，房内摆满了鲜花。24小时后，寒春顺利产下一名男婴。

寒春挺着大肚子参加会议时，有人建议给孩子起名“金”，为支持朝鲜和他们的领导人，因为他们不畏帝国主义列强。宋庆龄则建议叫“和平”，因为他没出生就参加了亚太和平大会。寒春采纳了宋庆龄的建议。

听到和平出生的消息，刚在大会上认识寒春的与会代表纷纷前来探望，还带来了冰激凌和水果之类的礼物。医院工作人员对此很惊讶，因为中国的习俗是分娩后要坐月子，只能进食热的、营养丰富的东西。更让大家惊愕的是，寒春向刚生了孩子的妇女讲解节育观念——“我觉得一个女人控制自己的身体顺理成章，应该想生孩子时生孩子，不想生就不生……”

10月底，寒春出院，仍随美国代表团吃住一处。阳早远在三边牧场，寒春带着尚在襁褓中的和平，的确面临诸多生活难题。此时，寒春正好认识了大卫·柯鲁克和伊莎白夫妇，他们的儿子已经长大，尚余一些婴儿服装和尿布，便送给了寒春，解了燃眉之急。寒春还说服酒店，破例允许她在房间里用电磁炉，也允许她把洗过的尿布摆到暖气片上烘烤。

1952年，在亚太和平大会期间，寒春产下一名男婴，宋庆龄为他取名“和平”

会议结束后，各国代表陆续回国，寒春也准备回西安。会议期间，她收到会务组发的一些物品，如今和平的东西又增加不少，加在一起实在太多。当史克前来酒店送行时，寒春把酒店的长袍、毛巾和拖鞋等生活用品全部送给了史克。那时，寒春不知道酒店配置的生活用品不允许带走，只觉得扔了太浪费、太可惜。十多年后寒春在北京再见到史克时，发现她仍在使用这些东西。

和平给了寒春崭新的意识——那就是见证一个生命的成长。新中国也是一个新生命，人们会体验她成长过程中的美好，也会体验她成长的痛苦。在寒春看来，这两种生命体——人与新生的国家，恰到好处地一同成长，两者的未来都充满希望。

火车从北京站开向西安，穿越在已经迎来新生的中国大地上。

此图为庆祝亚洲及太平洋区域和平会议纪念邮票（张京供图），于1952年10月2日发行。1952年3月，美国侵朝战争期间，中国著名和平人士宋庆龄、郭沫若、彭真、刘宁一等11人代表中国人民的意志，并根据世界和平理事会及国际和平保卫者的建议，联名邀请亚洲及太平洋区域的和平人士共同发起这次会议。会议于1952年10月2日至12日在北京举行，参加会议的有37个国家的404位代表和列席代表。宋庆龄致开幕词，郭沫若作题为《团结一心，保卫和平》的报告。会议谴责了美国发动的侵朝战争，提出了制止帝国主义在亚洲及太平洋地区进行侵略战争的任务；通过了《告世界人民书》《致联合国书》《关于朝鲜问题的决议》《关于日本问题的决议》《关于民族独立问题的决议》等11项文件。会后，成立了亚洲及太平洋区域和平联络委员会，总部设在北京，宋庆龄担任主席。

第六章／

草滩春秋

一开始，我们是引进机器的奴隶，但当学会其原理，修理它，改良它，进而可以自制更好的，就想：天啊，我不仅能制造它，还能改进它。这就是从必然王国到自由王国的飞跃。

——寒春

陕西的新生活

象征新生的共和国飞速发展的列车，把寒春母子送回西安。不同于去北京待产时那般孤寂冷清，这次回西安，三边牧场的上级单位陕西农林厅以对待亚太和平大会代表的规格为她举行了隆重的接站仪式。仪式结束后，农林厅直接把她接到了机关的院子里。院子由简陋的平房组成，农林厅人员工作和生活都在那里。院子住家大约20户，寒春被安排和另一位也带着孩子的妇女同住一间平房，等待下一步的工作安排。

住下后，寒春把坐火车攒下的脏尿布拿出来，到厨房打开热水，刚要动手洗，就被批评了——不许在厨房和清水附近洗尿布！然而，除了厨房，其他地方也没有热水供应啊。无奈之下，只能用冷水了。此后，为了解决这个问题，寒春经常琢磨，终于，受斯波克博士（著名美国儿科医生，代表作《斯波克育儿经》）著作的启发，她研制了一个尿布洗涤系统，这让住在院子里的人惊奇不已。

组织上的命令很快下达，但不是寒春期望的那样，不是重返三边牧场，而是调到西安最大的奶牛场——闫庄农场，工作地点就在古城墙外。

她开始遐想，一个崭新的农场或许即将在她和阳早以及同事们的共同建设下诞生于西安城北、渭河南畔，实现在三边牧场无法实现的大规模改良畜群、生产大量高质量奶产品的宏愿。

与此同时，阳早也接到了调去西安的命令。阳早与妻儿分别已经半年，渴望团聚的心情可想而知，他接到命令后，便夜以继日地完成三边牧场副主任的交接工作。直到第二年的五一前夕，西安春意盎然之时，阳早才收拾行李，赶着四轮马车，经延安转乘火车，终于到达西安。第二天就是五一国际劳动节，西安城里到处洋溢着浓厚的节日气息，都在为五一节做庆典准备。

入夜，西安城火树银花，热闹非凡，俨然不夜之城，人们喜气洋洋地预演五一大游行节目。阳早一下火车，顾不得欣赏街景，急忙找了一辆三轮车，装上全部家当，直奔农林厅大院。在门卫的指引下，阳早敲门叫醒寒春，并小心翼翼地捧起睡得正甜的儿子。第二天，阳早抱着半岁的儿子，跟随寒春及农林厅的同志上街，融入节日盛况，沉醉在使人兴奋、令人坚定、催人奋进的气氛之中。

这之前的半年，都是寒春独自照顾儿子。多年以后，回忆起那段日子，寒春说：

> 那是我在中国最困难的日子，因为我在美国长大，无法想象在中国独自带婴儿该怎么打理。照搬书本往往适得其反。周围的人认为我知道怎么做，当个好母亲是自然而然的，也是妇女的本能。如果阳早在身边就好了，他可以搭把手。西安是个陌生的环境，初来乍到，我没有亲朋好友，不认识任何人，只能独自摸索。有时类似“尿布问题”也弄得茫然不知所措。

那时的寒春强烈地意识到，独自在新秩序里带着刚出生的婴儿，必须全方位调整到“东方模式”，进入“中国母亲”角色。于是，她为自己量身自制棉衣时，也为孩子做了一件棉披肩。这些针线活技能，寒春在小学时就学会了，而且在延安和三边牧场得到了提升。她还去城里找回一堆木头、螺丝和合页——她要研制婴儿床，她想使自己从整天抱着婴儿的状态中解脱出来，以便更好地学习、工作。婴儿床刚刚做好那天，寒春得知影院要放映亚太和平大会的纪录片，便把和平放在婴儿床上，急匆匆跑去观看。寒春坐在后排，大幕上，自己对着会场演讲，还插播了原子弹爆炸之类的片段，影像把寒春拉回到观看第一颗原子弹实验和参加亚太和平大会的场景。影片放完，回到家里，发现和平正在伤心地哭叫，寒春十分自责、心痛，此后再也没有让和平独自在家过。

是更多地照顾孩子和家庭，还是全身心地努力工作？这种思想挣扎伴随寒春许久，直到第三个孩子长大成人，她内心才释然。

创建草滩农场

五一节过后，寒春一家三口便前往闫庄奶牛场报到。

闫庄是西安最大的奶牛场，肩负着为西安城供奶的重任。奶牛场夹在果园和大路之间的一个小地方，视野无法与内蒙古高原目及千里的开阔相比。职工住在由几排平房构成的小院里，一家一间房。为了把新家弄得像模像样，寒春独自去附近的镇上买了一个黑色水缸，对此，阳早生气地说："你买这东西干什么？"在延安时，每个人的装备以能背在肩上行动为限，以应付随时可能到来的战斗。看来从战争状态转换到居家过日子，他们还需要一个适应的过程。

阳早平调，被任命为场里的副经理。寒春同样平调，任技术员，负责奶牛的日常照料工作，包括喂养、挤奶，以及保存和分析所有的记录和统计数据；同时，负责监督牛奶的巴氏消毒。

创造性地改善工作局面是寒春的特长。闫庄奶牛场以前有坏奶现象，为保证牛奶冷却之后用骡车运到西安城不会坏，寒春设计制作了一个装置，用来加热牛奶并保持足够高的温度杀菌。这个铁制白色装置是寒春设计奶场设备的尝试，也是她几十年后研制完整的机械化奶场设备的开端，与之前在延安制作的那个"炸"飞了的风车相比可以说是有了质的飞跃。

作为场里的二把手，阳早的职责涉及全场的方方面面，包括如何让西安脆弱的奶牛业尽快发展起来。他的想法是建设一个可以扩大和永续发展畜群、以喂养奶牛为主的农场。闫庄奶牛场由数个农场合并而来，拥有80来头奶牛，规模已是西安最大，单从奶牛数量看比三边牧场气派多了，但因地方紧张，不能开展种植，饲料全靠购买，发展受限，远不足以担负起为整个西安市供奶的重任。上级还准备从三边牧场转场一些奶牛来扩大奶产量，这是阳早和寒春在延安、西安开会时多次提出的建议。

那是火红的年代，新中国发展突飞猛进，牛奶业也要同步跟进。阳早的新蓝图，是在西安城北郊、渭河边几十平方千米的草滩上建设崭新的农场，既在喂养上规模化，也通过规模种植谷物来确保奶中富含蛋白质。闫庄奶牛场只是一个过渡，一个临时性安排，最终要建设一个更大更强的奶场基地。

1953年夏天，阳早和场长等人到草滩选新农场场址。渭河边的草滩长约20千米、宽6千米，满目野草繁花，国民党军队曾在这里养过战马。他们沿着长长的南畔踏勘，见草滩一派草原风光，大家都兴奋不已。阳早说："三边牧场不能实现的梦想，在这里定能实现。"场长放眼渭河，抬头望着蓝天，大手一挥，豪迈地说："这是个创业的好地方，新农场就建在这里！"

1957年，草滩建起的奶牛场，是新中国第一批奶牛场

随后，他们定下创建第一座牛舍的地点，并用铁铲培起一个小土堆作为标记。渭河是流经西安北边的主要河流，这个新建的农场就坐落在渭河南岸，紧挨着原来河床的河滩地，所以将其命名为“草滩农场”。

在建成奶牛场棚屋之前，他们在那里放牧不产奶的母牛来节约喂养费用，同时改良土质。直到1956年，农场的准备工作才全部完成。

建设期间，负责修建牛舍的阳早与建筑师、技术员、建筑工人共同设计，几个月就把第一批牛舍建了起来，让闫庄奶牛场的小母牛和干牛（要在两个月里产幼仔而不产奶的母牛）移到草滩。

在母牛都被转移过去之后的一天，草滩新址被淹，低洼处成了平湖，水位涨到房子的一半，成了一片泽国！

他们后来回忆起整个过程来仍觉惊心动魄。

头一天，雨越下越大，下了一整夜。雨点弹珠似的倾泻而下，形成银白的斜条纹，砸在地上碎成雾气，随风飘散遁形。到第二天上午10点，就像长跑运动员来了个最后冲刺，雨骤变为倾盆大雨，持续了半个小时，然后突然停了，万籁俱寂。

“桥！”寒春听见喊声，只看到一个黑色人影往桥的方向冲将过去。河水上涨太快，即刻便将桥淹没，越过堤坝，涌上通向农场的小道。

农场警铃大作，叫喊声连成一片，人们扛着铁锹冲向岸边。

“保护耕地！保护桥！快拿麻袋装沙子！”洪水仍在上涨，桥变成了水坝，大有水漫金山之势。很快，麻袋筑起的防洪大堤出现在人们的眼前，把涌上来的洪水顶回了河里，新建的农场保住了，但桥成了水中孤岛。

“车！”有人喊道。

“对！快！车！”大家异口同声。

“快把车赶过去，晚了就来不及了！”有人说，“如果桥垮了而车留在农场这边，那就没法把奶运进西安城了！”很快，两辆骡车赶了过来，大家迅速把粮食扛上车，准备越过桥，去往仓库。此时已到晚上，四周漆黑，人们只有借着水的反光勉强在狭窄的堤坝上摸索着前进。一路上没人吱声，不时有洪水拍打岸边的声音和土块连同草皮滑到水里溅出的闷响，打破雨后夜间的寂静。寒春和大家走着走着，前面农场透着煤油灯亮光的窗子逐渐显得越来越大，十分暖人。忽然远处奶房的灯亮了，寒春想，灯亮起，显然是老李和老张回去工作了。

护卫农场的战斗仍在继续。大家用沙袋加高桥两侧的护栏。桥面孤零零地、倔强地横在湍急的水流中。

这一夜，大家轮流值守，防止洪水威胁农场，衣服湿漉漉地黏在身上，手磨出了水泡也毫不退缩。

第二天早上，洪水慢慢退去，农场安然无恙。

寒春睡过头了，等她突然惊醒，马上想到："牛奶，牛奶怎么样了？得把奶快点运到桥那边去，此时是运奶车到农场的时分了。但今天的运奶车只能在桥的那边等着。怎么才能运过去？一罐罐地搬？这边可没有驴车了。"寒春边想边拎起工作服往牛场跑。奶房里，老李和老张早到了。种牛"李逵"站在装卸台上，耐心地等着装车。

当寒春走近时，老张指着"李逵"微笑着说："让它靠劳动吃饭。"这大块头黑牛似乎在回应，眨了一下睡眼，换条腿支撑重量。黑牛从来没拉过车，这让寒春有点不放心，可车一装好，它便若无其事地向前轻松地迈开步子，好像在说："这还不算重。"寒春与大家跟着聚集在桥这边的堤上。水挡住了去路，桥面以上的洪水有一米深。"李逵"试图继续前进，但大家知道不可能过得去了。

"卸车！"有人喊，"把牛奶搬过河。"

说着，老张和两个工人抬起一罐奶，一脚就上了桥。桥仍然如水坝似的，水流湍急。三个工人的腰部浸在水里，周围形成旋涡。

突然，老张往下沉，另外两个工人见状迅速一把抓住他，奋力往上拉，牛奶罐在洪流中上下颠簸。

"有坑！"老张喊，"在右边，水把桥冲坏了。"

老张的话音未落，又一个工人从岸上跳下水，用长棍摸索着蹚到坑的位置，用棍子撑住自己，变成“人体浮标”，并喊：“快来搬剩下的奶！”

如此这般，22罐奶被运过了河，装上了等在那边的车。

寒春和老张严守阵地，让其他人回去吃早饭。突然，他们发现有水从堤坎上面渗出来——左侧的沙袋漏水了！

“快，再拿个麻袋堵上！”老张喊道。备用的沙袋太重，用尽力气也扛不起来，他俩便一寸寸地终于把沙袋挪到渗水的地方。然而，缝隙越来越大，更多新的漏洞在冒水。寒春环顾四周寻找其他办法。

“没有用，水还在涨！”老张对寒春喊道。

“快，赶紧退到安全地带，不然就回不去了！”

水流更急了，他俩互相搀扶着撤退。临时堤坝最上面的沙袋松动了，缓慢地滑落，水从豁口冲出河道，涌向堤岸。寒春紧紧抓着老张的衣角，老张拽着岸边的草，才避免被洪水卷走。他们爬上堤岸往回跑，大声呼叫。

警铃再次响起，不一会儿人们带着麻袋和铁锹又聚过来。经过一番奋战，豁口被堵上了，堤坝又加高了两尺。耕地保住了，桥没了。明天的牛奶仍然必须运出去！怎么办？

“好在车在河对面。”有人说，“做一个小筏子，把奶运过去，车接应上就可以拉到城里去。”

另一个人说：“怎么做呢？”

“会有办法的。”有人回应。

果然，到了晚上，筏子做好了。绳子和竹竿将四个空汽油桶绑在一起，上面再绑3块床板，形成了一个2米×3米的平台，这便是筏子。

怎么让筏子在洪水里往返呢？寒春正想着，一个年轻人喊道：“给我条细绳子！”只见年轻人麻利地把绳子系在腰上，一头扎进湍急的河里，不一会儿就游到了河对岸。驴车早已在那儿等着。有人在细绳子的一端系上粗绳子，那个年轻人把粗绳子拉到对岸，紧紧拴在大树上。绳子连接着河的两岸，绳子中间绑住筏子上的滑轮，通过拉绳子两端让小筏子在河里往返。

寒春问老李和老张，做筏子的床板是哪里来的，他们笑而不语。晚上，寒春到宿舍一看，老李和老张睡在地上，床不见了。

如此想方设法，发洪水后的这些天，牛奶像往常一样顺利地送给了急需营养的病人和婴儿，每天中午11点，幼儿园的小朋友也像往常一样喝到了来自草滩的优质牛奶。

战胜洪水后的一天，寒春见老李独自坐在堤坝上，望着河水若有所思，便坐在他身旁。过了一会儿老李说：“我活了59岁，有50年活在旧社会，有年发大水，河堤垮了，我出去干活，等回到家……啥都没了，全是水……老婆和三个娃都……”

“家？！”寒春失声道。

“要是那时有穷人的组织，想点法子，洪水也不至于那样害人。那群寄生虫卷了钱就走，哪管我们死活。”他沉默了一会儿，起身回牛场去了。

寒春独自坐着，一只顶着乌黑冠子的白色小水鸟贴着水面往河的上游飞去，小脑袋微微转动、搜寻着，突然“扑棱”拍打了一下翅膀，从河中叼出一条小鱼，然后飞走了。河水拍打着两岸的草皮，零散分布的漩涡打破了河面的平静，水底的暗礁使河底的水翻上来，河水一片浑浊。

由于闫庄奶牛场和草滩农场员工迅速被动员起来，全力抗洪，很快便把所有的奶牛转移到岸上，没有造成人畜伤亡。遭遇洪水是在渭河滩地创业不可避免的风险。他们吸取教训，此后在建设中都制订了抵御洪水的预案。

牛舍重新建好后，一些工人搬到草滩农场工作，但还有一些工人留在闫庄奶牛场挤奶、饲养奶牛。两个地点相距20千米，为了管理畜群，阳早和寒春骑自行车来回，兼顾两边的工作。

当时的建设任务虽然繁重，但学习一刻不曾放松。每天早上学习一个小时，学习的内容包括社会主义经济体系、反对贪污浪费的中央精神与方案措施等。夜里小结，每个周末还要召开生活检讨会。生活检讨会着力解决临时出现的问题，把一切都摆到桌面上，让大家相互督促。“干净为人，干净做事，以全新的面貌开始工作”成为风气。谁都有揭发错误的权利，并给人改过自新、重新开始的机会。

当然，谁做了错事，也都将受到严厉的惩罚。

农场有个青年干部，抗日战争时期生活在孤儿院里，日军屠杀孤儿院，他是唯一的幸存者。他一直觉得自己失去太多，在革命中牺牲太大，新中国成立后理应得到比别人更多的回报。一次，他被派去为农场购买货物，结果他用节余下来的购货款娶了个老婆。为这事，农场开了很多次会，对他进行了批评，希望大家引以为戒。

还有一个案例。一个老挤奶工跟年轻干部吵架，年轻干部一时冲动顺手抓刀试图砍向挤奶工，幸亏寒春和大伙儿及时冲上前把刀夺下，才避免让事情发展到不可收拾的地步。然而，“扬刀三分罪”，奶场党委仍然决定罢免年轻干部的职务，并让其学习6个月，然后调到另一个农场。

每周的生活检讨会，在对过去一周的工作做出“全面体检”的基础上，还要充分讨论工作，明确下一周各自承担的角色和责任。人人都在学习中提高，在实践中完善，在批评与自我批评中修正人生航线，完善人格。

阳早后来说：“农场的所有人都热情洋溢，都行动起来了，大家一起在努力地建设没有剥削、人人平等的幸福的新中国。那时农场几千人，都说准备活到100岁，迎接共产主义的到来。”

一位职工写了一首诗抒发自己对农场的感情：

暮色苍苍看草滩，渭水隐隐向东流。
寒来暑往几春秋，时光无语芳草幽。
牛背落日夕阳下，临风忘却征战忧。
多少烟云转瞬休，几代英灵身后留。

在饲料切割机上体会从必然王国到自由王国的飞跃

为了让奶场设计更加科学合理，1954年初，农场决定让阳早带一个考察小组到北京、青岛和济南三个乳业生产较好的地方去学习取经。

因阳早是美国人，行程中发生了一些误会。在青岛，一下火车，一位民警就拦住阳早盘问："你是谁？"阳早回答："我叫阳早，是美国人。""啊，你是美国人，你的证件呢？你有护照吗？"民警接着盘问。"我没有护照，它已经没了十几年了。"阳早耸耸肩膀回答。"你有居住证吗？"民警问。"居住证？你是指什么呢？我没有什么居住证。"阳早摆摆手回答。

随行人员努力解释，但这位民警坚持把阳早带到了公安局，往西安发报确认身份。得到确切回复后，他平静而友好地对阳早一行解释说："外国人外出都要求随身携带通行证。人民共和国还不满4岁，美国试图组织整个世界来控制'红色威胁'，安全形势特别紧张，对没有提前通知到来的不能确认身份的美国人更要注意。"

确认了阳早的身份之后，公安局还邀请他们一同过春节。因为出差预算紧张，能意外地得到公安部门的招待，大家求之不得，高兴地答应了。阳早他们做梦都没有想到，此行能和公安部门的同志在以前的德国租界热闹会餐，喝洋人匆忙离开时留下的50年佳酿，迎接1954年的春节。

1954年春，阳早带队的考察团结束考察，经北京回西安时，得知北京正在举行苏联农业机械展览会。阳早认为这是个难得的机会，便带领大家前往参观。当见到一台小型饲料切割机时，阳早眼睛一亮。以往秋收时节，他们以原始方式加工生产青贮饲料——六七个工人把秸秆、谷物、谷壳、红薯藤等切成碎片后，得有几个工人运输，再由另一些工人负责发酵工序。长蛇阵式的流水生产线上，工人们干得汗流浃背、腰酸背痛。而阳早见到的这个小型饲料切割机可以大大改善农场青贮饲料生产的劳动强度。碰巧，负责这次展览会的农业部副部长是阳早的朋友，为此，阳早特意去拜访这位副部长说，与其让这台机器展览后派不上用场，还不如送给草滩农场。当时草滩农场声名鹊起，已经引起部委的关注，副部长对阳早的请求欣然同意，于是这台切割机被运到了草滩农场。

这年秋收时，草滩农场生产青贮饲料完全是另一番景象了——寒春在镇上找到一台小柴油机，与那台特批的切割机接好，机器便“轰隆隆”地工作起来。这可是破天荒的大事件。人们前来围观，只见谷物随传送带送进机器，然后被刀片切碎，传到堆积饲料的坑里，完全是机械化流水作业。

原来十几个人手工切割的活，现在一台机器就承担了。刚从旧社会得到解放的人们，又从繁重的体力劳动中解放出来，工人们自豪地说得到了“第二次解放”。

这是当时中国唯一的一台饲料切割机。有了它，饲料越来越多，养的牛也随之越来越多，产奶量也不断提高。

与此同时，回到西安后的阳早立马投入到草滩农场奶牛场的设计与建设中。

阳早与同事王立平参考这次学习到的经验和土木工程类书籍中的知识，结合草滩农场实际，经过全面核算，发现之前草拟且已经开工的设计方案过于浪费建筑材料，花费太高，极不划算。在阳早的坚持下，农场决定砍去所有不必要的投入，建一个低耗高效的奶场。

其中有一项挖井工程，开挖后沙石不停地塌陷，进展缓慢。阳早与王立平参照学习到的经验，借鉴当地农民的挖井技术，并结合新技术，创造了边开挖、边支撑、边衬砌的施工法，使难题迎刃而解。

1955年秋天，农场迎来了玉米大丰收。切割机不停地切割玉米秆青贮饲料，并把切好的碎片吹到筒仓里面。可是，还有堆积如山的玉米秆正等待送进切割机之时，风扇上的一个巨型铸铁扇叶片断了。

修复的重任落在了寒春、阳早身上。寒春、阳早立即召集相关人员开会，商量修理事宜。有人提了一个焊接的方案，寒春认为当扇叶以每分钟500转的转速转起来，如焊接不牢，很可能再次断开，会飞出伤人，后果不堪设想，这个方案就被否了。经过商讨，寒春决定用铁板做扇叶。经过一个通宵赶制，天亮时分，扇叶终于制作完成，机器在太阳升起时分再度响起，如期完成了剩下的切割饲料任务。

在寒春眼里，这台机器十分笨重，难以操纵，有很多改进的空间。但传出去的都是好消息，满世界都说草滩农场有一台高效的饲料切割机。连当时中国制造工业最发达的上海也派人来到西安，说要借这台切割机研究。当时全国一盘棋，各省之间不分你我互相支援是常态，草滩农场如农业部那般慷慨，把切割机给了上海来的同志。上海来的同志把切割机带回去后，经过一番精心研究，成功仿造出很多饲料切割机。第二年秋收时节，上海方面把切割机还回来时，还赠送了两台，并承诺如果草滩农场的机器坏了，上海工厂有求必应。后来，这种饲料切割机以及备用零件作为重要的援助物资，还出口到了阿尔巴尼亚。

有修理风扇的先例，保障切割机正常运转成了农场交给寒春的任务。寒春使出研制原子弹的劲头，研究制作从刀片到铸铁齿轮等各种零件，对机器进行全面解剖，制订解决故障的预案。她去西安图书馆查阅资料，意外地找到了这台切割机的俄语设计书的中译本，如获至宝，很快弄清原理，加以改进，居然大获成功。“引进机器—应用—了解工作原理—回到实践—更好地生产青贮饲料—装满一个又一个筒仓”，这个从使用到修理再到改进最后收获效果的全过程，让寒春体会到从未有过的成就感。

寒春说：

我无法用语言描述那种感觉。一开始，我们是引进机器的奴隶，但当学会其原理，修理它，改良它，进而可以自制更好的，我就想：天啊，我不仅能制造它，还能改进它。这就是从必然王国到自由王国的飞跃。在那个小小的修理铺里，我们使切割机的速度从每小时切8000千克提高到每小时15000千克，效率提高将近1倍。天啊，青贮饲料像洪流一样涌入筒仓，而我看到的是源源不断流向千家万户的白花花的鲜牛奶。

切割机效率提高了一倍的消息在神州大地传播开来，很多农户和单位都想要，农场便建了一个小工厂专门生产切割机，以满足需求。

在四川的一个比赛现场，寒春改制的切割机在与苏联原装机的对决赛中，以两倍于后者的切割速度，以及更远的抛撒距离，毫无悬念地取胜。十多年后寒春一家搬到北京红星公社，发现红星公社依然在使用多年前的旧式机器，立马率技术人员前往西安，将亲手创制的“寒春切割机”引进到红星公社，并进一步加以改进，使红星公社的生产效率成倍增长，成为全国公社的榜样“红星”。

建平、及平相继出生

1954年夏天，寒春第二次怀孕。她原计划工作到临产前，但到了冬天，因为高血压，无法坚持工作，只能在家待产。1955年1月3日，他们的第二个孩子出生了，是个男孩儿，起名Billy，中文名叫建平（意为建设和平）。寒春因产后注射麦角（可让子宫回到正常状态）造成严重过敏并昏迷，当时没人意识到是麦角所致，等寒春醒来后又注射了一支，反应更加剧烈，又住了几天院，喂奶也需护士帮助。

等她恢复健康后高高兴兴回到家中，解开襁褓给孩子喂奶，才发现婴儿实在太小，寒春拿出尺子一量，只有54厘米高，而且瘦得皮包骨。寒春又惊讶又心痛。

随着孩子慢慢地长大，基本发育尚属正常，但好像听不到任何声音，寒春担心建平听力有障碍，自言自语地说：“可怜的我生了个聋哑孩子。可怜的孩子啊，为了以后的生活，我必须把你送到聋哑学校去。”4个月大时，一个锅盖掉在地上，“哗啦”的响声使建平眨了一下眼睛，细心的寒春捕捉到建平这一瞬间的反应，手舞足蹈地对阳早说：“听到声音了！建平听到声音了！”

建平才几个月大时，闫庄农场的职工都搬到了草滩农场，他是伴随草滩农场的建设长大的。

随着第二个孩子的出生，寒春的工作与家务逐渐难以兼顾。阳早担任农场领导副手，工作量大，照顾孩子的重担全落在寒春与保姆身上。平时还勉强过得去，但寒春给建平断奶后，本来身体状态欠佳的建平又得了痢疾，身体愈发虚弱，必须住院。寒春已经没有奶水，只好和保姆抱着建平从医院到附近的奶站兼顾治病与调养，直到好转。

这时候长子和平正处于懵懂时期。有一次和平不小心掉到井里，幸亏井已干枯，又被人发现，待被救起来时，因受到惊吓，已经脸色发青。寒春连忙把他抱上车，赶往医院。去城里一个小时的路程，寒春觉得无比漫长。在进急诊室之前，和平一直喊：“阿妈，阿妈。”寒春在一旁回应：“妈在这儿，妈在这儿。上帝啊，多么可怕。”一到医院，医生立刻实施治疗，寒春自言自语地说：“和平放心。上帝！我感谢医生、感谢医院……”接下来，和平得了一场病，也是痢疾。因为害怕和自责，寒春尽其所能做到最好——她买了一块灰色毛绒布料，为和平缝制了一个泰迪熊玩具，以此给自己带来些许慰藉。

1955年6月，为了方便工作，经农场安排，他们终于可以全家一起从闫庄搬到草滩居住。于是，这个年轻的家庭把两个箱子和家庭物件——包括阳早讨厌的水缸，都搬到骡车上，建平坐在婴儿摇篮里，和平骑在爸爸的肩膀上，夫妇二人带着两个孩子，仿佛吉卜赛部落迁徙一样从闫庄旧居步行20千米，来到草滩新家。他们途经汉代废墟，穿过河流与平原，融入红红火火的草滩农场的建设之中。

建牛舍的地方就是第一个奶牛场，被称作畜牧场。草滩农场刚建起来时被洪水淹过的那排房子，如今被分成单人间，寒春、阳早一家分配到了其中的两间，将就着住下了。农场有食堂，给职工提供不错的、价格便宜的饭菜。

闫庄和草滩合并成了更大的草滩农场。农场种有棉花、小麦，以及大量用来做草料的富含蛋白质的作物。奶牛数量激增，还添养了猪、长毛兔等。小工业也快速发展，相继建成了饲料加工厂、小型修理厂。

搬到草滩农场，阳早还任农场副经理，兼任动物养殖技术主任，寒春仍然担任技术员。因是外国专家，工资比同级别干部高一个级别：阳早100元，寒春80元。

建平快一岁时，阳早希望再生一个女孩，虽然寒春并不那么想再生，但是，1956年初，她还是再次怀孕。为保险起见，她到医院把注射过麦角、患有高血压等过往的一些情况告诉了医生，医生认为没有问题，因为她的一胎和二胎都健康。怀孕后期，肚子渐凸，寒春感觉良好，很相信自己的体能。这段时间，寒春正负责青贮饲料的生产，有很多工作要做。一天，她在青贮饲料的窖顶，挺着大肚子站在土墙上舒展筋骨，瞭望四野。当她发现土墙下面放着一台坏了的切草机时，哧溜一下跳到机器旁边，把在场的人吓得不轻，她却没事人一样，三下五除二把机器修好了。

预产期临近，寒春搬到城里的奶站工作，这样就能在临产前快捷地到达医院，确保能及时得到专业接生，以免出现意外。一天早晨，阵痛袭来，她立马骑上自行车去了医院，医生检查后说："待在原地别动，你的宫颈已经张开了。"寒春却说："我要出去锁好自行车。""会有人把车放到安全地方。"医生安慰她说，并安排她马上住进产房。刚进产房，婴儿开始推挤，寒春的身体随之反抗，医生让她保持镇定，不一会儿，婴儿降生了，是个女孩。给她取的英文名字叫Karen。由于当年埃及正在进行苏伊士运河国有化运动，并承认中国的主权国家地位，中国也支持埃及保卫国家主权的斗争，所以汉语名字就叫及平——祈祷埃及的和平。

不坏一斤奶

阳早、寒春夫妇的第二个、第三个孩子相继出生后，农场工作逐步走上正轨，他们的任务随之越来越繁重。

农场接手了一批苏联设计、中国仿制的挤奶机，虽解放了挤奶工，但难以清洗。在中国居住生活多年的新西兰教育家路易·艾黎从新西兰购置了一批机器，有两个挤奶器和一个真空泵，性能很好，缺点是震动器工作起来动静太大。负责奶牛场技术的阳早和寒春等技术人员商量后，在农场小修理铺里成功仿制，并通过使真空驱动震动着挤压吸奶器贴到母牛乳房上，解决了震动器工作不良的难题。对此，阳早戏说："如果你进入用这种震动器的牛舍，会看到各种各样的舞蹈在那儿上演，从缓慢的华尔兹到探戈再到秧歌，有各种不同的速度和姿势。"

另外，农场还要预防高传染性疾病流行，比如肺结核和布鲁氏杆菌病。寒春、阳早负责巴氏消毒，确认送出的牛奶不会给人们传播疾病。政府也着力进行肺结核畜群治疗，很快，畜群肺结核在全国被根除。

农场的牛越来越多，有空就要围着牛舍转圈已成为阳早和寒春的生活习惯。寒春常常会站在牛的旁边观察饲养的全过程，还会和每一头牛亲切交谈，也对它们进行当面点评，或批评，或表扬，或问这一头牛为什么没能吃完饲料，对另一头很快就吃光了的牛开玩笑说："猪。"在牛圈，无数条牛的脖子向外伸着，互相扭着，成排的木制栏杆被挤得吱吱作响，柔和而急切的"哞哞"声此起彼伏，成排的耳朵向前竖着，送料车在畜栏间的通道上缓慢前移，成排的眼睛紧紧盯着送料车。牛队伍里的排头兵1号牛是荷斯坦黑色奶牛，长着一双温柔的黑眼睛，吃草料时总是比别的牛更耐心，它11周岁了，一年累计产奶9000千克，创下草滩农场当年的最高产奶纪录。阳早喜欢66号，即1号牛的女儿；还喜欢44号，1号牛的孙女。同寒春一样，1号牛在阳早心中占据了最重要的位置。农场所有牛的家族史、家谱，以及功过是非，阳早和寒春皆了如指掌，记录在案。

随着农场的有序发展，牛奶产量稳步增长，但风险也随之而来，主要的隐患是牛奶变质。牛奶生产出来，最终要送到城市供应给婴儿和病人。即使有制冷机，有保鲜机制，但环节众多，而且产量越来越大，稍有不慎，整车整罐的牛奶就会在运输途中、在城里的奶站灌瓶前变质变坏。

寒春最怕夜里和早晨电话铃声急促响起。一段时间以来，她接到了好几个城里的奶站打来告知“牛奶变质”的电话，最让人揪心的是电话的声音里还不时伴有婴儿撕心裂肺的哭闹声。每次接听到这种电话，寒春就需要到奶站查明发生了什么，问题出在哪个环节，是谁的错，并同奶房的工人一起分析原因，研究并制订好确保牛奶不变质的措施。

有一天，寒春又听到牛奶变质的消息，经核查发现，原来是牛奶房的老李错误标记牛奶的出厂时间和保质时间，致使城里奶站打乱了灌奶的先后次序，让人以为牛奶过了保质期，已经变质。而就在当天，另一位牛奶房的同事老张在搬运牛奶时，脚被绊了一下，一大罐牛奶从背上滑下，洒了一地。两名同事相继犯错，寒春又心痛又生气，对着他们像母狮一般一通咆哮。

一周后的一个早上，电话铃又急促地响了起来，寒春从睡梦中惊醒，难道牛奶又变质了？她翻身起床，睡眼惺忪地走到电话室，拿起听筒：“喂，哪位？”

“老寒，我是奶站，今早又发现一些牛奶坏了！总量还不清楚。订户还在打电话，有的已经带着坏奶找上门了。刚才就有一个婴儿的哭号声从电话里传出，婴儿的父母在催问牛奶。59号罐的奶坏了。”

“你说59号罐的奶坏了？”寒春询问。

“对。59号罐子，整罐91斤！是下午的牛奶还是早晨的牛奶，记录上又没有标记，我们没有办法分辨！”

“我会调查的。”寒春挂断电话后，心想：又是老李！这个老李真是榆木脑袋，干事总得惹点麻烦。已经不下十次教他怎样记录，又记错了！这次，我要好好地责备他，上次责备够厉害的了，刚过一个星期，又漏写！

寒春来到奶场，先查看59号罐的记录。一点没错，是昨天上午的牛奶，最早的一批，从西场运出去的，工人们却把它当成昨天下午最后的批次！

又有一次，寒春正在牛舍转圈，老张见她来了，高声呼唤："老寒，你来奶房看看，商量点事。"寒春一进奶房，老张就对寒春说："你看这个过滤器！上面尽是结了块儿的牛奶。"寒春接过闻了闻，皱着眉头说："有奶牛得了乳腺炎，是乳腺炎奶惹的祸！"寒春走出奶房，径直去检查早晨牛奶的生产情况。来到西场，一个工人反映说："刚发现114号奶牛得了乳腺炎。还发现过滤布上有个洞，在处理第一批牛奶时没有发现，那时天还是黑的，看不见。"奶站、奶房、西场，寒春似乎有了线索，但只说了一句："嗯，我立刻调查一下。"说着，骑车离开了。寒春抄小道直接去奶房。"为什么是乳腺炎牛奶？"寒春一路颠簸地往前骑着，仍不停地想——患乳腺炎的牛是早晨挤的奶，中午喂的，问题出在哪儿？各种想法不断颠簸进脑海，又颠簸出来，突然间，茅塞顿开——是分离器！老李今天启用新的分离器了！此前，农场一直把冷却的牛奶分开放，有了新设备，就不再分开，而是直接进行处理。老李处理热牛奶以后，没有想着再冷却。

第二天，寒春与两个牛奶工开会，首先进行自我批评，然后说："我们都是国家的主人，要像对家庭一样对工作。为了有个崭新的起点，我们定下一个目标：大家齐心协力，以后不再让一斤牛奶坏掉！"

两位牛奶工一听，沉默不语。寒春希望他俩表态，两位老职工说尽力不让坏奶事件再发生。鉴于之前对待同事的不好态度，寒春也进行了自省。谈话后，寒春沿着小排水渠散步，天下着小雨，冰凉的雨滴打在脸上，她感觉却很好，就像溪里的小鱼逆流而上，快活地顺着青苔滑过。

寒春开始改变领导风格，克己之短，礼遇他人，对奶房老职工和风细雨，并更多地倾听他们的心声，把大家团结起来。随着大家的工作效果明显好转，寒春的工作重点开始转向解决巴氏消毒器的问题。寒春下定决心，重新用不锈钢制作冷却盘，并把冷却盘的体量做大许多，可迅速冷却更多牛奶，提高产量，以满足“发展经济、保障供给”的生产大发展之需。

她还下决心着手制作高温巴氏杀菌器，用热交换办法，让热牛奶的热量释放出去，冷牛奶进来，二者贮藏器靠在一起，一方面可以让冷牛奶变热，直至达到巴氏杀菌的温度，另一方面冷牛奶可以冷却热牛奶，不仅可以节能增效，而且可保证牛奶不会太快变质，达到一箭双雕的效果。

寒春巧妙的设计得到农场领导的认可，她立刻着手建立新的消毒系统。正当这时，农场需要去上海买一批种牛和机器零件，农场支持寒春去，兼顾寻找制作热交换机器的关键零配件。

寒春很快登上前往上海的火车。旅途中带上书和笔记本学习是寒春从小养成的习惯，这习惯也让她受益终身。从西安到上海，1000多千米的路程，她一上火车就躺在卧铺上，看爱因斯坦谈相对论的书。

一到上海，寒春急不可耐地去看望老朋友谭宁邦，受到了热情接待，被安排在全国妇联的宿舍里免费住下。那儿成了寒春此行的“根据地”。每天寒春从“根据地”出发，乘公交车满上海跑，试图订到农场和她需要的零配件，然后去买种牛。

在上海时，偶遇一场苏联遗传学的辩论会，寒春从不错过任何一次学习机会，便去旁听。会上有一位苏联科学家叫李森科（曾提出与基因学说相对立的获得性遗传理论），他的论断古怪，认为环境能够影响和改变遗传。苏联依据李森科的理论产出一批称为Kostomos的牛，还把一些牛运到中国。这让寒春想起在威斯康星州和虔诚的同学的争论，寒春认为不妨把这样的牛作为一种有益的尝试，于是也为草滩农场采购了一头Kostomos牛和一头荷斯坦种牛。之后，寒春坐火车去杭州的一座大制冷厂，热望在杭州斩获更多。

在美丽的西子湖畔，寒春找到那座工厂时，杭州景色的平静突然被喧嚣打破了——大街上人流涌动，人们举着红旗，敲着大鼓，喊着口号，兴奋非凡。寒春不知道发生了什么，但重任在肩，无暇顾及，只想尽快完成任务赶回上海“根据地”。回到上海，街上也变得与杭州类似，一打听才知道，人们在迎接“大跃进”。

“大跃进”的核心是“多、快、好、省”，即少浪费，快速生产大量好产品，这主题与寒春设计热交换机动机一致，更增加了寒春的工作热情。

寒春立马坐火车返回西安。西安的“大跃进”与杭州、上海相比，更进了一步，大家都在忙于做计划，农场制订了“抓革命、促生产”的宏伟计划，并已呈报农林厅。

在奶房，寒春和工人们讨论后，认为只要努力、认真，早日把热交换机器研制出来，完全可以实现全年“不坏一斤奶”的愿望。

1月没有坏奶；2月没有坏奶；3月到12月，一斤奶也没有坏。工人们加倍努力工作，寒春的热交换机器也投入使用，完美发挥出最大效用，奶房实现了理论与行动的升华，以及全年“不坏一斤奶”的承诺。

兴奋之中，寒春不知第几次来到渭河边的堤坝上，看着农场排水渠里的小蝌蚪轻轻蹭着溪流边上的绿泥。雨轻柔地下着，滴落在脸上，寒春感觉是大自然对自己的爱抚，很是享受。

寒春继续和技术骨干研究巴氏灭菌消毒器和新式牛奶制冷系统。他们要研制囊括压缩和制冷两个功能的新消毒系统，使得牛奶可以在更低温度下储藏更长时间。

寒春总是很忙碌，不断为牛场设计研制新设备。阳早也很忙碌，而且身兼两职——农场领导和技术权威，除了有很多的图纸要设计，还得统筹所有的技术工作，甚至还管理奶牛场的动物们。他常常和职工讨论有关动物饲养、产犊、预防及治疗动物疾病方面的问题。

草滩农场不断发展，铺了一条石子路，通了电，利用渭河实现自动灌溉。灌溉水泵是阳早带领攻关小组研制的。1958年是草滩农场工作效率极高、产量大幅度提高的一年，奶房仍保持着“不坏一斤奶”的纪录。

草滩农场最初的班底是延安光华农场和三边牧场的始创人员，继承了革命战争磨砺出来的精气神，自力更生，艰苦奋斗，屯垦生产，敢把荆棘遍野、荒无人烟的渭河滩地变成“处处是庄稼，遍地是牛羊”的农场。

为庆祝新中国成立十周年，北京建设十大建筑，草滩农场也修了标志性建筑——一个会客室、一个小型会议室、一个大会堂；同时，还建了一栋带有大走廊的独栋平房。

寒春后来才知道，原来那栋“将军房”是特别给自己家建造的，阳早带着孩子已搬进去住了。寒春非常生气，埋怨阳早搬家没和她商量。得知此事是革命前辈林伯渠指示办的，她才没有反对。

林伯渠在任边区政府主席时曾经和阳早、寒春在延安一起战斗过，还派他的雪佛兰小车当他俩的婚车。林伯渠到农场视察，得知阳早、寒春一家五口住在两间小屋子里，觉得不合适，也不利于工作，特别不利于科研，就指示草滩农场的领导一定要照顾好国际友人，支持他们搞科研。

阳早也是勉强接受的。他对寒春说：“我也没办法。再说大家有事也会跑来商定，多数时间大家也在一起，我不会脱离群众。”

阳早的书房里放了一个大书桌、一个沙发，看上去很宽敞，阳光透过窗户直射进来，照得屋里亮堂堂的。寒春觉得还可以放得下她的办公桌，夫妻要平等、男女要平等，可阳早不同意，说在工作上要与妻子保持距离，很多人会来他的办公室找他谈工作，而寒春与技术人员在农场总部有共用办公室，不可在家里办公。

“鸭司令、鸡司令”

1958年年末，上级认为草滩农场还有巨大的开发潜力，指示农场在现有生产规模上，每年增养10万只鸭和10万只鸡。农场把这个新任务交给了寒春，曾经的核物理学家要转变成鸡鸭饲养员了。

养鸭并非易事。

寒春具有科学精神，每做一件事都循序渐进地进行，从不冒进。每孵一窝小鸭，她都坚持在专门的鸭子孵化场进行——那里的孵化器温度和湿度比较符合小鸭子的孵化要求，可小鸭子们带回农场后，无法走路，不多久这些小家伙夭折了。寒春快急疯了，到处寻找相关书籍，终于在西安图书馆找到了如何避免鸭子夭折的书。她读完后，觉得理论只能参考，还得充分结合当地实际，就像在内蒙古向嘎拉学习那样，最好的办法是请教当地农民。当地农民世世代代养鸭，一定有成功窍门。

几百年来，没有温度计或者电的帮助，当地农民一次就可以成功孵化成百上千只鸭子。了解到这些，寒春被震撼了。但是用土办法去孵化10万只鸡鸭存在困难，还得借助电气化和机械化。寒春在西安找到一家鸡鸭孵化场，打算孵一批小鸭做实验。出于科学家的习惯，她要做对比试验，从那些小鸭中挑出11只，按照书上的方法喂养。那时，苏联成功发射第一颗人造卫星震惊了世界，寒春把11只小鸭称为“十一颗卫星”。实验表明，书上讲的是可行的，“卫星”们快活地成长。当那“十一颗卫星”能够下蛋时，寒春对当“鸭司令”上瘾了。

后来谈起养鸭，寒春说：

> 我最大的收获是思想的飞跃——无论做什么，只要有足够的投入，那一定会变得有意思，富有乐趣，并成为自己的新专业。如果不尝试着去正面理解所做的事情，那么定是索然无味的。很多人认为我到中国来放弃了前景大好的高能物理研究，但我认为自己不单纯属于任何一个专业，我做的任何事情都可以成为自己的专业。承担一项新的工作，只要潜心研究下去，都会变得引人入胜。

有了对养鸭工作的全新理解，寒春和工人们从养鸭的过程中获得了无限乐趣。

为鼓励草滩农场的养鸭事业，上级拨给他们两个巨型孵化器，能同时分别孵化5000颗蛋，这对农场来说是莫大的鼓舞，也是给寒春送来的及时雨。

寒春对机器情有独钟，很快就把孵化器原理弄得清清楚楚，接通电源就可孵化了。寒春认为如果充分使用两个孵化器，就意味着每28天就可迎接1万个新生命，那样的话，农场面临的将会是海量的工作，所以她决定降低产量，只用一个孵化器，隔一段时间孵化一次，每次孵500颗蛋。

当寒春执行这项新任务时，新中国正在黄河三门峡修建大型水利枢纽工程，以利用水的势能发电，惠及中原和陕北广大地区。这需要为库区居民找到合适的安置地。草滩农场离三门峡不远，成了极佳的选择。700多户共1200多名库区移民，浩浩荡荡搬迁到草滩，农场的每个站安置一个村的居民。那时，小鸭子正在以500只一批的速度源源不断地被孵化出来，很多搬迁到农场的农村妇女成了寒春麾下的兵，寒春这个只有三五个组员的养鸭小组长摇身一变，成为名副其实的“鸭司令”。

这些搬迁来的妇女从乡村而来，一夜之间就要脱胎换骨成为产业工人，寒春这位带头人开展工作的难度可想而知。寒春之前只在奶站里领导过一两个工人，忽然要领导一支由农民转为工人的娘子军——身份归零、知识归零、理念归零……一切从零起步。

作为产业工人，要会处理个体与大生产的关系、自给自足与大合作的关系、商品生产与销售的关系。为提高娘子军的整体素质，寒春制订培训计划，每天早上抽半个小时亲自上课，培训队伍，讲行业动态、养鸭技术。寒春当了“教授”以后，紧接着又当“指挥官”。庞大的“养鸭集团军”的编制其实非常简单——每三个妇女负责饲养一批刚从孵化器里取来的500只小鸭，实行24小时三班倒制。刚开始，不断有小鸭子死去，娘子军束手无策。通过培训，她们很快能判断鸭子是否患了病，会及时对患病的鸭子进行隔离、医治。

受寒春言传身教的影响，娘子军对小鸭子们给予细致入微的照料，并详细记录好食量和体重。大家形成整体力量，沉迷于这项工作中，很快，鸭群的成活率高达90%以上。经过进一步努力，原来的农村妇女成了合格的国有农场职工，最终全农场鸭子的成活率达98%以上。

鸭子养出规模后，寒春便腾出手来养鸡。

一切又从头开始。先孵蛋，一批孵500只小鸡；之后是预防各种疾病；最有趣的是防鼠偷食——在鸡笼周围缠上电线，当老鼠来寻觅时就会触电毙命。人鼠大战取得辉煌战果——小鸡的存活率直线上升，刚从孵蛋器中出炉的毛茸茸的小家伙，成活率维持在98%的水平。

养鸡鸭并没有耽误奶场的工作。1959年，草滩农场产奶量达到了历史新高，谷物的产量也是空前的，大家的工作积极性前所未有地高涨。

母亲的中国之旅

在草滩农场期间，还有一段特别的经历，就是寒春母亲的到访。

1962年的一天，寒春在奶房修理制冷设备，有人叫她赶快到农场总部去，接一个从莫斯科给她打来的电话。寒春骑上自行车赶往总部办公室，一边使劲地蹬车，一边琢磨是谁打来的。拿起听筒，虽然音质不好，“嘶嘶呀呀”直响，但寒春马上就听出是母亲的声音。此时，她亲爱的母亲卡梅莉塔在苏联进行团体旅行，正想方设法转道中国，来看望女儿、女婿、外孙、外孙女。

卡梅莉塔与女儿已分别十几年，在中国出生的外孙和外孙女还没见过外婆呢。当时美国对中国实行禁运，到中国旅行或者与中国贸易都被定为非法。然而，卡梅莉塔此时要冒险来中国。

“寒春，我是你妈妈，你是不是可以为母亲的中国之行助一臂之力？我马上要去见唐敏娇，她正在莫斯科访问，是中国代表团负责人。”

这太意外了！寒春太激动了，她大概明白妈妈的意思，便急切地说：“亲爱的妈妈，你再说一遍。”

卡梅莉塔压低声音说：“我在莫斯科公共休息室里打的电话，一起从美国到苏联旅游的人在周围，不方便说得太清楚。”

寒春做梦也没想到妈妈会出现在莫斯科，更没有想到她要来中国。妈妈能再次出现在自己的生命中，那种兴奋难于言表。

给我生命的妈妈来了，引我走上人生正道的导师来了，批阅我人生答案的判官来了，她能给我的人生现状打高分吗？我的天哪，我的人生答卷可好？她会给我今后的工作和生活一些怎样的建议？我该怎么做呢？不管怎样，我正着力和以前的自己决裂，力图脱胎换骨，和人民群众紧密结合。

寒春放下电话，就给宋庆龄发去求助电报，希望能获得帮助。宋庆龄接到电报，立即与中国驻苏联大使馆通电话，请求安排好卡梅莉塔转道中国的相关事宜。

旅游团回美国时，卡梅莉塔说她有事要在莫斯科停留一阵子。随后，她到中国大使馆拿到相关材料和机票，飞往北京。

那年，卡梅莉塔72岁，因曾在华盛顿的一次游行中摔伤了髋部，行动有些不便。这次她借道苏联来中国看女儿和其他亲人，是冒险之举。但她运气很好，刚到北京，一下飞机就碰到一个在北京外国语学院（今北京外国语大学）工作的人，他不仅会说英语，还恰好认识她儿媳史克。卡梅莉塔喜出望外，马上联系史克，很快就被史克接到家里，还第一次见到了大孙女。随后卡梅莉塔定下去西安的行程，让史克把信息捎给寒春和阳早。得知母亲已到北京，而且马上就要来西安，寒春和阳早经农场同意，便紧锣密鼓地准备迎接事务——把阳早办公室的办公桌搬到卧室，将办公室布置成客房，将储物间改造成盥洗室。考虑到母亲的腿脚不便，蹲厕困难，还特别在盥洗室装上抽水马桶。没有自来水设施，就人工挑水灌水箱。寒春为何没有直接去北京见母亲呢？一个原因是寒春一贯事业优先，而且需要在西安做一些安排母亲住宿的准备；另一个是那个年代旅行必须得到相应的批准，并要带上单位开具的外出证明和足够的全国粮票，才可出行。

很快，卡梅莉塔告别史克全家，如期登上前往西安的火车。终于，在西安火车站，寒春与妈妈久别重逢。她们紧紧地拥抱在一起，激动之情自不待言。

卡梅莉塔住在刚改造好的卧室里，与女儿一家团聚，得享天伦之乐。

在女儿女婿上班、外孙外孙女上学后，卡梅莉塔便来到西安北郊，在渭河边的草滩散步，观察一草一木。妈妈的到来，让寒春和阳早第一次有动力和机会逛逛西安，因为农场领导特意嘱咐寒春和阳早尽量多陪伴老人家，让他们多去游览游览西安及周边的名胜古迹。1962年的中国，很多人从来没有见过外国人，所以寒春一家每到一处，都会被围观——“外国人！外国人！”一会儿就引起交通堵塞。无奈之下，他们不再热衷于市区大雁塔和小雁塔之类的名胜，改为选择一些游人稀少的地方。那时，兵马俑还没被发现，他们就去华清池；帝王陵墓当时是被保护起来的，他们得到特许，也前往参观了。

这年的金秋，卡梅莉塔受到了新中国国庆的最高礼遇——被邀请到北京参加中华人民共和国的国庆庆典。周恩来总理得知72岁高龄的美国母亲不顾美国禁运令，冒险来中国看望参加过中国革命并正在致力于社会主义建设的

1962年，卡梅莉塔参加国庆天安门观礼，享受国宾级待遇

孩子，对她给予了高度赞赏，并欢迎她的到来。

国庆之后，中国人民对外文化协会为这对母女安排了特别的环中国长途旅行。陪同她们旅行的，除了协会的成员，还有翻译刘秀莲和导游严硕。寒春和母亲一样，旅行不喜欢轻装上阵，户外用品要带够。由于母亲年纪大了，腿又受过伤，于是寒春和刘翻译一路便扛着四个人的行李。

旅行的第一站是上海。她们特意去了寒春初到中国时登陆的港口。当时寒春目睹了贫苦劳工从瘦骨嶙峋的肩膀上卸下重得常人无法承受的货物的景象。如今，码头搬运工的生活和过去已经天差地别。寒春见到搬运工，就和他们畅谈起来。新中国才成立十几年，当年的许多码头搬运工仍然在这个码头上工作。过去，他们除了饿着肚子搬运重物和长时间劳动外，还得忍受辱骂和折磨，过着猪狗不如的生活。而现在，实行8小时工作制，有房子和食物供给，有学习和培训制度，在生活和政治上都能享受到平等的权利，可谓安居乐业。最大的区别，就是工人成了社会的主人，他们的贡献被国家充分认可，他们的人格得到了前所未有的尊重。这让寒春和母亲感触良多。

第二站是武汉。武汉是国家工业中心之一。她们参观了正在兴建的特大型钢厂——武汉钢铁集团公司（简称为“武钢”），见到工人们正在建设一个新的高炉，工作十分投入，干劲十足。她们想，再过些时日，这里的变化不可估量。寒春打听了一下工人的工资，试着了解工厂工人和农场工人之间的差别。有个工人说他能拿60元，因为他处在关键岗位。在农场，优秀的工人月工资45元，多数工人月工资大概30元。寒春觉得工业与农业之间、城乡之间差别太大。她认为，工人和农民制造的产品同样都是支持国家建设，农民生活消费低，城市生活消费高，工人收入可以比农民稍微高点，但不宜过分悬殊。在钢厂，寒春还看到工人往铸好的钢块上写字。刚开始，她以为是工人把自己的名字写在上面，但走近一看，全是数字。寒春大发感慨：“天啊，工人制造了产品，但不把名字刻上。而美国的知识分子，不管谁做了什么，都把自己的名字与成果关联起来，打上自己的烙印，有时还为署名争论不休。”参观武钢给寒春留下了深刻印象。

行至江西省，在仙境般的庐山，寒春一行人参观了蒋介石故居和宋美龄洗牛奶浴的浴缸，参观了中共中央委员会庐山会议会址。离开庐山，她们来到南昌，参观了南昌起义纪念馆。

下一站是井冈山。井冈山位于江西和湖南交界的青葱大山罗霄山脉，是中国第一个农村革命根据地。她们登上黄洋界，来到一发炮弹便“报道敌军宵遁”的小山炮前，感慨这就是小米加步枪的非凡力量。随后，她们沿着第一支上井冈山的革命队伍的行军线路，到湖南长沙，参观湖南第一师范学校、岳麓书院、岳麓山、爱晚亭、橘子洲头等革命圣地和名胜古迹。在毛泽东上过课的教室里，导游说，毛泽东的作品常常成为典范，他的文章《心之力》得到了满分，老师还下了批语：“天下之栋梁也。”

随后，她们参观了韶山，沿途了解到毛泽东更多的事迹，毛泽东的好学和朴素、胸怀和理想令她们十分敬佩。

再往东南走，她们来到风景如画的广西桂林，众多的石灰岩指向天空，

1962年，卡梅莉塔参观临潼

组成自然奇幻景观，旁边是碧波荡漾、两岸如画的漓江。如今桂林已成为旅游胜地，但她们去的时候，游人鲜见。她们坐着轮船溯漓江而上，观看渔民乘着竹排在鸬鹚的帮助下打鱼，尽情地享受如诗如画的绝世美景。

她们还参观了当地的溶洞。溶洞内部如网状相连，当地村民以前多次藏身于此躲过敌人的入侵，免遭国民党和当地军阀的掠夺。最大的一个洞穴能容下1000多人，但仅有一个很小的入口，隐藏在很不起眼的灌木丛中，最初一次只能容下一人匍匐进出。入口位置被几代人当成秘密，绝不外传。新中国成立后，当地村民才把洞穴入口位置公开。寒春和母亲进到洞里，看见无数钟乳石和石笋，这些钟乳石和石笋每天都在生长，很微不足道却夜以继日，永不停歇。寒春写下了一首表达赞美的诗《钟乳石和石笋》：

水滴不断地往下滴，
最终形成了石头；
我们每天做的微不足道的事情，
以同样的方式积累起来。

参观革命圣地时，母女俩尽情地讨论所见、所闻、所思。游览漓江后，她们结束了特别的环中国长途旅行，回到出发地西安草滩。

为了让母亲开心，那年的圣诞节来临之时，寒春和阳早买了两棵常青树作为圣诞树插在房前，让母亲与孩子们一起剪纸装饰圣诞树，并邀请著名心外科医生苏鸿熙和苏锦夫妇带上孩子来家里做客。草滩农场突然聚集起一群美国客人过圣诞节，这是破天荒的事。为了有更多的洋味儿，也排解母亲的乡愁，寒春夫妇将西安人民酒店的厨师请到家里，特制了一顿丰盛的传统圣诞大餐，有肉汁火鸡、土豆泥等。两家人还从未这样大吃大喝过。晚饭时，孩子们打开礼物，高兴得满地打滚，整个屋子都充满欢声笑语。能享受到这样的天伦之乐，卡梅莉塔更是心满意足。

1962年，寒春陪同母亲卡梅莉塔和三个孩子重访延安

卡梅莉塔在中国生活了一年，1963年，要从北京坐飞机回国了。恰巧此时草滩农场需要去北京再买一头公牛，于是这次出差任务就派给了寒春，也好让寒春顺道送母亲一程。

送别妈妈后，寒春决定在北京城北的农场买下148号公牛。在购买牛的过程中，寒春与著名记者安娜·路易斯·斯特朗巧遇，两人进行了一次深谈。安娜动情地说："中国人民的自信与日俱增，崇高感越来越强。"寒春也被中国人当下的精神状态深深打动，她说："中国土地广袤、人口众多，面临着不可思议的困难，但却保持着良好的社会秩序。普通人的生活方式反映着国家的崇高信仰和人民的利益所在，旧社会的惨状一去不复返了。在新社会中，人人都可以拥有最基础、最人性、最基本的权利——生活、吃饭、工作，在大的社会圈里实现自己的利益，草滩工人如此，全中国也必将如此。"

短暂的中国之旅让卡梅莉塔的中国观也有了很大改变。飞回美国后，入境处的官员问她去过哪里，她理直气壮地说："中国。"于是，入境处的官员把她的护照扣押了。卡梅莉塔本可以说谎的，因为她的护照上没有盖戳证明她到了哪些地方，但是卡梅莉塔坚信去中国没有什么不对。她在一次关于教育的谈话中也透露出这种观点："不可能通过帕特尼中学维护世界和平，燃眉之急是要帮助学生树立正确的人生观、价值观，解决为谁学习的问题！不论将来学生从事什么工作或献身何种事业，都须品行端正，万万不可只为一群人、只为自己利益而活着。"

卡梅莉塔的改变，令寒春和阳早感到惊奇。与母亲重逢之前，寒春担心自己全身心投入中国革命和建设会让母亲无法理解。但如今看来，这种担忧是多余的，母亲是怀着开放的态度，尽可能地去理解中国，理解社会主义制度。在中国相聚的一年使母女的政治思想越来越接近。

1982年，卡梅莉塔在美国去世，享年92岁。

告别草滩

1965年，有关部门派人去请阳早和寒春到北京做英文译校工作。他们说：“草滩就是我们的家，农场就是我们的岗位。早在三边牧场时，有人请我们去大学任教，我们坚持‘以农场为家’，就拒绝了；来到西安，又有人请，我们同样坚持在农业生产第一线。我们已在农村十几年，怎能离开农场、离开朝夕相处的工人和农民呢？”而且，当时寒春在农场负责巴氏消毒器的研制工作，阳早负责全场畜牧工作，正在设计奶牛场的自动化挤奶管道专用线，这可是实现奶牛场机械化的关键项目，眼下设计接近完成，怎能半途而废？

随后两年，一直有人希望寒春和阳早搬到城里教书或做改稿工作。每次阳早都推辞说自己口齿不清、英语发音不准，教学生学英语反而会教坏；寒春则推辞说，不想离开农场及家人。西安有大学想请寒春到外语系任教，并承诺可以每天派专车接送，寒春却用所有能想到的理由成功摆脱要他们调离农场的安排。

后来调动的压力更大了，相关部门的工作人员第三次来的时候，没有商量余地，不听否定回答。阳早和寒春已然是革命队伍中的战士，再拒绝有违抗命令之嫌，无奈之下勉强答应，但提了两个请求。一是不住友谊宾馆，要和工作单位的同事们住在一起。寒春去过北京，知道外国专家在北京的生活情况——大部分住在气派精致的友谊宾馆，生活标准高，和中国人截然分开。那种生活对他们来说难以接受。寒春觉得外国人住奢华宾馆，等于住在“黄金贫民窟”。另一个请求是孩子们要在普通学校和中国的孩子们一起上学，不能有特殊照顾，不能像阳和平那样被安排到西安最好的学校——他们认为和平被特殊照顾，上西安最好的学校，产生了优越感，已有负面影响。到北京后孩子们若去了条件更好的学校，不一定是好事。

北京来负责协商的工作人员同意了他们的请求，并让他们分别修改了几

1966年，草滩农场职工送别阳早（第二排左六）、寒春留影（第二排右五）

篇英语文章，测验他们的水平，以便安排工作。让寒春惊讶的是，有几处她不会拼写，不懂语法，却顺利通过了。

去北京之前，寒春把制造好的巴氏消毒器交给了王立平，阳早则把自己负责的技术工作移交给了另一位同事龚旭桂。

因为没能像哥哥一样去过北京，小女儿及平生过气，现在举家搬迁北京，她狂喜不已。老二建平没有表态。老大和平在北京住过一年，没有特别的新鲜感，他要求留在西安上完最后一年的中学课程。

1966年春天，阳早和寒春分别调任文化部、外交部。他们很吃惊：为什么调到文化、外交部门？我们到中国后一直在农牧一线搞农牧业，这也是毛主席在延安所希望的啊！带着疑虑，他们开始移交工作，办理相关手续，和过去的生活告别。

他们向保姆奶奶道别，让奶奶回自己的村里。保姆奶奶知道消息后，搂住及平放声大哭。搬到北京后的几年里，寒春继续给奶奶寄些生活费，直到奶奶去世。他们把许多物品留给了朋友。对那时的中国来说是稀罕物的家用打蛋机和烤箱送给了苏鸿熙夫妇，留声机和收音机交给了农场，扳手和钳子等工具留给了农场的技术员汪礼平，寒春曾经用来和养鸭工人一起学习地理知识的地球仪送给了学校。他们只带走了两辆使用了13年的“二八”自行车，以及一些生活必需物件。1966年4月中旬的一天上午，农场的干部和工人含着不舍的泪水，为寒春一家送行。上面给农场派来的工作组规定，与寒春和阳早曾经在延安和陕西肩并肩工作、生活和奋斗过的农场职工必须得到允许才能来寒春和阳早家里道别。然而，许多同事听说他们要调往北京，都来送别。一些未经允许的同事想方设法前来，寒春用手中的相机留下同事们的面孔。寒春和阳早与他们依依惜别，离开基层生产一线，离开生活了14年的西安，前往北京。

进京工作后，一家人对西安草滩农场产生了浓烈的乡愁，除了偶尔回去，还不断对原单位的发展给予支持。

草滩农场的管道挤奶装置系统本是由寒春和阳早设计的，在施工中遇到技术难题时，寒春和阳早便用电话或写信的方式进行指导。为了让指导更加真切、明白、精准，他们还精心绘制了各种图样。经过共同努力，草滩农场管道挤奶设备很快制成投产，技术达到国内先进水平。

1986年，阳早和寒春帮助陕北榆林申请了80万元科研经费，用于研究胚胎移植技术，希望让当地产奶少的黄牛能够生育出产奶量高的黑白花奶牛。

他们主持的奶牛场成套设备、牛场设计和中间试验项目获得丰硕成果后，首先在西安草滩农场“牧六”进行推广。

阳早离开草滩农场后，最牵挂的还有未建成的挤奶台。王立平经常接到阳早从北京写来的信，询问挤奶台研究的进展。此后，阳早和寒春每次出国，都花自己的钱买一些公牛的精液和先进设备，源源不断地送给草滩农场。终于，阳早和王立平等人研制的鱼骨式挤奶台成功了，直到如今草滩农场一些奶牛场仍在使用。

1994年的一天，阳早和寒春骑着两辆破旧的自行车出现在了农场。他们再次回到这里，是为了筹建奶牛四场。寒春设计的奶牛四场非常人性化，力图在挤奶时让人多走动，让牛少走动，这样就会让牛消耗的能量少。别人认为牛就是牛，吃饱没病就好，可寒春却试图去理解牛的感受。有一次，大家去参观奶牛四场的牛棚，地面铺满了鹅卵石，寒春突然跪在鹅卵石上说："太痛苦了，你们也来试试。"随行的一位副场长蹲下来用手掌压了压鹅卵石说："确实不舒服。"

草滩农场下属的奶牛场发展非常迅速。到20世纪90年代，西安、北京、上海的奶牛养殖在全国形成了三足鼎立的局面。

第七章／红星公社

新中国成立前我是车夫。那时外国士兵打人，美国人坐了车不给钱还打车夫。你是第一个要求在这里干活的外国人，时代真的不一样了，我很乐意你来参加劳动。

——北京三里屯生产队领导给寒春的话

初到北京

到了北京，阳早任中国电影发行公司译校，寒春任国家对外文化联络委员会（简称“对外文委”）图片特稿社译校。作为外国专家，他们基本上与人民群众隔开了，与土地隔开了。他们的物质条件与草滩相比堪称天堂：柔软舒适的床垫、自动水龙头、伴随着巨大声响和涡流的自动抽水马桶……北京的新奇让孩子们兴奋不已。阳早则泡在如玉液充满的浴缸中，清唱改编的《埃迪斯通灯塔守护者》，觉得意犹未尽，还把最后一句改为“哦，我的资产阶级的生活”。

然而，寒春不愿享受特权。她说，她到中国来是为了参加革命，为了和中国人民一起工作，要是为了享受，那就不来中国了，来了也会回去。

她拒绝住友谊宾馆，不愿送孩子到子弟学校。寒春认为自己是乡下人，住进大楼就像小树从大地连根拔起，然后栽到花盆里那般压抑、憋屈。而阳早性格随和，风趣幽默，就半开玩笑半认真地说：“由于在蛮荒之地，包括在美国参与研制原子弹的洛斯阿拉莫斯居住得太久，寒春总是喜欢粗糙，几乎就像个未开化的人。我可和她不一样。”

在北京，面对新单位、新工作、新岗位、新的人事关系，一切归零，从零开始。新单位通知，他们升级了——由工程师、技术人员升级为“外国文字专家”，具体为“英文改稿专家”，不再从事擅长的乳畜业或机械设计工作，告别生产工人工资制度，每月工资提高——阳早160元、寒春120元，管理者与工人的工资差异很大。

以前，寒春只是技术人员，而阳早是农场副经理，岗位不同，所以工资不同，寒春可以接受；而现在同是伏案工作，内容大致一样，工资上的差异则让寒春和阳早无法理解。

与身边的外国人一样，他俩各被安排了负责人。负责人负责解决他们的问题和困难，是联系组织、单位的第一渠道。

在过去的这些年，他们习惯了这样的生活：没有二传手，人与人之间很透明，大家不分彼此，一起讨论和安排工作；阳早为需要帮忙的工人和干部指点方向，寒春则可朝着经理大喊哪个站该送牛奶了；开民主生活会，然后并肩为提高牛奶产量、不坏一斤奶而努力。

到北京后，在完全陌生的新环境，与世隔绝。身边的老外大多数也被框在“黄金贫民窟”里，甚至连单位的领导是谁都不知道。物质享受的新鲜感一过，脱离群众的被孤立感越来越浓，阳早开始强烈地感觉不适应：来中国这么多年了，工作和生活在群众中、大集体里，但自从进京后就离群索居，不能参加单位会议，仿佛打入了另册。

寒春和阳早越来越难受，他们说：

> 这哪是对待专家的方法？这样待遇优先，不是我们需要的。那时，外国专家是冒着枪林弹雨来中国的，是向往中国、信仰中国，是坚定的马克思主义者、国际主义者。来中国后，用西方标准看，待遇很低，但我们就是冲着这份苦来的。如果讲享受，就在美国好了，在美国不能说不幸福，只是与中国人民在一起建设没有剥削、人人平等的新国家更为幸福。更重要的是，我们经历了革命的锻造与淬炼，已然是国际主义者了。

寒春和阳早之前在农场是骑车上班，如今变成由专车接送出入办公区和住所，他们很不自在，负责人则解释说：“你们自己上下班太危险了！”那时，北京车马稀少，阳早弄不明白骑车有什么危险，生活中有什么危险。其他同事每天骑车上班，就不危险？不仅如此，寒春的工作空间从图片特稿社（为大使馆做出版物）隔离出来，不和职工在一起。一个同事跟寒春说：“凭你威斯康星大学的硕士学位，只要走进外交部的门，待遇截然不同——独立的办公室、宽大加垫的柔软沙发、舒适的椅子，而大办公室的职工只能坐简单的靠背椅；你用的钢笔摆放在大理石笔架上，而其他人的笔则放在抽屉里。”

对寒春来说，更难堪的是新的工作内容——一页复一页地润色英语文章，却无权对其中内容发表任何评论。让寒春那双科研的手、那双工程师的手、那双发明者和设计者的手去玩“文字游戏”，毫无乐趣可言。寒春说：“做一个写手太可怕了……就像机器。”

从战火中走出来的阳早，更加深刻地感受到革命与建设的不同、陕北和北京的不同。陕北作为老解放区，革命传统一脉相承，普通工人可随时向领导提出批评意见，而在北京完全不一样，机关有些人唯唯诺诺，好像从未翻身。

坐了两周轿车上下班，寒春和阳早便通知司机不用开车接送他们了。司机非常吃惊，说：“必须接送。”寒春耸耸肩说：“如果你想来可以继续来，但是我们不会坐你的车了。”此后，他们和大多数职工一样，骑自行车上下班。

在北京，寒春认识了很多来自美国或欧洲的朋友，都是凭着坚定信念来中国参加革命和社会主义建设的人士，比如安·汤珊（Ann Tompkins，现一般译为安·汤普金斯，笔名“汤反帝”）。夏末，寒春、阳早和孩子们搬进新的住处。那时，北京城的大字报正像暴风雪一样出现。有一天，安·汤珊打电话约寒春上街。安·汤珊没有学过中文，走在北京的大街上如同文盲。而寒春却不一样，因为她从决定来中国开始就向杨振宁等人学习中文，如今早已运用自如。所以，安·汤珊希望寒春做向导。安·汤珊的邀约让寒春高兴不已，可以借此出门透透气，便骑上自行车，像个胡同串子，与安·汤珊穿梭在北京的大街小巷，什么吸引眼球就停下来看。

她们在王府井看到一张在华外国人写的大字报，主要内容是“抗议被孤立于中国民众之外”。安·汤珊和寒春心动不已：“我们为什么不写一张？”安·汤珊刚来中国不久，但关注中国时事，中国的一切都让她感到新鲜，令她兴奋。但她不能理解的是，来到中国不久，她的行动就受到限制，不允许与中国人过多交流。两人抑制不住激动的心情，迅速回到三里屯公寓，将想法告诉了被称为“老保守”的阳早。寒春和阳早完全脱离生产一线，孩子们待在高级学校，这种境况让他们十分不自在，但却无能为力。所以，阳早一听安·汤珊和寒春的想法，破天荒地完全同意，还叫上史克。史克对当时外国人被封闭在社区工作中同样失望。于是，此后四人每天在外文出版社史克的住处字斟句酌，力求文从字顺，用了整整十天时间，终于写成大字报，部分内容如下：

为什么在世界革命心脏工作的外国人被推上修正主义道路？

在中国工作的外国人，都受到无端的待遇。没有体力劳动、没有思想改造、没有接触工农的机会、不搞阶级斗争、不搞生产斗争，却有特高生活待遇、有各方面的特殊化。

这种待遇的结果会是什么呢？

一、使要革命的外国人不能真正掌握毛泽东思想。

二、使革命的外国人革命意志衰退，滑到修正主义道路上去。

三、阻碍在中国的外国小孩成长为坚强的革命者。

四、把革命的外国人和他们的中国阶级兄弟隔离开，破坏他们的阶级感情，破坏无产阶级国际主义。

我们认为这关系到世界革命的原则问题。

我们坚决反对这种待遇。

我们决心要成为坚强的革命者！

为了把反对美帝国主义的斗争进行到底，我们决心锻炼和考验我们自己！我们的后代必须成为坚强可靠的革命接班人！绝不允许他们变成修正主义分子！因此，我们要求：

一、以阶级兄弟看待我们，而不是以资产阶级专家看待我们。

二、允许并鼓励我们参加体力劳动。

三、帮助我们进行思想改造。

四、允许并鼓励我们密切地结合工农群众。

五、允许并鼓励我们参加三大革命运动。

六、我们的孩子和中国孩子受到同样的待遇和严格的要求。

七、生活待遇和同级的中国工作人员一样。

八、取消特殊化。

只有这样我们才有可能成为毛主席所要求的革命者。

……

毛泽东对大字报做出了肯定性批语："我同意这张大字报，外国革命专家及其孩子，要同中国人完全一样，不许两样，请你们讨论一下，凡自愿的，一律同样做。如何请酌定。"[①]

这张大字报在得到毛泽东肯定后，传得越来越广，几乎传遍了全中国。当时阳和平还在西安上学，假期回到草滩说："我看到了爸爸妈妈在北京写的大字报了！"受到鼓舞，草滩农场的第一张大字报也贴了出来，揭露了很多问题，农场的恐惧和压抑随之烟消云散，好消息不断：无端被关的人无罪释放；果园技术员冤案被纠正，苹果园获得了大丰收；奶产量大幅增长，除送城市外，还卖给草滩的职工，农场每个人都开始喝牛奶，并用牛奶做各种食品……寒春得知后高兴地说："有人说中国农村人消化不了牛奶，这个'神话'被揭穿了。""国家正常运转，是靠一线生产群众的双手和脊背推动的。他们是中国的真正脊梁。我从一线进入上层建筑，见证了至少在一个特定时期，一个国家不可能脱离群众健康持久运行……"

---

① 见《对四位美国专家的一张大字报的批语》，《建国以来毛泽东文稿》第十二册，中央文献出版社 1998 年版，第 126 页。

从隔绝到破冰

初到北京，孩子们有些不适应。在外交官和高级干部子弟就读的寄宿学校——精英化的学校，野性、率性、乐趣统统没有了。没有草滩的广阔天地供他们奔跑、玩耍，在农场的一切都成为甜蜜的回忆。

寒春、阳早的负责人坚持建平和及平必须坐接送外国人子女的专车上学。阳早说："公共汽车站就在住所旁边，小孩坐公交车上学校很方便，再说他们十分乐意坐公交车，不要随便剥夺孩子的权利。"

负责人却说："必须把孩子从家门口直接送到学校门口，这是规定。"

建平和及平发疯似的想念还在西安上初中的和平哥哥，怀念草滩小学的宽松环境，以及率性的学习状态。在精英化的封闭学校里，野惯了的建平和及平兄妹俩极不适应。每到星期一早上去寄宿学校时，建平沮丧至极，嘟囔着什么，眼泪一颗颗往下掉；及平则彻底一句话不说。

在一次准备周末去十三陵郊游的时候，敏感的寒春觉察到及平的反常——出发前及平独自待着，对人不理不睬。

几天后，及平疑似失踪了。一家人慌忙分头寻找，建平在门卫处找到了妹妹——来自西安的门卫大叔得知及平想逃走，于是稳住她，用西安方言与她不停地聊天。熟悉的口音让及平感到亲切，便毫不保留地说："想不明白，为啥我们被塞进全是外国记者的饭店，好多还是日本人。是不是我的父母是帝国主义间谍？我得趁机溜走。"

"小姑娘要去哪儿？怎么走？"门卫大叔问。

"沿着铁轨跟火车回草滩农场去。"及平说。

门卫大叔和她一直聊，直到建平来找妹妹。他们三人用西安话聊着西安的事情，然后建平把及平带回了她的房间。

接下来的几天更难熬。及平莫名其妙地发火，毁坏父母亲的各种东西，还指责父母是美国派来的"帝国主义间谍"。及平睡不着觉，也听不进父母的解释。当时正值暑假，饭店里只有他们四人。西安的学校也放假了，但他们没有叫和平过来，因为此时家里的情况一团糟。

他们想寻求组织帮助，于是找到阳早的负责人，负责人答复说："第一方案是给另找一间房，你们可在及平发作时安静地睡觉；第二方案是把及平送进精神病院。"

寒春和阳早则坚信，及平情绪失控的原因，和使他们自己感到极度疏离的原因是一样的，只不过成年人可以自控，崩溃的情绪可以被强烈的意识压抑，可及平幼小的心灵难以承受突如其来的隔离。懵懂的她认为父母与周边的大人一样犯了大错，这对新到城里的小女孩的身心无异于重重的一拳。

寒春、阳早带及平到北京儿童医院看大夫。寒春一五一十地说出情况后，大夫确切地说："及平没有任何精神问题。"说后，那个大夫不顾禁令把刚刚得到的"红宝书"给了及平。那时，"红宝书"——《毛主席语录》不许外国人看！

寒春脱口而出："我的天啊！"热泪在眼里不停地打转。

寒春、阳早又去找史克寻求帮助。史克极为同情，说："搬来和我女儿卡玛一起住，也许是个好办法。"这积极的应允，对寒春、阳早来说是雪中送炭。于是，寒春、阳早一刻也不耽搁，收拾东西，搬进了史克住的外文出版社大院。这个大院离北京动物园和火车北站都很近，白天，寒春带孩子们去看动物和火车，这是建平的最爱，但及平的精神一时不见好转。一次在大街上，她的狂躁情绪突然爆发，行人直摇头，以为她是个被惯坏了的孩子。寒春一有时间就带及平去户外散心，可走着走着她就会转过来打妈妈。及平的众多失常行为，使寒春陷入痛不欲生的境地。"天啊！这到底是怎么啦？该怎么办？除了带孩子走一走，我还能怎么办？我还能做什么？"最让寒春精神濒临崩溃的是，及平整夜睡不着，要妈妈抱着，寒春一起来及平就发脾气。寒春就这样被弄得疲惫不堪。

对外文委的同事王鸽是个热心肠，善解人意。她给寒春建议，去乡下住一段时间，让及平回到熟悉的环境里。不仅给建议，她还主动安排他们去城东的中阿公社（中国-阿尔巴尼亚友好人民公社）做夏天的农业工作。

这真是个好主意。一家人的手又接触到了泥土，脚又踩上了宽阔的大地，新住地及新活动让及平喜欢。公社社员把寒春、阳早一家当成普通的邻居，把孩子们当成普通的中国小孩儿。公社一位年轻妇女带着及平玩，带她爬树摘果子，整天地玩，累极了，入夜倒头就睡，这让及平酷似回到了草滩农场。

建平又会笑了，及平也平静了下来，一点点好了起来。一切都向好的方向发展。

寒春、阳早的单位也在努力改善他们在北京城里的居住问题。久居史克公寓不是长久之计，寒春一家四口的到来，使史克的公寓显得很挤。王鸽通知寒春、阳早，领导已安排他们家搬到三里屯对外文委比较宽的公寓居住。那也是各国大使聚集的地方，对外文委的大院也在那里。最便利的是那里有一所小学，建平和及平可同大院里的中国孩子去那儿上学，方便融入大家的生活，一家人住那儿是不错的选择。而且，寒春在地图上发现那个大院后面有一片沼泽地和田园，类似西安渭河两岸宜人的风景，孩子们课余可以在宽广的天地里玩耍、劳作。于是，他们便搬了过去。

北京的冬天十分寒冷，农民就在三里屯边上的池塘里取冰制作冰块，等到来年夏天出售。寒春心中仍住着一个冬季奥林匹克运动会的选手，看见冰面就热血沸腾，情不自禁地带着家人去滑冰，结果在炫耀单脚滑冰时摔伤了手臂。因此，每当阳早出去帮农民切冰块时，寒春就只能待在家里。

农民不在乎你是外国人，只要你劳动，就被接纳为他们中的一员。

阳早喜欢劳动，但当时已年过半百，不便干过重的活——用工具在冰块上凿出划痕，并敲击冰块，使得冰块依划痕裂开。但他很乐意挑着那些冰块，运到岸上的冰屋里去。

取制冰块，阳早缺乏经验。一天，他站在薄冰面上，用力撑竿时，冰面裂开，一下掉进了冰水里。其他人都在池塘另一边没发现，他只得自救。幸运的是，他用肘撑着冰面，迅速爬上了岸。

阳早明白，如果骑车回家，无法保持足够的体温，于是一路挥舞着手臂跑回公寓。等大妈在他的棉袄上面浇温热水，他才把扣子解开。阳早换上干净的衣服，喝了些久违的烈酒——中国称“二锅头”，他称其为“白色闪电”。身体暖和后，他回到冰屋，农民们笑着说，我们正在想为什么最后那块冰还没到岸呢，然后大家哄堂大笑。阳早笑呵呵地说：“这……这……让我回到了……延安战争年代。”

寒春的伤稍好一些后，也去三里屯的生产队帮忙。大队领导对寒春说：“新中国成立前我是车夫。那时外国士兵打人，美国人坐了车不给钱还打车夫。你是第一个要求在这里干活的外国人，时代真的不一样了，我很乐意你来参加劳动。”

开始，他们让寒春用树枝烧火，寒春做得很好。后来，把她安排在老太太的生产小组里，还说好比女儿跟娘在一起。寒春不喜欢和老太太一起做轻松的活儿，她说：“轻松的活儿等于养起来，我一辈子都在和壮实活跃的男人、女人们奋斗，实在不觉得自己属于老太太之列。我要和精力旺盛的年轻人一起工作，运水、撑竿、做粗活都行。”

寒春回到了从前的状态，干活的空隙还和大家一起读报、讨论。

闲来无事，阳早和寒春开了间修理店，帮助朋友们修理东西。

不知从何时开始，阳早喜欢上了明代家具，喜欢那简单的设计和出神入化的工艺——没有钉子和螺丝，所有的部件靠榫卯结构连接在一起。中国木工的榫卯结构技术让阳早着迷。有些家具历经数百年，一些部件遗失，变得不够紧实，一如寒春父亲为他们设计制造的“丛林体育馆”。阳早尽管不是木匠，经过深入研究，修理明代家具却得心应手，并在修理过程中广泛运用几何、力学方面的知识。

干完农活之后，寒春就沉浸于修理各种现代机械部件和电子部件，如缝纫机、熨斗……她还用碎布设计并制作地毯。

缺少修理原料的时候，二人又满京城地淘宝。北京的深夜，两个老外用自行车驮着床和椅子等废旧杂物，穿梭在使馆区的大街上——大概没有什么比这个场景更令人不可思议的了。

1966年，阳早在修复明代红木家具

一天，寒春和阳早接到一个电话，告诉他们有一辆车来接他们去办公室。不多会儿，一辆黑色高级轿车出现，把他们拉到了国务院外事办。一进门，只见史克和安·汤珊也在那儿，大家环坐在大桌子周围，等候外交部部长陈毅。陈毅来了，他说："毛主席同意你们的大字报。长期以来，我们一直在等你们外国人发表意见。你们为什么直到现在才写？"

随后，陈毅讲了当前的形势，并表示仍然十分欢迎来自不同社会形态、不同国家的人民参加中国革命与建设。

事毕，寒春走出国务院外事办，脚步格外轻快，觉得身边的一切都亮堂了许多。

阳早又可参加电影发行中心的学习了。虽然各种学习、讨论和斗争一直在进行，但电影发行中心的工作并没停止，阳早除了给电影杂志社的文章润色，还可尽情地写一些短评。有一部纪录片，阳早认为没有价值，便批道："这部电影不能发行。"后来影片果然没有发行，阳早为此感到惊讶，因为中国不仅让外国专家广泛参加工作，而且还会采纳他们的观点，这在以前是不可想象的。

寒春也回到单位上班了。

外国人重新出现在北京的大街小巷，并且可以正常从事各种工作。1969年初，时任驻外大使的黄华来到三里屯，了解外国人的境况并帮助他们分析局势。寒春和阳早抓住这个机会，滔滔不绝地陈述。黄华听着，记录着，并且询问他们俩的状况。寒春、阳早说他们强烈希望调回农业部门工作。

黄华来访后不久，在京外国人的境况大为好转。在准备1970年10月1日的国庆庆典时，中国发出高调信号：邀请埃德加·斯诺来天安门参加国庆庆典。斯诺乐意地接受了，并如期出席，但美国却没有明白其中的外交含义。1971年4月，中国在筹划被称作“乒乓外交”的活动。开始只是在乒乓球锦标赛上交锋，之后却进入新纪元，为新中国成立后的美国总统第一次访华做铺垫。寒春的哥哥韩丁重返中国，由寒春、阳早陪同，开展新闻特稿采访活动，深切感受到中国春风的“破冰”速度。

受周总理邀请参加晚宴

1971年春天，美国乒乓球队接到中国的邀请前来进行比赛。邀请赛取得巨大的双赢——打破了“冷战”的坚冰。

中美建交符合两国的利益。当1971年4月第31届世乒赛在日本名古屋举行时，一个中国乒乓球运动员同美国乒乓球运动员相遇，美国乒乓球队提出希望访问中国，中国觉得可以在这个时候向美国发出积极的信号——官方邀请美国队打一场“小球推大球”的比赛，美国队接受了邀请。于是，作为新中国第一批官方邀请的美国人员，从日本来到中国香港，再转道内地宝安县（今深圳市）、广州飞北京。美国队到达北京后，寒春和阳早同其他外国团体一起观看了中美乒乓球友谊赛。令他们印象最深的是，两国都赢了。

乒乓外交也为韩丁再次来华开了方便之门。在麦卡锡时代遭受多年侵扰、上“黑名单”之后，韩丁收到中国官方的高规格邀请，强烈感到精神上“翻身”了。这次重返中国受到周恩来的宴请，韩丁问周恩来：“为什么埃德加·斯诺先接到了邀请？”

周恩来解释说：“中国试图向华盛顿放出一种信号，而邀请你与邀请斯诺相比，发出的信号是截然不同的。”

韩丁偕第二任夫人乔安妮和三个年幼的孩子访华的消息刊登在《人民日报》上，并附有与他们会面的人员名单：阳早夫妇、柯弗兰夫妇、索尔夫妇，还有黄华及何理良（黄华的妻子）。

北京和平饭店对寒春意义非凡，她多年前参加亚太和平大会就下榻在那里，这次柯弗兰夫妇和爱德乐夫妇也居住在此，共同等候韩丁的到来。从更大意义上考量，和平饭店已成为世界和平的象征与昭示。

5月，韩丁乘机抵达北京，此时距离他在中国采写《翻身》已有18年了，当年卡玛还只是骑在他肩上的小女儿，如今已成年。

有关方面安排韩丁、乔安妮及其孩子迈克、莉西和凯西在北京停留一段时间，好让韩丁在北京休整些时日。在北京，韩丁参观了二七机车车辆厂、首钢、锯木厂、清华大学，这使他能为创作《百日战争》一书做全面、充分的采访。

寒春和阳早陪同韩丁采访，偶尔办些私事，却演绎出一段传奇——那天，阳早夫妇去王府井购物，当回到存放自行车的车棚时，见神情激动的赵凤凤正焦急地等着他们。赵凤凤是韩丁访问接待组的工作人员，她还给安娜·路易斯·斯特朗当过十多年秘书。她拉着寒春的手说：“快点，总理邀请你们参加晚宴！”

寒春很奇怪赵凤凤怎么能在人海里精准地找到他们。赵凤凤说：“我给你们家里打电话，问出大致方位，然后又在无数的自行车里找到了你们的自行车。”

临近总理接见的时间了，他们来不及换衣服，便直接去了人民大会堂。卡玛也从工厂里被直接接去与总理共进晚餐，她穿着打补丁的工作裤。和平也被邀请参加，但建平和及平还小，不在邀请之列。尽管史克和韩丁离婚很久了，她还是受到了总理的邀请。索尔、帕特·爱德乐夫妇和柯弗兰、柯茹斯夫妇也在受邀之列。

宴会开始时，周恩来对乔安妮讲中国是如何小心对待友人的习俗，即使是资产阶级的习俗，比如在美国和欧洲，人们被称作“先生”“夫人”，女方婚后随夫姓，来反映他们的基本家庭单位。乔安妮认真地听着，但她不明白总理为什么要讲这些。寒春说：“因为我对被《人民日报》称为阳早夫人而提过抗议，总理是说给我听的，也是给我的合理解释。”

晚宴结束，走出宴会厅时，寒春握着周恩来的手说：“谢谢您的批评。”

寒春回家才反应过来，说：“让刚才的‘谢谢’见鬼去吧，我才不要感谢批评。总理的这个批评是错的，我为什么要感谢一个错误的批评？我应该对总理坦诚些。”这件事让寒春苦恼，于是她给总理写了一张小字条，上面写着：“我们一定还有一些误解，妇女运动改变了方向，但我们还是应该带头支持正确的事情。妇女的基本状态是受着压迫，我们应该支持妇女的正当需求；女人应该拥有专属名字，拥有独立的人格。”

寒春身边大多数人建议寒春不要把字条给总理。寒春确信自己是对的，还是把字条交给了韩丁访华接待组负责人，请他们转交给总理。

韩丁先后五次同周恩来进行当面对话和访谈，能得到周恩来特殊的厚待，意味着总理看重韩丁，看重他作品的意义和影响，以及他的亲人对世界和平事业的贡献。

在乒乓球第一次撞击中美两国敏感的神经时，距离美国总统尼克松访华已经越来越近了。所以，周恩来忙于同韩丁以及其他来华的美国人对话，了解美国人对此事的态度，以及怎么理解中美建立关系的反响。这是第一次谈话。

第二次谈话期间，辛顿、恩斯特家族同时受邀同坐一桌，一起同总理对话。交谈热闹融洽，偶尔问些尖锐问题。总理问：“尼克松提到美国同中国建立对话不会损害他们同其他朋友的关系，这个朋友指的是谁？”

大家僵住不知该怎样回答，和平抢答道：“尼克松指的是蒋介石和台湾。”

总理和蔼地说：“这位青年朋友答对了。”

总理问阳早关于中国和苏联、美国关系的问题，阳早发愣，这回寒春抢答补了台，才避免了冷场。事后，寒春说：“阳早语塞发呆太不是时候，脸红也不是时候；正式场合不同于普通社交联谊，那天阳早跟身边的人聊得太投入了，其实阳早知道的，我的答案是听阳早每天读报纸得来的。”

那天晚上，周恩来让人们聚在一起，无论讨论什么都充满兴趣。他只是打开话匣，问些问题，就能让每个人交谈起来，不一会儿就让人完全忘记是在和大国总理交谈，但看似随意，实际都是重要深刻的问题。大家交谈着，有人打断总理，而总理并不太多打断别人的谈话。谈话期间，韩丁说：“许多美国人都有兴趣来中国。”

周总理关切地问：“有多少人？”

韩丁说有一百万。

周总理听后皱了下眉头，对韩丁说：“要认真考虑一下，我想知道究竟有多少人想来中国。”

韩丁一脸认真。总理略有所思后，微笑着说：“联系一下你母亲，并建议她组织一个年龄20岁左右的年轻人参加的访问团，来中国进行一次工作学习的旅行。”

晚饭在邀请的话题中结束，也为下一次邀请埋下了伏笔。

此后，韩丁给母亲卡梅莉塔打电话，介绍了相关情况。卡梅莉塔为能进行第二次中国之旅而兴奋，于是开始了积极运作。

大寨之行

韩丁回到张庄，收集《翻身》书中人物的新经历，为续作《深翻》做准备；乔安妮则选择留在北京；寒春和阳早提出带孩子到农村去，因为三里屯使馆区总体上不太适合小孩游玩。最初的想法是去中阿公社。何理良拜访他们时问过他们愿不愿意去大寨。这一问，让寒春、阳早激动不已，因为周总理多次建议孩子们去大寨看看，只是韩丁急于了却对张庄的乡愁与惦念，以及为《深翻》收集资料，因而一直未能成行。

大寨是山西省的一个小村庄，小到可以隐藏在黄土高原的褶皱里，原来土地贫瘠干旱，松散地覆盖在不牢固的斜坡上，每次下雨，土壤连同植被都要面临被冲入低处水沟的劫难。然而，土地改革、农业合作化运动之后，这个贫瘠的村庄通过兴修水利等农田基本建设工程提高生产水平实现了自给自足，把生产的余粮卖给国家，得到资金后建造起小型肥料厂、食品加工厂。大寨经验强有力地证明，贫困山村可以通过社会主义经济政策发展并繁荣起来。

寒春、阳早率六个孩子到大寨，看到了人们挥铲劈山造田、轮锤凿岩砌墙、挑担运肥种地的景象。那些拱形挡土墙的基石，是人的精神力量的象征。一个又一个屏障被逐渐打破，庄稼越来越茁壮、高产。由于没有足够的平地种植作物，他们改造山脉，从山脚到山顶，开凿出一级级梯田。亿万年来，在干旱的地区，暴雨引起的山洪会将种植在黄土高坡上的庄稼连根拔起，涌向村庄淹没措手不及的人们。在一次山洪彻底摧毁本已建成的梯田之后，他们把拱形转了个方向，就像窑洞背对山体，从而在洪水冲过来时，石块堆积得更为紧密。他们开凿出灌溉和排水的沟渠，从而保证洪水不再冲入村庄，而是安全地绕村流走。从大寨改变农田水利落后面貌的壮举中，寒春感受到了人的精神力量的巨大。

自然界中多年形成的贫瘠土壤也得以改造——他们让有机土壤变得更加肥沃，到下一个收获季节，能够使产量成倍增加。

新型社会关系与农业技术革新相结合，大寨成功了。

六个孩子中，迈克最快融入新环境，不仅学习了汉语，而且还学了山西方言。他跟小伙伴非常亲密，经常在小伙伴的家里过夜。他融入得太好了，夏天他爸爸韩丁再次访问村子时，他和村里的孩子站在一起，迎接“外国客人”。莉西跟小伙伴相处得也不错。而凯西刚会说英语，突然到全新的语言环境里，一时不适应。

大寨建有客房，但寒春和阳早坚持与村民一起住、一起劳动、一起玩。及平加入“铁姑娘队”，和平和建平加入“铁汉子队”；而寒春和阳早则被安排在老年队，一起分秧、插秧，到山里摘核桃。寒春在树上享受劳动带来的快乐，也常与“铁姑娘队”一起外出劳动。

除了参观、劳动外，寒春、阳早和大些的孩子还被邀请参加村里的民兵训练。这是寒春参加的首次也是唯一一次军训，她练习了射击，而之前她只

1971年，阳早一家在大寨参加劳动

是挥舞木棒站岗放哨。在所有人中，建平射击成绩最好。阳早一发不中，却幽默地说他瞄准的是建平的靶子，并且让子弹正好穿过了建平打的弹孔。

韩丁也从张庄赶来加入其中，参观了土地开垦工程、为节水而修建的灌溉和排水工程、道路、桥梁及小型工厂。

大寨也是寒春的福地——她竟然与从美国回国的同学杨振宁在大寨邂逅。

1964年10月，中国试爆第一颗原子弹，身居美国的杨振宁在报纸上看到了这个消息，非常激动，为自己祖国的强大感到自豪。虽然杨振宁相信邓稼先的实力，但当年美苏两国均声称，中国能拥有核武器，都是出于他们的“帮助”。苏联人认为，自己为中国核武器事业打下了坚实的基础，没有他们，中国人一百年也别想造出原子弹。而美国人则认为，是美国核物理学家寒春帮助中国造出了原子弹。中国的原子弹真的是中国人自己研制出来的吗？

世界也太小了！杨振宁和寒春毫无心理准备地在大寨相遇了。两人在美国相识并同为费米的学生，寒春则是费米看重的学生，在研制原子弹的曼哈顿计划中，寒春全程参与了。

已经26年没见，杨振宁询问寒春：“是你帮助中国研制出核武器的吗？”

“没有，绝对没有。”寒春斩钉截铁地回答，“原子弹爆炸后，我为其造成的巨大伤亡而后悔，从此不再参与核武器事业，何谈参加了制造？”

寒春一行在大寨待了3个月。在此期间，卡梅莉塔应周恩来的邀请，正在美国组织来华青年参观团，这个团由15个不同种族的青年组成。

为了做好准备，卡梅莉塔去了一趟渥太华，跟黄华当面商量行程计划。他们都认为这次旅行应该包括工作和学习两方面内容：在工厂劳动1个月，在公社劳动1个月，游览中国1个月。

为了迎接青年参观团，寒春和阳早中止了在大寨的特别旅行式体验，跟大寨的新朋友道别。回到北京正值国庆节，周恩来召集在华美国人到人民大会堂座谈，讨论即将到来的尼克松访华，寒春、阳早也在列。

中国和美国已相互隔绝20多年，一直到日本名古屋世界乒乓球锦标赛，两国乒乓球队相遇后，中央决定正式向美国队发出邀请；随后美国乒乓球队访华，接着是基辛格访华，再后来就是尼克松访华。然后，另一队美国人来到中国，那就是卡梅莉塔率领的美国青年参观团。

卡梅莉塔采纳了寒春、阳早和韩丁的建议方案：美国青年参观团参加农业劳动1个月，在中国模范村大寨14天，在大寨邻村西沟14天，坚持“劳动为主，旅行相辅”，参加劳动并与村民住在一起。参观团在阳早、寒春一家的陪伴下乘火车到达昔阳县。参观团年轻人一经与农民和生产接触，就变得双眼发亮、渴望实践，并立即投入劳动——肩挑扁担，手拿铁锹，干了起来。

两天后，参观团决定延长在大寨的时间，不再去西沟，他们想用较长时间在一个典型的地方获得深入的认知，大寨就是一个值得深挖的绝佳之地。参观团参观了首次向外国人开放的地方—— 一条大河穿越太行山，所经之处，两侧都是悬崖峭壁，河道沿峭壁而行。大寨人正在一个弯道的岩体里开凿隧洞，几乎完全靠手工打洞，目的是改变河道，引水上山灌溉农田；他们还在建一座大坝，这样当河水流过隧洞后还可以发电。

参观团还在昔阳县走了一圈，他们的农业劳动月就这样结束了。参观团感受到了中国建设社会主义的巨大决心以及大寨人的精神，对这次大寨的经历非常难忘，就此写文章投给宋庆龄创办的《中国建设》英文版*China Reconstructs*。此后，参观团又到张庄和那里的村民劳动了一段时间。

参观团正在张庄劳动时，寒春、阳早、韩丁和卡梅莉塔接到周总理接见的喜讯，火速乘车返回北京。卡梅莉塔患有高血压，如果静坐太久，血压会缓慢上升，因此，只要火车停下来，她就下车转转。

一到北京，寒春和家人（卡梅莉塔、韩丁、乔安妮、史克、卡玛、阳早、和平）在北京和平饭店集合，等待周恩来接见的时刻。一直等到晚上，等到深夜，大家知道毛主席有晚上工作的习惯，周总理该是明天上班后才能接见了，便倒头睡下。没想到的是，凌晨1点30分，铃声急促地响起，电话传来

1971年，阳早、寒春一家与美国青年参观团到访昔阳县引水工程时合影

好消息——总理马上接见。他们迅速起床，钻进待命的车里，赶到人民大会堂。

北京已熟睡，20多人却异常兴奋，和周总理聚集在一个小会议室里。这次交谈是这家人与周总理第五次也是最亲密的一次交谈。尽管已是深夜，总理兴致极高，谈到了很多话题：中国革命的历史、党内十次路线斗争、中国的旧封建习俗、建设社会主义的经济基础，还谈了1959年的庐山会议，但没有提到林彪的事。出于新闻纪实作家的职业敏感，韩丁急于知道到底发生了什么事，但周总理礼貌地拒绝回答，转向卡玛说："你有你的原则，我有我的原则。"周总理间接地讲党的纪律，告诉韩丁虽然卡玛可以告诉他知道的一切，但是他不能这样做。

在简要介绍中国现代史并分析当前形势时，周总理对韩丁说："应该听听年轻人想做什么，而不是告诉他们做什么。"

交谈持续到早上7点。结束时，阳光照耀着刚刚苏醒的首都，总理起身和每个人握手。与寒春握手时，他说：“感谢你对我的批评。”寒春想，看来自己写的字条传到了总理的手里，并且发挥了作用。

周恩来接着说：“谢谢你的批评，我还会犯错误，你还要给我提意见，什么时候都要给我提意见。”

寒春说：“我也会犯错误。”说后，寒春立即觉得这样回答也不太合适，有些懊恼。

当辛顿家族的长辈们、阳早与参观团相会后，他们准备奔赴上海进行一个月的工厂劳动。韩丁继续在张庄为新书写作收集材料。寒春和阳早跟随他们进了上海老纺织厂体验式旅行。工厂里的纺织女工灵巧的十指熟练地在纺纱机上跃动，酷似在钢琴上弹奏劳动乐章；男工则在机器旁工作。像往常一样，寒春不满派给她的工作，跑去和男工一起，手握扳钳检修机器，保障机器运行，弄得满手油污。

当工厂生活结束时，1971年的日历也翻到了年底，大多数参观团成员收拾行囊返回了美国。和平回到北京光华木材厂继续工作，建平和及平回到学校学习。

不久，韩珍——寒春、阳早来中国的引路人，辛顿家族中唯一没有来过中国的直系亲属——来到中国，首先提出要和卡梅莉塔偕孩子去大寨。因此，他们先乘坐的火车，在阳泉转乘汽车，前往大寨居住并劳动两周。

在回北京的路上，卡梅莉塔的血压开始上升，病情恶化，被送进北京协和医院。卡梅莉塔对寒春说：“我的一生美好而漫长，可能已经到头了。”经抢救，她的身体有了改善，于是转移到友谊宾馆，进一步疗养，寒春负责护理。经过几周的精心照料，卡梅莉塔恢复得很好。当韩珍的孩子想到中国各地参观类似井冈山的革命遗址时，卡梅莉塔也一同前往。

在江苏，他们决定由寒春带卡梅莉塔到无锡市休养些时日。卡梅莉塔刚被带到湖上的小客房内，就中风了。周总理得知后立即派上海的9名顶级医生、无锡的10名医生、北京的马海德医生组成医疗小组，实施急救。当天晚上，客房像医院一样装满了医疗设备。

每天早上，医疗小组开例会，分析病情，决定下一步治疗方案。他们通过会诊，确诊问题在于通向大脑的一根血管痉挛，在让血液重新流动前必须把血压降到足够低的水平，让痉挛消失。医疗小组把卡梅莉塔从死亡边缘拉了回来。

寒春日夜护理，24小时连轴转。

当阳早、韩珍及孩子到达无锡时，卡梅莉塔好多了。由于尚未脱离危险，大夫要求对她隐瞒病情，也暂时不要探望，避免她过于激动。卡梅莉塔的病情稳定下来并好转到可以返程时，他们把她安置到北京和平饭店。当时正值夏天，北京炎热异常，寒春用冰块给卡梅莉塔的房间降温。

卡梅莉塔康复了，医生觉得她可以回国，并特意安排一位医生护送她绕道加拿大新斯科舍回美国。寒春又特意委托史克代劳，替自己护送母亲。史克是一名护士，比寒春更胜任护送的工作，最终她和医生圆满完成了跨洋过海的护送任务。

回归生产第一线

1972年，寒春、阳早一家回到三里屯刚刚安顿下来，中央派人征求他们对于工作安置的意见。他们说想回到生产一线，自己最能发挥作用的地方是农牧业，尤其是奶牛业。他们提出去大西北、去新疆工作。

过了些日子，他们就接到从文化部门调回农业部门的通知，但不是去西北，而是被安排在北京南苑机场附近的红星公社，从市区骑自行车大概半小时路程。没有能够远离大城市，阳早有些失望。当时红星公社规模较大，机械化程度较高，组织上觉得他们在那里可以发挥更大的作用。

不管怎么说，寒春、阳早终于实现了回归生产第一线的愿望。卡梅莉塔在史克、医生陪护下回美后的1972年秋，寒春和阳早带着孩子重返农场。阳早被任命为红星公社北方乳品厂革命委员会副主任，寒春仍然任技师，他们共同进行机械革新。阳早说："沾上了牛粪一辈子甩不掉它。"寒春说："踩着牛粪心里就踏实。"他们一头扎进农具改进和技术革新之中。

1954年，第一届全国人民代表大会第一次提出要实现工业、农业、交通运输业和国防四个现代化，1956年中共八大把这一任务列入党章中。1964年12月21日，周恩来在第三届全国人民代表大会第一次会议上代表中共中央提出："在不太长的历史时期内，把我国建设成为一个具有现代农业、现代工业、现代国防和现代科学技术的社会主义强国。"从那时起，北京开始下大力气进行工业领域的机械化改造。此时，农村仍然是人海战术，红星公社养鸡场有21万只鸡，280人管理，4名保卫干部保卫，而美国机械化养鸡场15万只鸡只需两个人管理；中国发明了插秧机，日本将其引进后三年就普及了，而在中国却迟迟不能形成规模效应。

寒春对机械情有独钟，而且这是她放弃高能物理研究后的特长，于是，红星公社把她调到农业机械化的前沿阵地——农机厂。寒春发现，这里还在搞人海战术，尚不及当年自己在草滩农场带领"娘子军"养鸭、养鸡的方式；工厂使用的饲料粉碎机还是仿制苏联1953年的产品。寒春心急如焚，第一件事就是推广西安草滩农场生产的铡草机。

她率领技术小组去草滩农场绘制自己研制的铡草机图纸，并继续改进试制，通过三次大的试验改进，铡草机效能达到预期——比当年研制的机器产量又有新的突破，单位时间内粉碎饲料增加了许多。

寒春更大的目标是设计和生产中国第一台牵引式青饲联合收割机。这是一种巨大的收割机器，一旦在全国普及，能把成百万的劳动力从田间解放出来。最初，他们以商品手册为参考，翻阅美国寄来的各种联合收割机手册；之后，成立攻关小组，成员包括另外三名设计者，紧锣密鼓地设计制造。

要研制的这台青饲联合收割机名为"Alice Chamber"，贴近地面，由四个轮子支撑。寒春几乎没有从事过种植业，阳早也没办法提供太多的帮助，因为当他离开美国时，农场上依旧用马拉大车。由于没有任何经验，只能凭着物理学的基本逻辑仔细研究每个细节。寒春每天上午把一个零件画好，下午骑车送去工厂加工，入夜挑灯夜战画另一个零件设计图。这样交替进行，且流水作业，马拉松式制造，寒春确信能在秋收前制成第一台青饲联合收割机。然而，有一天寒春兴致勃勃地将零件图纸送到工厂时，车间却空无一人。有人告诉她，人都被调去制造插秧机了。寒春愤怒地骑上车去公社要人，先责骂一通负责人，然后坐在公社大门口的台阶上，说："我就在这儿，等工人回来。"领导佩服寒春的坚持，立马把调离的工人调回寒春身边，继续研制青饲联合收割机。

研制青饲联合收割机的进程没有被耽误，且进度加快。紧接着，设计和试制同时开展，终于，1975年生产出了第一台样机。

他们把收割机开到成熟待收的玉米地里——红星公社开天辟地用上了收割机，附近庄稼人都赶来看热闹，惊奇地看着那台威力无比的机器。青饲联合收割机作业起来如同风卷残云，在红星公社和业界引起了巨大的反响，一时间红星公社接到了各地发来的帮助收割庄稼的请求。

那时，全国大搞生产技术革新，作为技师，寒春走在全国革新队伍的最前面，尽情地释放创造力。她说：

> 停滞不前的农业机械化，根源在个性与定型的不协调上，根本出路在固定设计与革新的不断推进。如果没有固定的设计就无法批量生产，如果只有固定的设计而没有改变那永远不会提升；当有矛盾时，解决的方法是两者兼顾。官僚只喜欢固定设计，以免多担当，这是工业界的可怕障碍。工人做了很多生产技术革新，却得不到推广，不能发挥最大效能，带来全国效应。好像工人无论生产什么、制造什么，官僚都漠不关心，与己无关似的，可事实上一个国家就像一部机械，是互相作用、互相影响的。

1973年，阳早、寒春全家人在天安门前留影

在研制青饲联合收割机之后，寒春、阳早又设计并试制挤奶机，立誓让公社告别手工挤奶方式。

红星公社的挤奶机械化在寒春、阳早的稍加努力下本可很快实现，可公社领导在澳大利亚参观时，看到巨大的环式挤奶机（Rotolactor），回国后就搁置了寒春、阳早的挤奶机械化项目。

阳早是赴澳大利亚参观的成员之一，一眼就看出了问题，从技术角度向领导报告了环式挤奶机的优缺点，并充分强调其不适合在中国使用的理由，因为他们展出的是30多年前生产的机器，貌似壮观，其实是花架子，摆谱而已。澳方也有人反映此机器适应能力差，转着圈挤奶的理论看起来不错，但实用性差，部件繁复，奶牛和挤奶器一旦接触不好，哪怕只是一丝问题，就会引起大故障，造成停工停产。可惜，寒春、阳早的观点没有被重视，提出的疑问也被上级忽视。红星公社的领导拍拍阳早的肩膀说："你们在中国待了太长时间，不了解西方的现代化水平。"

红星公社自制的铡草机大大提升了效率

1977年，寒春、阳早在排除青饲收割机故障

寒春、阳早因对环式挤奶机项目持不同意见，被排斥在该项目外。

阳早在编辑杂志时养成了写短评的习惯，他在无奈之下，与寒春

寒春与阳早（摄于1979年）

寒春（摄于1979年）

写了一篇评论文章，分别邮寄给红星公社、北京市委及中央有关领导。这篇文章起到一定作用——环式挤奶机项目停建了。可是，不久之后，负责项目的领导绕过寒春、阳早召开会议，决定重新启动项目。

大量的资金继续往里投，环式挤奶机一点点组装起来后，不出寒春、阳早所料——试机后用水冲洗流水线时，厚厚的奶酪冒了出来，之后问题不断。致命的事故接二连三，项目被迫下马。一起引进的另一台环式挤奶机勉强可用——但那台机器只能为领导表演、向访客演示，参观者一走，就换成原来的方式挤奶。即使享受这样宽松作业的待遇，那台机器仍不争气，问题连连，需要越来越多的资金维护。一次维护的资金高达50万元甚至更多！最终，环式挤奶机项目因资金不足下马了。

项目下马后，红星公社的有关领导才对阳早说："这个项目真不该上，搭进去这么多资金和时间，后悔当初没有听你们夫妻的劝告！"领导的认错稍微缓解了阳早、寒春的不满。

"后悔药太苦了！"阳早说，"在推进机械化的进程中，要善于发现最简单有效的做法，我们自制的机器看似小了点，却很快超越了环式挤奶机，这是一组鲜明的正反面例子。”

红星公社处于乳品业快速机械化的风口，阳早冲在最前面，重新上马自制挤奶机项目；寒春完成农机厂的工作后，回到奶厂，作为技师参与其中。在“夫妻档”的发力下，挤奶机很快研制出来并投入使用，把一大批挤奶工解放出来。

1979年春节前，中央领导人特意到红星公社看望寒春、阳早，向他们致以新春佳节的慰问。陪同的农业机械部（以下简称“农机部”）副部长项南得知寒春、阳早在设计制造奶牛场机械设备，就告诉他们，中国农业机械化科学研究院（以下简称“中国农机院”）下面有畜禽机械研究所和农机试验站，建议他们去那里工作。

这年的10月，国家领导人在人民大会堂接见并宴请寒春、阳早一家。寒春、阳早被农机部任命为顾问。

10月18日，中国农机院召开了“祝贺阳早、寒春来华三十三周年”座谈会。中国农机院聘任阳早、寒春为畜禽机械研究所副所长，负责奶牛场设计和奶牛饲养成套设备研制工作；农机部杨立功部长向寒春、阳早颁发聘书，

1980年，阳早和工人在安装挤奶管道

聘请寒春、阳早为农机部顾问。此后，随着机构改革的进行，寒春、阳早先后被聘为国家机械工业委员会、机械电子工业部顾问。

寒春、阳早受聘农机部顾问后，首先想到的是毛主席常讲的两个词：自力更生、洋为中用。

当时，改革开放之风吹起，跨出国门去参观、访问、交流成为可能。寒春、阳早也组织人员去考察美国农场的机械化情况。考察团的成员有来自西安草滩农场、北京农场局和中国农机院的技术人员、工人和领导干部。寒春、阳早多年来一直坚持“鞍钢宪法”的基本经验，即技术创新工作必须实行工人、技术人员和领导干部“三结合”。这次出国，他们也坚持考察团的成员一定要有一线技术人员。因为有一线研制奶牛场设备的技术人员，寒春、阳早又熟悉奶牛机械，加上许多美国朋友热情帮助，考察团收获很大。

赴美宣讲中国故事

卡梅莉塔组织的美国青年参观团回国后不久，阳早接到韩丁寄自美国的信，信中说，希望阳早能接受美中人民友好协会的邀请，去美国演讲。该协会的宗旨是促进两国的“民间外交”，分支机构遍布全美。

当时，美国人对中国正在发生的一切非常好奇，多个工作团、考察团通过友好协会访问中国，但是他们觉得让阳早到美国演讲，讲述在中国亲历的事，将不同凡响。阳早生命的风帆受到鼓舞，激情被点燃，他兴致盎然，应邀前往美国。在访问兄弟韦斯利在纽约州北部的农场时，阳早看到了现代重型机械，远非离开美国时的马匹和工人劳作，他大发感慨：

田间没有人劳作了，那绵延起伏的山丘上布满的柏油路，分明是和平寄的明信片上的高速公路，但社会的基本经济关系仍保持原样——

小农场主依然受压迫，扩大再生产的压力在增加，买不起机器的人面临淘汰危机；很多小农场在挣扎中维持营生，或被收购，总体趋势是向大型商业农场发展，后来被称为农业综合企业，与家庭经营的自给自足的农场相区别。

在演讲之初，和平一直陪着父亲，一起访问了25个城市。后勤保障由美中人民友好协会负责。每到一地，阳早父子二人立刻被护送到友好协会的分支机构，出席会议或接受采访，接着又是另一个会议、另一场采访，或和热切的嘉宾共进晚餐，再赶去参加更多的会议和采访，一直到深夜。第二天早晨往往直奔机场，飞往新的城市，然后开始同样的紧张日程。周而复始地奔波，阳早父子累得精疲力竭。

每到一处，他们都受到热情接待，演讲常被热烈的掌声打断。和平的发言很有趣，常能引得听众大笑。他只在美国待了不到两年，说着带有中国口音的英语。阳早说："和平把英语中所有多余的部分，比如连接词都省掉了。如果你闭上眼睛听，你会以为他是个中国人。"他们的演说主要介绍自己在中国的经历。

旋风式的巡回演讲结束之后，阳早在韩丁的宾夕法尼亚州弗利特伍德的农场参加秋收，并与韩丁在古斯维尔角作短暂停留，怀念当年与寒春激情澎湃畅谈理想、立志到中国去的青春岁月。帮韩丁收完庄稼后，阳早回到在中国的家里，寒春此前因生病住院，这时虽已出院，但身体尚未完全恢复。

不久后的1976年7月28日凌晨，寒春感觉到大地在晃动，并看到东南方有奇怪的光亮，然后传来沉闷的声响。她最初以为是原子弹爆炸，但与阿拉莫戈多沙漠感受到的光亮与冲击波完全不同，于是怀疑是地震，便急忙叫醒家人往屋外跑。后来证实，是唐山大地震。

1977年，阳早在美国成功演讲后的第二年，寒春也接到了美中人民友好协会的邀请函，希望寒春能像阳早那样，在美国做巡回演讲。美国接待方最初担心寒春的身体，也担心她因洛斯阿拉莫斯国家实验室的经历遭受"麦卡锡”式迫害，这也是上次未邀请寒春的原因。但鉴于眼下美国政府正在快速与中国交好，所以仍然向寒春发出了邀请。寒春虽然病情早已好转，但胸口还疼痛，手臂的“瘫痪病”时常发作，有些担心身体难以支撑。但与阳早讨论后，他们认为应该接受邀请。寒春觉得，阳早访美反响强烈，自己也应为增进中美人民友谊尽一份力。

寒春接受了邀请。和平已同父亲完成了美国的旋风式演讲，这次建平能与母亲同行是再好不过了。但是建平原本就体弱多病，若是同行，寒春不仅要担心自己的健康问题，还要为建平的身体提心吊胆。但她一咬牙，还是带上了建平，登上了去往大洋彼岸的飞机。

次日，他们抵达旧金山。离开了29年，重新踏上美国土地，寒春像个孩子，生疏地在电话机里投足硬币，与联系人通电话。通完电话，寒春惊讶地看到机场保安正试图把坐在行李箱上的建平拖走，原来保安以为建平是流浪汉。寒春急忙解释说：“他只是病了，也不会说英语。”保安半信半疑，但还是放行了。

阳早与和平之前的巡回演讲激发了大家的热情，友好协会如今更加发展壮大，支持中国的美国民众越来越多。这次寒春的行程里囊括53个城市（其中一个在加拿大），总数比阳早多了一倍，共有250多场演说！

寒春的演讲之旅从费城开始。此时，友好协会全美代表大会在亚特兰大召开，寒春作为特邀主讲人，做首场主题演讲。寒春此行，注定有个不凡的开始——首场演讲就获得巨大反响。

她这次的行动模式和阳早前次相同：坐飞机、赶赴演讲地点、接受记者采访，紧接着举行演讲和讲座，然后睡觉、起床。每天如此，周而复始。寒春每天要服大剂量安眠药，才能确保有足够的睡眠时间。如此往复，这对寒春的健康是一个考验。好在寒春的精神与斗志异常高涨。

寒春一直坚持晨跑，到了美国，仍然保持这一习惯。一天早晨，寒春从住处出来，照例开始晨跑，当她要折返时，脑子突然一片空白，不知住址、忘了接待者的名字、记不起熟人的电话，也不知道回去的路，已然一个异国的漂泊客，流落街头。她焦急地念道："上帝呀！赐予我幸运，万一敲错了门，我该说什么呢——我是寒春，我来自中国……"万幸，她最终还是凭着记忆找到住处。这之后，无论到哪里，她行动前都不忘先索要接待者的姓名、电话号码，然后把宾馆的名片带上。

寒春演讲过程中，下面不时有人故意捣乱。比如在罗德岛的布朗大学，一些联邦特工试图挑起事端，扰乱会议，在会场朝寒春大喊："你替你的祖国考虑过什么……"遇到这种情况，寒春沉着应对，每次都能顺利化解。

寒春曾在新英格兰度过21年，此次来到美国南方，解了她些许乡愁。南方在历经民权运动后，依然信息闭塞，包括左翼人士，大家都想了解真实的社会主义中国。但是南方演讲档期只有两天，演讲节奏很快。第一天刚到住处，前来请寒春去演讲的那位黑人就敲开房门问："我可以去厕所吗？"寒春感到这太过奇特，后来才知道这是黑人进白人家庭的唯一"暗语"。共进早餐之后，谢过了接待的白人一家，寒春和黑人夫妇就赶往演讲现场。这天夜晚，寒春就住在这位黑人朋友家里。他家很小，据寒春估计，面积大约只有一般白人家庭的1/8。寒春与这位黑人朋友彻夜长谈。

寒春还在弗吉尼亚州的双橡园公社（Twin Oaks Commune）做了短暂访问，公社里的人尝试使用他们所理解的社会主义的方式生活，寒春觉得那样的社会主义不可为，中国把马克思主义同自己的实际相结合才前途光明。为此，寒春尽可能多地向他们谈论中国，包括中国的土地改革、解放事业、工农商学兵共同建设社会主义、中国的乳品行业，等等。

高能物理研究领域的老朋友

这次美国之行，寒春还被邀请去新墨西哥州的阿尔布开克进行演讲，这是来自高能物理研究领域的邀请。

到了那里的第一站，寒春和洛斯阿拉莫斯国家实验室的老朋友联系上了。美国在日本投下原子弹后，寒春的同事大都回到原来的研究机构。他们曾经共同战斗，争取原子能研究用于民间发电，但最终失败。当寒春在延安试制农业机器、在内蒙古搅拌牛奶、在西安养鸭子、在北京成功研制大型农业机器和奶业设备时，她的美国科学家朋友也在不断前进。费米的得意门徒杨振宁、李政道和欧文·张伯伦等继费米之后也获得了诺贝尔奖，成了世界物理界的顶尖人物。

寒春先和杨振宁联系上，杨振宁迅速把寒春来美国的消息在老同事圈里传开。得知寒春在美国演讲，老朋友们都非常想见到她，请她分享在中国的故事。不久，他们邀请寒春到芝加哥参加高能核物理会议。寒春和美中人民友好协会也非常乐意，和戈德伯格、内格尔、安德森，以及她的老朋友鲍勃·威尔逊一起出席。令她惊喜的是，同学哈罗德·阿格纽如今已是洛斯阿

寒春（右二）与老朋友交谈，右一为杨振宁（摄于1977年）

拉莫斯实验室的负责人了。

寒春在高能物理圈子的第二站是去费米国家加速器实验室，这个实验室以寒春导师费米命名，现由鲍勃·威尔逊掌管。鲍勃也是实验室创始人之一。

费米国家加速器实验室是一个巨型建筑，底部宽大，在中部有个入口，里面有各式各样的树木和现代雕塑。寒春和杨振宁来到这个庞然大物里面，进入电梯，好一会儿才到顶，此时天色已晚。

鲍勃问："你想看看甜甜圈吗？"鲍勃口中的甜甜圈自然指的是加速器。

"想啊！"寒春回答。寒春以为加速器就在房间里，因为以前自己操作的加速器只有胳膊那么长。

鲍勃说："哦，加速器在那边。"

寒春向窗外看去，不敢相信——加速器大得难于言表，直径1千米左右。

自寒春离开后，他们把加速器做得越来越大，竟然做成了巨大的环状物。鲍勃在加速器中间还养了雄健、高大、凶悍的"国兽"——野牛。这是为纪念费米而特别饲养的，象征费米是先驱和开拓者。

在伊利诺伊大学、长岛大学、加利福尼亚大学，寒春还参观了极低温运行的加速器、伯克利实验室等。

寒春没有忘记洛斯阿拉莫斯，特意坐飞机去了当初参与研制原子弹的地方。旧地重游，见到内格尔仍在长长的重粒子加速器前工作，并在寻找治疗癌症的办法，寒春感慨良多。

这是一次如同回家的奇特旅程。当年同寒春一起工作的军人斯达纳走到抽屉前，拿出有寒春签名的原始表和资料，那是当时准备用来批判军方控制原子弹的文件。当年，斯达纳将这些资料放在抽屉最底层，那张表格上的签名此时也已发黄了。回忆起当初毅然决然地告别原子弹研制，寒春为自己坚守信念感到欣慰。

他们邀请寒春走下峡谷，用车把她带到建发生器的锅炉前。第一个锅炉能量太低，于是后来又建了一个高能锅炉，那时其他人都去研究钚，有两人在事故中丧生。高能锅炉的巨大水泥建筑还在，后来又建了另一个更大的、结构不同的高能锅炉建筑，大约有两层楼高。寒春问为什么不把原来那个拆了，他们说炸毁它需要太多的炸药。

爬上巨大的水泥建筑，寒春见反应堆正在产生能量，发出光线，这与量子力学有关，是一种奇怪而又美丽的现象。寒春看了又看——燃料棒周围的水清澈见底，发出蓝光，太吸引人了。

寒春看不够，但演讲在即。物理界老朋友们带她去报告厅，那里正举行关于粒子物理学的研讨会。寒春坐下来，静静听着，回忆起青春焕发时专注于高能物理的时光。直到研讨会结束，一个人站起来高声说："请寒春给我们讲讲中国！"

听到邀请之声，寒春猛然从记忆的深处回到现实，走上讲台，开始了激情演讲。寒春从1948年到达上海讲起，一直讲到1977年，现场大屏幕辅以一张张照片，如时光隧道，带着报告厅里的人们阅览宏大的史诗，在现实与历史之间穿越。寒春的演讲深受欢迎，在场的科学家们听得心潮澎湃。结束时，哈罗德·阿格纽举手说："看到这些照片我很高兴，幸亏寒春去中国时，费米送了寒春照相机，嘱咐她多拍照片！"

寒春的演讲，让科学家们见证了她在中国奋斗30年的峥嵘岁月，也让大家回到了与法西斯战斗的那个年代，那时，所有科学家都带着同样的徽章，为战胜法西斯而拼命钻研。

报告厅里，大家把寒春的到来当成亲人探亲，好像她只是去中国做了一次长时间的旅行。寒春还邀请大家到中国参观，拜访她这个老朋友的新家。

离开时，乌拉姆送他们去机场的路上对寒春说："你在威斯康星大学硕士答辩时，我是其中的教授之一。你拿到硕士学位后就消失了，然而我接到一封信，问我愿不愿意参加秘密战争项目，我去图书馆检索有关书籍，图书管理员把我的名字署在了借书单上，学校里先后消失的物理学家都在那个名单上，我的名字紧随你之后。"

在费城，寒春自掏腰包花一大笔钱买到了难得的优质公牛精液，希望带回北京红星公社，用于人工授精改良畜群。能获得加拿大、美国的荷斯坦牛精子的机会不可多得，是寒春、阳早梦寐以求的事。寒春准备从费城飞到西雅图（她在那里有一场演讲，温哥华还有一场，夏威夷是最后一站，然后飞越太平洋回中国），她带了一大罐液氮用来冷却十分珍贵的公牛精液，这已获航空公司的批准，但在办登机手续时，工作人员对寒春说："飞行员拒绝携带液氮起飞！把你的行李拿下来。"寒春据理力争，航空人员通过对讲机焦急地来回对话，直到最后，飞行员勉强同意带上。

寒春在飞机上给飞行员写了个字条："液氮沸点为-196℃，不与人体接触的情况下没有任何危险。牛精液将改良中国奶牛，如果带来了麻烦我表示抱歉，但对最终能登上飞机非常感谢。"寒春把字条给空姐传给飞行员，很快一张字条传了回来，上面写着："抱歉，给您带来烦恼，我很高兴能有机会帮助把公牛精液带到中国。"

后来，正当寒春在日本准备转机回国，和平打来电话，说阳早心脏病发作，住院了。阳早很早就住院了，但坚决不肯把这个消息告诉别人，尤其是寒春，生怕影响她演讲。

寒春到达北京机场，阳早手捧鲜花，坐在轮椅上迎接她。寒春拉着行李陪着阳早回到医院，然后又投入到改良畜群的事业之中。

1991年，寒春、阳早赴美国奶牛赛牛会，又购买了优质奶牛胚胎和精液。经过夫妻二人多年的潜心改良，优良的种牛从实验站走向中国各地，繁育出优良的牛群，从而改良全国奶牛，产出洁白浓香的牛奶，供应全国市场。奶牛改良后，原来年产奶量不足7000千克，现在年产奶9088千克，部分甚至超过13000千克。

到美国做心脏瓣膜置换手术

1977年8月，寒春应美中人民友好协会之邀前往美国后，阳早得了重感冒，被送到协和医院治疗。医生听诊后说，阳早的心脏跳得像蒸汽机，某个瓣膜出了问题，血液无法按正常的方式流动。经诊断，心脏肥大，他只能在床上静养3个月，才能恢复原状。

1978年初，阳早终于出院了。阳早与寒春一起住在红星公社奶粉厂，更有利于静养。阳早感觉恢复得还行，但心脏外科专家苏鸿熙告诉他，需要做瓣膜置换术——从猪身上精确地移植瓣膜，这个手术只有到美国才能做，当时中国还没有条件。

听完苏鸿熙的建议，阳早礼貌地拒绝说："我来中国生活和工作，如果在中国得了病，中国没法治，那宁愿死在中国。"

苏鸿熙见阳早不接受他的建议，便给阳早周围的人做工作，先是找到寒春和三个孩子，然后是刘德英等，逐个说服并请他们动员阳早到美国做瓣膜置换手术。他解释说："虽然阳早的心脏恢复正常了，但并没有得到很好的治疗；如果再劳累一点，他的心脏病就会复发，就很难恢复正常，过两年左右就会死去。"

大家觉得事态严重，纷纷力劝阳早，阳早开始动摇。于是，他们为阳早前去美国治疗做准备，首先是与韩珍联系。韩珍碰巧跟世界知名的心脏病专家伯纳德·朗（哈佛公共卫生学院的心脏病学荣誉教授，曾获诺贝尔和平奖，著有《抢救心脏》一书）一起工作，便请这位医生帮忙。

阳早一行去美国之前，外国专家局询问手术费用。寒春觉得这个手术非常贵，狠心开口6000美元。专家局痛快地给了1万美元，包括手术、生活和旅程费用。到美国以后，才知道手术费要1.7万美元，寒春给华盛顿的中国使馆打电话，说需要多一点费用——也就1万美元，使馆很快就又给了1万美元。

入住波士顿彼得·本特·布里汉姆医院后，医院派一名女护士交代术后会发生哪些心理变化。她对阳早说："嗯，我给你说说手术，手术后你会为自己仍然活着感到高兴，你嘴里会有一根很大的管子，你不要惊恐。我们会很快为你取出管子，但随着麻醉效果消退，你可能会感觉很糟糕。当你不舒服时，还会让你起床、散步，因为你必须起床以保证肺正常工作。你脾气可能由此变得很糟，对一切都不满意——没什么事可让你高兴。”

然后，护士转向寒春，也不背着阳早，说：“不管他让你做什么，你只管做，不要呛他。”

阳早说：“我应该不会那样吧。”

随后，医生把阳早推进手术室，留下寒春独自等待。寒春如坐针毡，一分一秒都是煎熬。几个小时过后，医生才出来，说：“阳早手术比较成功，但出血很多，正在处理，需要继续等待。”

寒春来回踱步，以消除紧张情绪，不知不觉竟然溜进了手术室，看到阳早面色苍白，毫无意识，躺在一堆导线、管子和机器下面。寒春默数导管，一共29根。

第二天寒春到医院时，医护人员正给阳早拔喉咙里的管子，正如护士术前所说，阳早高兴得不得了——自己还活着并且清醒，这让他无比愉快。

从紧急护理室转到一般病房后，阳早变得可怕起来，命令寒春做这做那，还不时训斥。寒春紧咬牙关忍受着，心底默默地感谢让她有心理准备的护士。但阳早对救命恩人也不放过，诅咒那些扶他起床散步的护士，大骂医生是肮脏的法西斯。

忍耐并不是寒春的性格，但她必须坚持做到位。病人大手术后，一般要恢复一两个月，没想到没过多少日子，阳早竟然神奇地可以出院了。

出院后，阳早住在波士顿郊区康科德韩珍的家里。韩珍为了腾出空间让妹夫静养，便和家人去新斯科舍省布雷顿角的夏令营。

阳早需要护理，寒春按严格的科学要求，以持久的专注精神，仔细护理、记录，并向护士和医生报告。

因手术用药杀死了肠中益生菌，阳早腹泻不止，需要进食让胃肠干燥的食物。寒春像研制农机具那样，在厨房里拿着烹饪书，从汉堡开始，之后每天做不同的食物，每顿晚餐都力求丰盛，持续大概一个月，阳早逐渐好起来。这对出嫁时不懂烹饪、工作后也不热衷烹饪的寒春来说，也是一个突破——寒春在57岁时第一次从忘我工作的状态中回归家庭，扮演她那一代大多数美国和中国女性长期承担的角色——家庭主妇。

再次赴美考察

担任农机部顾问后，寒春和阳早提议，组织并带领奶业人士前往美国参观奶业工厂，并考察农牧业。提议获得批准后，包括部级官员在内的14名成员前往美国进行奶牛机械考察。

由于寒春、阳早还没有加入中国国籍，不能以代表团团长的身份前往美国，此次他们是考察团的顾问，寒春还兼任会计。就像上次一样，考察团有一线技术人才参加，一线科技带头人的占比较大，行程由美中人民友好协会安排。临去前，寒春告诉大家，准备几把理发推子，因为在美国理发太贵，还立下考察规矩：出国考察，要取真经，不可当作福利。60天的考察中，大家没有一次在饭馆吃饭，都是寒春、阳早领着大家在华侨家里吃饭；也没有住过宾馆，都是在华侨或者美国人家里打地铺。同行人员说，这个老太太专心调研，也太抠门了！快回国时，一算账，按照标准，生活费只花了预算的1/3。寒春把省下的生活费全买了奶牛养殖设备和关键配件。总经费节约了一半，回国后则全部上交给了国家。阳早宽慰大家说："中国的畜牧机械非常落后，要节俭才能兴旺。"

考察团在美国对挤奶房进行了充分参观与学习，收获颇丰。回国后，同行的两个工人在中国建起了第一个挤奶房；寒春、阳早在草滩的老朋友刘国经在西安建了一个人形挤奶房；年轻的女拖拉机司机李冰在红星公社建起管道形挤奶房；寒春设计和生产了第一个牛奶冷冻奶罐。

第八章／永远的小王庄

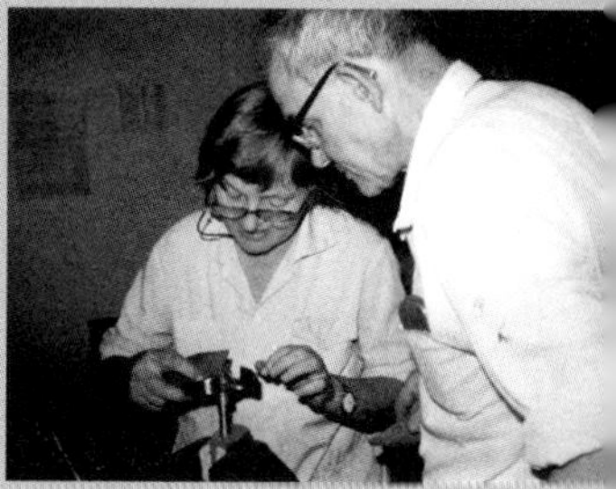

很多人觉得我的父母在中国做出了牺牲，其实正好相反，他们到中国是获得了解放。

——阳和平

从进口到自供

在红星公社近十年，在成功研制铡草机、挤奶机、青饲联合收割机后，1981年秋，寒春、阳早夫妇调至北京北郊的中国农机院沙河农机试验站（以下简称“试验站”）工作，参与试验站建设，居住在昌平沙河小王庄。试验站的目标是“建造、运行、示范一个从喂养、挤奶到清洁完全机械化的牛奶场”。

1982年初，欧美的一些挤奶机械开始进入中国市场。寒春、阳早向领导建言：自主设计制造养牛机械成套设备。不久，国家经委和农机部采纳两位顾问的意见，设立“奶牛场成套设备研制、牛场设计和中间试验”科研项目，由北京、天津、上海、西安等地的17家研发、制造、工程设计和应用单位的80多名技术人员、工人农民和领导干部“三结合”组成课题组，寒春、阳早担任组长。该项目的目标是研发适合中国国情的以100头成乳牛为一个饲养单元、400头成乳牛为一个基本规模的成套设备。

天津设计院的设计人员是搞工业设计的，没有奶牛场设计经验，最初把奶牛运动场的地面设计为平面。寒春回想过往实践，特别是在草滩建设农场的经验教训，借鉴在美国考察收集的大量资料、技术，与设计人员分析中国国情，考虑防雨的必要冗余——下雨天运动场如有较深积水，奶牛乳房泡在水里，容易患乳腺炎，建议运动场地面要有较大的坡度，利于排水。

为了万无一失，确保成功，寒春、阳早与设计人员在试验站夜以继日地讨论制订牛场设计方案。经过5年的辛勤工作，该项目取得一系列引人注目的成果，将中国奶牛场设计和成套设备研制的技术水平提高了一大步。

他们实现了试验站的目标：制造了青贮饲料搅拌机，从搅拌机溢出的饲料通过滑道送往饲料槽；同时建立一个链式粪肥清理系统，粪便由防滑装载机刮走后送去田地。

寒春设计并监督挤奶厅的建设，所有的挤奶机器场由自己建造。同时在西安建造了牛奶冷冻奶罐，奶罐可以将牛奶冷藏起来转移到卡车上，并被运往消毒工厂。

1987年，“奶牛场成套设备研制、牛场设计和中间试验”项目召开鉴定会，田纪云、黄华、邹家华等领导人，有关部委司局领导和奶牛机械化行业的专家学者，以及全国有关省、市、区奶牛场的技术人员和工人近200人出席鉴定会。

该项目试制的鱼骨式挤奶台、侧开门式挤奶台和管道挤奶机，设计合理、结构简单、性能可靠，大幅度提高了劳动效率与牛奶卫生质量。该项目成功开发可移动式牛犊栏，小牛犊生下来就和母牛分开饲养，极大地提高了牛犊成活率。

饲料搅拌机、牛场粪便处理设施、冬暖夏凉舒适卧牛栏、排水快捷奶牛运动场——这一系列适合中国实际养殖特点的奶牛散养工艺与牛场设计，先进、适用、经济，提高了劳动生产率，得到奶牛业同行的赞许。与会人员在参观项目的实用成果过程中，对寒春和阳早的卓越贡献大加赞赏。因项目成果丰硕，被农牧渔业部授予国际合作奖。

1982年，上海青浦农机厂出品的奶罐，由寒春设计。寒春因此获得“白玉兰荣誉奖”

寒春设计的卧式直接冷却奶罐（系列）达到了国际先进水平，填补了国内空白。该系列产品在上海生产，获得良好的社会效益和经济效益。为此，她获得了上海市政府颁授的“白玉兰荣誉奖”。

户外井式地热保温

饮水器，不需要任何外加能源，-18℃也不易结冰，解决了北方地区奶牛冬季饮水的难题。

项目鉴定以后，全国各地奶牛场的领导和技术人员络绎不绝地前来参观、索取资料，国家机械工业委员会授予阳早、寒春科技进步二等奖。

不少单位和个人向寒春、阳早要设计图样、资料和零部件，他们都无偿提供。从1985年起，中国农机院试行科研体制改革，事业经费逐年核减，经济来源靠转让技术和销售产品，对于寒春、阳早给外单位无偿提供图样和资料的做法，一些科研人员有想法，寒春、阳早则认为这个课题是国家提供的经费，应该让全国奶牛场免费用上项目的先进成果，发挥项目的最大效应，而不应成为主办单位的“摇钱树”。

寒春、阳早付出大量心血牵头试制的我国第一套具有自主知识产权的奶牛场成套设备样机，在试验站奶牛场运行30多年，到2021年还在正常运行；一群高产优质奶牛，30多年来年年稳定高产，平均每头产奶9吨，较20世纪80年代提高了4吨；培育优质种公牛200多头，供应北京、天津、山东、河南、内蒙古、湖北、河北、陕西等地奶牛中心的奶牛站，每午制取优良公牛

1981年，寒春（前排右五）、阳早（前排左八）出席全国草原畜牧机械学术讨论会，并与全体代表合影

1984年，寒春在中国农机院沙河农机试验站观察牛犊

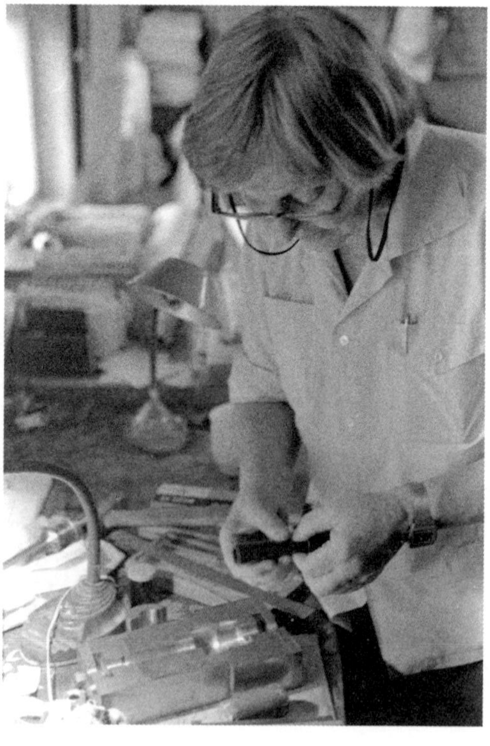

1986年，退休多年的寒春照旧在小王庄研究如何改进挤奶杯

精液近100万支，提供给全国奶牛场配种，保障我国牛群品质优良，保障牛群养殖的“高效、优质、安全、低耗”，实现我国公牛精液、胚胎从进口到自供的飞跃。

1987年，小王庄的成果在全国广泛推广，前来参观学习的人络绎不绝

1993年，阳早（左一）同韩丁（右一）在中国农机院沙河农机试验站指导试制免耕播种机

寒春、阳早首先将项目成果在西安草滩农场“牧六”推广。1988年—1991年，寒春长住西安，从画图、勘察、基建、设备安装、试运转到鉴定，全程负责，认真监督。

1993年，中美合资卡夫食品有限公司的专家考察北京地区向其提供牛奶的9个奶牛场，寒春、阳早负责的中试奶牛场（中国农机院沙河农机试验站奶牛场）的牛奶卫生质量和特级奶率排名第一。考察专家认为：“无论是设计还是质量都非常出色，管理上稍作改进就可生产出世界水平的牛奶。”考察后，卡夫公司聘请中国农机院高级工程师吴习飞为供奶的奶牛场进行关键技术培训，以求改善操作流程，提高牛奶卫生意识。

高产奶牛场需要高产的青贮玉米作保障。寒春、阳早同韩丁等农业专家探索高产、低耗的免耕播种技术，1993年在试验站指导技术人员和工人成功试制免耕播种机。

1991年—1993年，中央首长和部委领导先后数次前往试验站调研、参观，并到寒春、阳早家里做客、慰问。

自主研发胚胎移植，改善中国奶牛品质

寒春、阳早参照国外同行经验，主张通过推广胚胎移植改善牛群品质，并成功完成了“荷斯坦奶牛胚胎移植示范项目”。这个项目的基本方法是通过在最好的奶牛体内植入多个良种精子，将形成的胚胎移植到产奶量不高但仍能生育的奶牛中，使牧群的产量呈指数级增长。在20世纪80年代，有些人主张批量进口外国的成乳牛来改良中国的奶牛牛群品质，寒春、阳早不赞同，因为批量进口的大多是中等级奶牛，长途运输、口岸检疫、异地适应，费事费时费钱，得不偿失。他们认为进口高等级优质公牛精液和优质母牛胚胎，繁殖出中国自己的优质公牛、母牛谱系，是“多、快、好、省”改良中国奶牛牛群品质的最佳选择，并决定把胚胎移植工作的重点放在北京中试奶牛场。他们每年关注美国、加拿大选拔出来的“第一名公牛”“第一名母牛”，不惜花钱买公牛的精液给中试奶牛场的母牛配种。同时，与北京种公牛站合作，种公牛站出钱买美国、加拿大的母牛胚胎，移植在中试奶牛场母牛体内，生下公牛归北京种公牛站，生下母牛给中试奶牛场。奶牛场让优质母牛超数量排卵的同时，用最优质公牛的精液配种。

阳早和寒春从新中国成立之初就潜心改良牛群，此时在试验站找到了胚胎移植的办法。从饲养到育种，一年又一年，生产出了一批又一批优质公牛和母牛。1985年，中试奶牛场平均每头奶牛年产奶不足5吨，而到了2001年达到9吨多，创全国最高纪录。中试奶牛场的公牛是全国多个种公牛站养殖公牛的首选。中试奶牛场的母牛和胚胎提供给其他奶牛场改良牛群，提供给高校科研项目使用，为中国奶业发展发挥了不可替代的作用。

1986年，寒春、阳早观看陕西榆林等地的胚胎移植成果——黄牛生下的黑白花奶牛

1986年，寒春、阳早帮助陕西榆林申请到80万元，用胚胎移植方法使当地产奶少的黄牛生育出产奶多的黑白花奶牛，效果惊人，带来显著效益。

种公牛站的每一头公牛都有出产地标志，而产地标志“小王庄”的种公牛很快遍布各地。小王庄奶牛场因其高度机械化、产奶量高，以及低脂肪、高蛋白、干净的牛奶而名扬全国。

建设高产奶牛场不能疏忽任何细节。寒春、阳早将工程建设的点点滴滴记录在案，在没有电脑的时代，用100个笔记本建立起自己的数据库，成为辅助科研的宝藏。记录本上密密麻麻的数字，是珍贵的技术档案，也是他们精益求精的精神丰碑。

有一个笔记本，记载了他们使用过的每一批次的橡胶乳杯的配方、工艺和使用寿命，这些记载发挥了关键作用。挤奶乳杯模拟人工挤奶的频率和力度收缩、松开，数百小时以后乳杯表面因老化产生裂纹，会积存牛奶，很难清洗干净，造成细菌数量大增。为此，寒春从近30年积累的资料中选择最佳配方和工艺交给北京橡胶六厂，生产出质量可靠的产品。

寒春的工作笔记

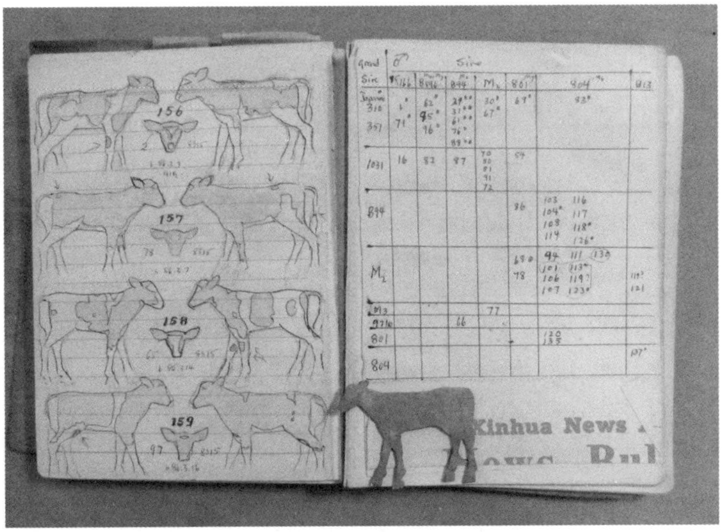

寒春的工作笔记——小王庄牛图案（摄于1980年）

寒春、阳早的书籍、笔记、研究手稿（肖春华摄于2016年）

为确保最优遗传，寒春、阳早对每头牛的父系、母系、直系、旁系都有精准的记录，他们的笔记本上记载着农场所有牛的“档案”，图案、谱系、胎次等信息十分详尽。

对显微镜下每个胚胎的生长发育情况，寒春用表格准确表述优、良、中、差四个等级。中国农业科学院北京畜牧兽医研究所的朱化彬教授到牛场调研，对寒春的这个表格赞叹不已：“胚胎的状态如此一目了然！我们研究胚胎移植多年，都没有想到设计这样好的表格。”在场的中国农机院党委书记李维民说：“老寒就是这样，要么不做，要做就做到最好。”

“我们在中国一辈子，看似养牛，实质是为了信仰”

寒春认定该做的就一定要做下去，什么困难挡路，她都要推开，所以阳早给她取了一个外号——坦克。比如设计牛场，设计挤奶器，到配件厂找配件，就坐在人家办公室，不给不走。寒春85岁那年，看人家用软件设计牛场，自己一辈子设计是在纸上画，就要学。在这之前，寒春脑出血好几次，在常人眼中是不太可能学好了，但她每天早晨起来学两个小时，照书本学，天天学。子女见了很担心，劝她服老，她说：“我是老了，但不服老，85岁了还要学。人活得要有意思，什么才有意思？赚钱本身没有意思，搞科研，搞真正创新的东西才有意思。很多人问我们年岁大了，为什么还要留在中国，目睹社会日益商品化和市场化。我和阳早的回答是：我们从来都没有无聊的时候，这里所发生的一切都富有意思。在中国，你需要具备历史感、斗争感和幽默感。”

1992年，阳早在北京阜外医院再次做心脏二尖瓣膜手术，需要家属签字。寒春对时任中国农机院党委书记李维民说：“老李，你管我们，你签吧。”李维民允从签字。

2001年12月下旬，阳早再次住院前一周，他说："这次住进去，肯定出不来了。我要是死了，就把我埋在能看见牛的地方。"寒春问："你有什么不放心的？"阳早回答："你要能把这群牛管好，我就放心了。"

那次住院，阳早在三〇六医院深度昏迷，经协和医院和人民医院会诊，确认是肺部严重感染，需切气管抢救并转协和医院治疗，寒春也让李维民做主签字。

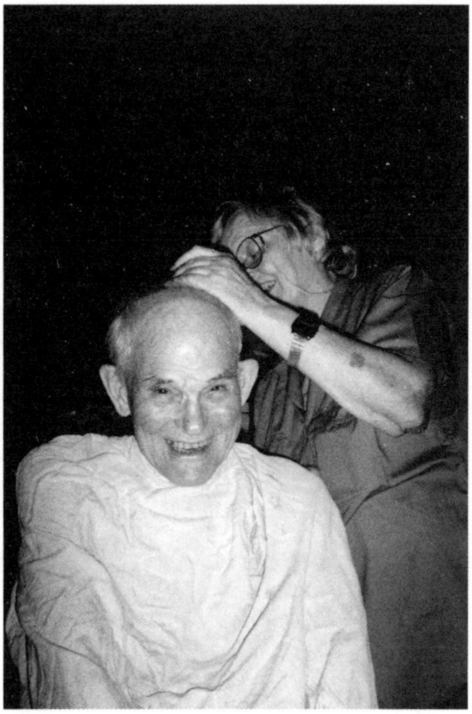

寒春与阳早（1997年摄于小王庄）

2003年12月25日，阳早在协和医院昏迷，抢救多时无效。长子阳和平不希望爸爸临终太过受罪，要求拔掉所有管子，不再抢救。阳和平问李维民："你理解吗？"老李点点头，默不作声，哽咽难言。

阳早逝世后，《人民日报》发讣告，征求寒春的意见，寒春执意要求加上"为全人类的解放事业而奋斗"一句，她说："这是为了表明我和阳早的信仰。我们在中国一辈子，看似养牛，实质是为了信仰。"阳早去世后，按相关规定，他应该享受副部级待遇，安葬在八宝山，寒春却按阳早生前立的遗嘱——"为解放全人类的事业奋斗了一生，死后不举办任何活动，骨灰用最简单的办法处理"，让工作人员买了最便宜的骨灰盒子，把阳早的部分骨灰埋在位于北京北郊的中试奶牛场的草地下面，并选择一棵冷杉树移栽在旁边，让阳早背倚冷杉，闻到风吹过来的奶香，永远陪伴心爱的牛儿。

中国农机院一位工作人员说："阳早遗嘱将骨灰埋在这里，可能也是要护佑他们养大的奶牛。"

寒春与杨振宁（摄于2004年寒春生日宴会）

2006年，寒春在家里与著名作家魏巍（左一）交谈，魏巍建议寒春写一部回忆录

2004年，《谁是最可爱的人》的作者魏巍等19位老同志写信给中央领导，建议授予寒春、阳早“白求恩式国际共产主义战士”称号，并将他们位于小王庄的家永久保留，作为“共产主义思想教育基地”。

同年8月15日，《外国人在中国永久居留审批管理办法》发布施行，随后北京市公安局给寒春发放了中国的第一张“外国人永久居留证”，她的头像印在了极具纪念意义的首张中国“绿卡”上，成为取得中国“绿卡”的第一人。谈及为何仍保留美国国籍时，寒春说：“只是出于旅行方便的考虑。”

2009年10月20日，寒春生日那天，一些开国将帅后代特意组织起来到她家里给她赠送了一顶红军帽作为生日礼物。寒春良久地抚摸着红军帽上的鲜亮红星，回忆起延安的峥嵘岁月，回忆起给阳早特制泥蛋糕，寒春笑得如小阳春那样灿烂。

2009年底，寒春和阳早一起被央视评为当年“感动中国”候选人，推选词是这样写的：

阳早、寒春夫妇是美国科学工作者，他们在革命时期来到延安，并随革命者转战南北，新中国成立后成为中国最早的科技专家。50多年来，他们艰苦奋斗，坚韧不拔，实事求是，一丝不苟，从艰苦的革命时代，走到改革开放的今天。他们和中国一起经历了风风雨雨，为中国的奶牛事业奉献了毕生的精力。

阳早和寒春在延安结下良缘，半个世纪里，两人可谓夫唱妇随。阳早负责奶牛品种改良，而曾从事核物理研究的寒春则利用自己的专业优势为中国的农业机械化贡献力量。他们在工作过的每一个地方都留下了深刻足迹：1949年，在陕北定远的三边牧场，他们帮助当地进行牛、羊、马、驴的品种改良和疾病预防，并向农民传授机械化养牛的知识；1953年—1966年，他们先后被调到西安牛奶场和草滩农场工作，研发、改进的奶牛青贮饲料铡草机销售近100万台，至今仍是草滩农场乳品机械厂的主导产品之一。

寒春、阳早一直在研究奶牛，立志让中国人喝上最新鲜的优质牛奶，将毕生精力献给了中国的奶牛事业。

在《东方红》乐曲声中叶落归根

2010年6月8日凌晨，寒春因腹部剧痛被送入协和医院急诊室。下午6点多，寒春昏迷，医院组织团队抢救，到晚上10点多，抢救无望。经医生建议，李维民与阳和平商定，停止抢救。寒春的生命定格在了89岁。

寒春留下遗嘱："去世后也不搞任何悼念活动。"但是，寒春、阳早的生前好友和中试奶牛场的干部群众要求举办一个极简追思会，让大家表达对两位老人的敬仰、缅怀之情。2010年6月18日，追思会在中国农机院报告厅

1993年，寒春与中国农机院负责人李维民交谈

举办，300多个座位的大厅限制了参加人数，一些人只能挤在走廊里聆听。寒春、阳早的生前好友和亲属饱含深情地讲述起两位老人传奇感人的故事。

李维民深有感触地说：“寒春祖籍欧洲，欧洲有马克思、恩格斯为真理而奋斗，寒春也是这样的理想主义者、共产主义者。”

长子阳和平说：

我父母把自己的爱好和人民的需要融为一体，因而，他们是最幸福的人，我们庆贺他们的一生。母亲的理想就是为共产主义奋斗终生。直到晚年，母亲对未来都充满希望。他们是从资本主义社会过来的，所以他们对资本主义没有幻想，对帝国主义保持警惕。他们向往共产主义。他们虽然还保留着美国国籍，是纯粹的美国人，但中国化了；他们虽然还不是共产党员，但他们的世界观已经无产阶级化、马克思主义化了。他们是真正的共产主义者。养牛不仅是母亲的事业，也是她为共产主义理想而奋斗的方式。对她而言，共产主义不是高深莫测的理论、宗教或世外桃源，而是一种朴素的追求，一种坚定的信仰，一个她仰望的“人人为我、我为人人”的人类社会模式。他们的一生没有遗憾，为解放全人类，值得。

很多人觉得他们在中国做出了牺牲，其实正好相反，他们到中国是获得了解放。不能只从物质来衡量人的幸福。父母不看重物质，他们看重的是把个人爱好和人们的需要融为一体。他们干的是老百姓所需求的东西，所以他们最幸福。他们在中国可以把全部精力用在事业上。父亲喜欢养牛，就想把牛养好；母亲喜欢设计，就把设计搞好。恰好农场、奶牛场这两样活缺一不可，他们夫唱妇随，互为补充，相得益彰，他们在一起简直是无比幸福。他们耗费毕生精力主要做了两件事：推进中国的养牛机械化和牛种改良。搞畜牧机械化，首先搞牛奶冷却，搞铡草机，设计牛场。牛场设计方面，对中国很多牛场设计有很大的影响。后来搞胚胎移植，干得十分突出。父母来中国不亏，干自己喜爱又被人需要的工作，求得了幸福的最大化。

寒春好友、中华人民共和国“友谊勋章”获得者伊莎白·柯鲁克说：“寒春直到生命的最后一刻都十分关注人类共同的理想。我们有一个时事学习小组，每周活动一次，她坚持不懈，就在临终前几天，还参加了学习。”

国家外国专家局时任副局长张建国说：“寒春同志立志为全人类的事业奋斗一生，她忘我工作、一丝不苟、精益求精，是白求恩式的国际共产主义战士。”

英国共产党（马列）主席、副主席、总书记发来唁电：“坚强的国际共产主义战士寒春把她大半生贡献给了中国革命事业、和平事业、反帝事业。她使我们肃然起敬，所有共产党人都应该学习她的国际主义精神。”

按照父母的遗愿，阳早、寒春的孩子们一起商定：中国陕北是父母的第二故乡，他们在陕北确立了为解放全人类而奋斗的世界观、价值观、人

阳早、寒春骨灰撒放处（肖春华拍摄于2018年）

生观，就把父母的部分骨灰撒在陕北与内蒙古交界的大地上。2010年6月21日，阳建平、阳及平、建平的爱人考建华以及阳和平的女儿吉娜，来到陕北和内蒙古交界处的鄂托克前旗三边牧场旧址，那里是阳早、寒春新婚宴尔之时在红色中国参加新中国建设的地方。两位老人的骨灰在孙女吉娜弹奏的《东方红》乐曲声中，在阳光照耀下，飘扬在广袤的草原上，然后轻轻落下。61年前他们一起在这里养牛，如今他们叶落归根，以特殊的方式回到了第二故乡。

阳早、寒春的小王庄故居，已按魏巍等19位老同志以及有关单位的建议，布置成了“阳早、寒春纪念馆”，并被昌平区列为爱国主义教育基地，被农机院列为“科学家精神教育基地”。人们络绎不绝地前来瞻仰阳早、寒春居住过的平房和他们付出心血的中试奶牛场、农机站，聆听历史的回声。在试验站的大院内，高大的杨树枝繁叶茂，遮天蔽日，洒下一片阴凉。与这些树相伴的两位老人再也听不到从树上传下的叽叽喳喳的喜鹊声了，但九泉之下，两位老人定能听见成千上万的仰望者源源不断地前来参观故居的脚步声、感叹声。

余论／子女

我没有被动员强迫下乡，而是自己要求下乡的。在农场的两年半，影响了我一辈子。以后换了好多单位，再多的年份，也没有这两年多的印象深刻。当知青是我独立踏上人生道路的第一课，是我人生最深刻的记忆，一辈子也忘不了！虽然只有短短的两年半时间，但连队里的一切、与知青朋友和老职工们建立的深厚友谊，胜过以后20年、40年的其他经历！

——阳建平（阳早、寒春的次子）

阳早和寒春有三个孩子：长子生于1952年，正值亚太和平大会期间，故宋庆龄为其取名“和平”；次子生于1955年，当时中国正在掀起社会主义建设的高潮，故取名“建平”；三女生于1956年，该年世界人民掀起了反对英国侵略埃及的浪潮，故取名“及平”。三个孩子的名字都寄托了阳早和寒春反对帝国主义侵略、希望世界和平的国际主义信仰，也表达了他们对子女的祝愿。

农牧民本色不可改

阳早和寒春来到中国后经受住了革命战争和战后重建的考验，在农场担任领导和技术负责人，后来享受副部级待遇，仿佛与普通老百姓的生活拉开了距离，但他们认为，三个孩子生在农村，长在农场，永远是踩着大地、踩着牛粪的农牧民，本色不可改变。他们对孩子的要求十分严格，要求他们和工人、农民的孩子一样，吃杂粮粗食，参加家务劳动，衣服破了打上补丁继续穿，从小养成艰苦朴素的习惯。三兄妹经常挎上小篮为家里的大灰兔打草。兔子生了小兔，孩子们也要送几只给农场的工人同事，从小养成助人为乐的好习惯、好品德。

草滩农场离西安城20千米，渭河在农场的北边缓缓流过。万古以来，渭河从上游携来大量泥沙，在西安城北形成了辽阔的冲积平原，继而形成偌大的草滩，成就了天堂般的景色。当春天来临，草滩满是奇花异草、野兔小鸟，和平、建平和及平三兄妹在原野上尽情地追闹玩耍，那是他们童年的乐园。当三兄妹登上草滩农场最高的水塔，想看看世界到底有多大时，映入眼帘的只有周围广袤的农村。在他们的自我认知里，自己是乡下人的孩子，城市的喧嚣离他们很远很远。

父母的严格要求，特别体现在不搞特殊化上面。

有一次，农场总部在食堂放映电影《洪湖赤卫队》，和平没买票，跟着有票的小朋友混了进去。看完电影回到家里，和平沉浸在看电影的兴奋之中，兴高采烈地给弟弟、妹妹讲起电影里的故事，说草滩有的地方像洪湖赤卫队打仗的地方，还模仿电影人物的造型。

阳早没有给和平看电影的钱，便问他："你看电影，哪儿来的票？"

和平愣住了，一时语塞："我——"

"你怎么进去的？"阳早严肃地问。

和平只好吞吞吐吐地承认："是跟着人群混进去的。"

阳早顿时铁青着脸说："你不要觉得你聪明。看门验票的叔叔肯定看出了你没有票，不过没有把你拉出来罢了！也许你觉得你是阳副场长的孩子，叔叔伯伯会特殊照顾你。你的小聪明、侥幸心理统统要不得。不可再做这样的事了。正当的理由，我会给钱的，妈妈也会支持。"

说后，阳早牵着和平的手去补买了电影票。

1964年，和平进西安城上中学。一天，寒春进城办事，在一个小饭馆吃饭。服务员和她很熟悉，说："昨天，和平到饭馆吃饭了。"

和平寄宿在学校里，却跑到街上吃馆子，寒春觉得不妥。和平周六放学回家，寒春严厉批评他："也许学校的饭菜不太好，但同学们都在那里吃，为什么你那么特殊？小小年纪就下馆子，艰苦奋斗的习惯要从小养成，你要记住，你可是乡下人的孩子！"寒春还语重心长地讲了他们初来中国的见闻，讲在延安的生活，讲长征、《红星照耀中国》、延安大转移与突围，讲中国共产党人在艰苦环境中不懈奋斗的故事。从那以后，和平再也没有做类似的事了。直到中年在清华大学、对外经贸大学任教，他都骑车上下班，背个双肩包，随身带着笔记本，走到哪里都可随时办公。

及平从小在农场长大，没进过城。一次，她随爸爸妈妈去城里参加招待外国朋友的晚会，是农场派吉普车接送的。晚会上的杂技表演真是精彩极了，惊险的空中造型、奇妙逗人的魔术杂要、健美的体操和车技，把小及平带到童话般神奇的世界。回草滩农场后，及平总是想起那天晚上的杂技节目，做梦都喊要进城再看一次！可是，过了好久也没人带她进城，爸爸妈妈整天只顾忙工作，老也不提看杂技的事情。一天，及平实在忍耐不住，责问妈妈："为啥不进城看戏了？"

妈妈解释说，工作很忙，而且路途很远，从农场去城里每天只有一趟班车，如果晚上看戏，那当天就没法回家。及平不解地问："妈妈，可以坐农场的汽车去呀！"

"什么？坐农场的车？"寒春吃惊地望着及平，心想几岁的孩子怎能说出这样的话来。

寒春和气地对女儿说："及平，农场的车是公家的，上次是农场特意派车送我们进城看戏的，可不能随便要求坐。农场的孩子都不坐车进城，大家都是一样，公私分明，可不能特殊啊！"

从那以后，寒春、阳早不让孩子搭公家的车进城。一次，及平淋巴结发炎，牙疼得要命，每天都要去城里看病，寒春拒绝农场派车，带着及平自行坐公共汽车往返。病情好一点，寒春就骑车带着及平，40千米往返，常常累得精疲力竭。有人劝说："及平爸爸是副场长，你们夫妻是外国专家，用农场车接送孩子看病不算特殊化。"寒春说："公就是公，私就是私，不可占公家的便宜！"

为了使及平记住"不准坐公家的车"，寒春每次骑车送及平进城都要认真地问及平："为什么不坐小汽车进城啊？"

"那是公家的汽车、农场的汽车。别的孩子不坐，我为什么特殊呢？我不能私自坐公家的车。"及平每次都认真地回答。

阳和平被安排在西安最好的中学上学，最初，寒春感到非常骄傲，觉得政策好，儿子也是好学生。而阳早却很矛盾，觉得这对和平的成长不一定有好处。

果然，和平自上了这所学校，变得有些高傲自私。一次，和平拿着两个苹果，掂量了一下大小，然后把看起来小的给了弟弟；后来觉得建平手中的苹果更大些，又用自己的跟建平交换。还有一次周末回家，和平骄傲情绪膨胀，趾高气扬地对弟弟妹妹指手画脚。一次和家人吃饭，和平闻了闻大妈做的饭，张口抱怨，言谈之中好像她是仆人。阳早的反应迅速而干脆——把和平的定量粮票（那时的粮食由国家定量供应）往桌子上一甩，大声说：“自己找饭吃，什么时候明白了大妈为家里所做的一切的真正价值，什么时候回来一起吃饭！”几顿饭的工夫，和平回来向大妈道歉，并做出深刻的自我批评。

看到这些现象，寒春后悔没有把和平留在农场上学，便特别注意在平时的教育中消除和平身上的傲慢自大，培养他博爱谦虚的品性。从西安中学毕业后，和平到北京与家人团聚，便与弟弟妹妹一起，在住地三里屯大院的学校上学，性情也逐渐改了过来。

做孩子们的朋友

寒春、阳早喜欢同事的孩子，每逢节假日就让和平兄妹把农场的小朋友请到家里来看书、讲故事、跳舞、唱歌，一时间家里就像快乐的幼儿园。

夜色浓重时分，孩子们就把阳早家门前的水泥平台当舞台，举办小型晚会。及平和女孩子们表演舞蹈，寒春和建平拉小提琴伴奏。每当建平独奏外国歌曲，寒春、阳早就像回到了纽约郊区的户外……

孩子们一年四季都有心爱的活动：

春天最喜欢过灯节，夜晚一大群孩子每人打一个小灯笼（有的在纸做的盒子里放些萤火虫，有的拿搪瓷缸点上一支蜡烛），跑到宽阔的草地上抓“特务”、捉迷藏。

夏天和秋天，孩子们趁着月光在散发清香味的野草地里嬉戏，或躺在麦秸秆上数星星，坐在阳早家的院子里乘凉或讲故事。

冬天下雪，打雪仗、堆雪人，玩美国民间流行的“狐狸捉鹅”的游戏。

只要有空，寒春、阳早都会积极参加孩子们的活动，全农场的小孩都把他们当朋友。

孩子们也喜欢听故事，常常求寒春讲。寒春讲的故事短小精悍，讲完后还要说一说其中蕴含的深刻道理。

她讲人类和动物起源的传说：“很久以前世界发了大洪水，一切生物都被水淹没了。有个白胡子老人，用条船把每种动物都选出公母各一只，把它们救到船上。这样，世界上的万物才流传下来。”接着她说，“这不是真的，这个传说教育人们要心地善良，乐于帮助别人。”

她讲象的鼻子为什么那么长：“有条鳄鱼在水里同小象说：‘朋友，快到水里来玩，我多么喜欢你啊！’那头小象凑近鳄鱼，鳄鱼突然咬住象的鼻子。小象知道上了当，赶忙往回退。象的鼻子就这样被拉长了。”故事讲完后，寒春说：“这个故事告诉人们对坏家伙要提高警惕，不能上当受骗，要有孙悟空的火眼金睛，识破妖魔鬼怪的骗局。”

她还讲王子与贫儿的故事：“一位王子和一个穷人孩子长得一模一样。有一天，王子为了好玩，同穷人的孩子换了衣服。人们误以为穷人的孩子就是王子，而把真正的王子当穷人看待。穷人的孩子当了王了以后，为人民做了好多好事，整个国家都很幸福。那个王子呢？他在当了穷人之后也体会到了劳动人民的疾苦，也愿意诚心诚意地为人民办事了。后来他继承了王位，成了一位造福人民的好国王。”寒春随后来了一句评语，“这个故事教育人们要体谅和爱护劳动人民。”

孩子们也常常提一些问题。有一次，从城里来的中学生给及平讲鬼故事：一个人在路上遇见两只白兔，带回家去以后，两只兔子变成了鬼。及平不信鬼是兔子变的。家里喂着一只大灰兔，那么活泼可爱，怎么可能变成鬼呢？她和小朋友们去问妈妈究竟有没有鬼。

寒春觉得这是一个“破除迷信，提倡科学”的好机会，便坚定地说：

“世上根本没有鬼。”然后讲了好几个没有鬼和不怕鬼的故事，解释说故事里的怪物和鬼都是人装的。她说鬼是人类在科学文化落后时期的想象。真正可怕的是现实中的坏人，一定要提防他们。

通过讲故事，寒春、阳早对孩子进行潜移默化的教育，教育他们勇敢、正直，热爱人民，热爱生活和科学文化。

寒春、阳早家最热闹的时候是有人过生日。不管是大人还是孩子的生日，农场的小朋友都跑来热闹一番。除了演节目、吃糖果和讲故事之外，按美国风俗，过生日的人要让亲友们打屁股，多少岁生日就打多少下；打够数以后，再加一下，表示纪念和预祝长寿。每当该打屁股的时候，热烈的气氛就达到顶点。不但孩子的生日要打，大人的生日也不例外。一次，阳早过生日，农场的小客人争着打“美国寿星”的屁股。阳早像孩子一样在前面假模假式地跑，孩子们举起巴掌叫着、跳着、追着，不停地用小巴掌拍打阳早的屁股，给予热情的“祝贺”。

和孩子们在一起，同孩子们交朋友，对寒春、阳早来说，是他们最大的乐趣。

在劳动中接受教育

外婆卡梅莉塔万里迢迢几经周折来中国“走亲戚”，为了接待和照顾好她，阳早征得农场的许可，同寒春一起带领孩子们把阳早的办公室兼接待室整理和改造成符合美国老人居住的客房，尽量让老人家住得舒适。他们在客房的后边安装了一个抽水马桶，改造得俨如宾馆里的单人间。但因当时农场住房没有自来水设施，得往马桶水箱里灌水，寒春和阳早商量决定，由孩子们从井里打水来完成，每挑一担水奖励5分钱。可后来，寒春觉得这个方式虽然对培养孩子热爱劳动、孝敬老人、帮助父母、奉献爱心及真诚待人接物

1963年，阳和平为外婆的专用马桶挑水

很有潜移默化的作用，但奖励5分钱并不妥，因为孩子们积极做家务、孝敬长辈是应尽的责任。为达到改变奖励方式的教育效果，寒春和阳早模仿农场会议，召开一次家庭专题会议，做“意识形态纠偏”的工作。通过讨论，大家形成一致意见——以后每次赚到的5分钱放到家庭存钱罐里，用来买冰棍之类的小零食，兄妹自行商量决定怎么花，不用请示家长。

有一次，和平坐公交车去西安市区，钱包丢了，里面有5元钱，寒春说：“哎呀，那可是一大笔钱啊，你不能就这么把它丢了。你要把这笔钱找回来，或用一种方式给予弥补。”

和平在草滩农场用割草的方式“把5元钱找回来了”——割草并运到奶牛场，每次奶牛场给他1角钱。为了弥补丢掉的5元钱，和平割了一个夏天的草。

之后的一天，寒春突然接到西安市失物招领处的通知单，让她前去领取。招领处的工作人员问寒春："说说里面都有什么东西。"

"里面有5元钱，其他的不太清楚。"寒春回答。

因钱包里有和平的名字和学校的基本信息，这才让招领处找到了钱包的主人。寒春接过钱包，里面的5元钱还在。

5元钱如数招领回家时，和平割草的习惯已经养成，仍不肯停下。他说，参加体力劳动是培养奉献意识、锻炼毅力的好方式。

1963年在北京期间，寒春拜访伊莎白和大卫·柯鲁克夫妇时，谈到孩子的教育问题，他们对越来越多的家长把孩子送到农村接受"浸濡教育"十分赞赏，并跟寒春商量，第二年夏天把儿子迈克尔·柯马凯也送到西安草滩农场体验农村生活。第二年暑假，迈克尔在草滩农场同寒春、阳早及农场其他孩子摸爬滚打，果然不仅锻炼了一副好身板，还培养起热爱劳动、勤俭节约、团结友爱等好品质。

此事在欧美老乡圈子里不胫而走，因为除寒春、阳早的孩子在农村生活外，其他人的孩子多在城市里，不事劳动，因而相识的美国人都热切期望把孩子交给寒春和阳早带一段时间。迈克尔来之后的第二个夏天，又来了一小队人，其中包括和平的表姐卡玛、南希和大卫·米尔顿的儿子克里斯，还有罗伯特·威廉和梅布尔夫妇的儿子鲍比·威廉、约翰尼·威廉。威廉夫妇是美国黑人民权运动领袖。1965年，威廉夫妇受中国邀请来华访问，因忙于事务，便把孩子送到草滩农场，交给寒春、阳早。来了黑人小伙伴，孩子们很是高兴，全农场也很欢迎，虽然以前从未见过黑人，但当时中国支持美国黑人民权运动，善待黑人小朋友也成了农场支持黑人运动的一部分。

来到草滩农场的孩子虽然还小，却卷起袖子尽情地投入农活：切青贮饲料、挤奶、铲牛粪……什么活儿都干。在青纱帐一般的玉米地里，在未开垦的草滩花海里，孩子们可以疯狂地玩上好几天。

在此期间，寒春、阳早连同7个孩子被邀请去参加延安的建梯田劳动。回到延安，又见宝塔，又饮延河水，梦回延安时的美好时光，重温战争年代的罗曼蒂克。寒春、阳早也趁机给孩子们讲述当年延安的革命史、战争史、

1965年3月30日，寒春、阳早全家与威廉兄弟一起参观八路军西安办事处纪念馆

1965年，寒春、阳早一家与威廉兄弟参观延安

幸福观，中国人民谋求解放、艰苦奋斗、建设美丽家园的精神信仰深深地感染了孩子们。加上劳动体验，使大家懂得一些朴素的道理——劳动创造幸福，人民创造世界。7个孩子中及平最小，虽还不适应干农活，也听不太懂这些道理，但在亲近大自然中享受了户外成长的乐趣。

外国孩子离开草滩农场后，寒春、阳早恢复到原先平静有序的生活状态，一时间孩子们的生活也变得有些索然无味。

跨越太平洋的知青情结

从西安草滩农场来到北京后，大人和孩子都有些不适应。在精英化的崇文寄宿学校，从周一到周六都得正襟危坐，学呀、背呀、考呀，绝对不能疯跑瞎玩。建平和及平与玩伴隔离、与大自然告别，对草滩小学便发疯似的怀念——在草滩小学，他们可以四处乱跑、玩耍泥巴，每一天都快快乐乐。他们不习惯坐在教室里，当听到拖拉机的声音就蜂拥到窗口看热闹。周末，寒春、阳早带着孩子爬到宾馆房顶玩汽车玩具，或骑自行车去郊游，但过了周末又得面对新一周的正襟危坐。

有段时间，停课闹革命，寒春便让及平和同学去灯泡厂学习做灯泡；让建平去缝纫厂，向工人请教怎么用缝纫机。之后，受一些孩子“重走长征路”的启发，寒春、阳早觉得训练孩子独立生活、锻炼顽强毅力是人生的必修课，于是与中阿公社联系，组织建平和及平与同学们带着背包和睡袋徒步去中阿公社。到目的地后，白天下地劳动，晚上打地铺睡觉；几周过后，又背负行李，步行回到三里屯大院。

1969年，17岁的阳和平高中毕业，踊跃报名上山下乡，未获上级批准，得到的回复是：“没有美国人上山下乡的先例。”那时，和平最好的玩伴之一表姐卡玛在北京名校101中学上学，这所高中与清华大学的学生来往不断。他们成立“快乐小组”，重走长征路——从北京出发，路经延安，然后再赶赴南方数省。队伍中途休整，卡玛回京，向和平描述了沿途见闻，听得和平激动不已。卡玛趁热打铁，邀请和平陪同走完“长征路”。和平回家商量，寒春、阳早说：“你上山下乡组织未批准，错过了一些锻炼机会，你去吧，在长征路上磨砺磨砺，对你一生都有好处。我们也正在‘重走长征路’，我们一百个赞成。”得到家人应允，和平、卡玛与101中学、清华大学学生会合。卡玛告诉和平要换身份，于是，他们双双自称是新疆的维吾尔族人。和平乘火车到阳泉，在那里参加集体劳动。他最终被叫回学校复课。

高中毕业，同学们奔赴全国各地接受再教育。生于中国这块土地的和平、建平、及平三兄妹，在父母的革命思想与行动影响下，与同时代知青一样，成为“生在新社会、长在红旗下”的新一代中国人。他们就读于中国的学校，接受的是中国的汉语教育，说的是流利的中国话，脑袋里是与中国革命青年一样的先进思想。知识青年上山下乡运动席卷中国大地。他们兄妹在革命父母的影响下，与中国青年一样，热血沸腾，主动申请到中国边疆去接受贫下中农的再教育，为守卫边疆、保卫边疆贡献力量。和平申请上山下乡未获批准，寒春、阳早不泄气，鼓励建平响应上山下乡号召，并积极向上级机关争取支持。经过努力，建平的申请终于得到批准，但目的地不是他向往的边疆，而是安徽郎溪丨字铺茶场（安徽生产建设兵团）。建平大鼻子、蓝眼睛、高颧骨，纯粹西方人模样，开口说的是纯粹的中国话，一言一行与中国人无异。

及平留在家里，开始卷起袖子干活儿。一年后，建平到北京探亲，妹妹吵着要与二哥一起去插队。寒春说：“孩子大了，得在大风大浪中去锻炼，像雄鹰在天空中飞翔。”她满足了女儿的意愿。二哥建平是71届初中毕业生，于1972年4月来到连队；三妹及平小二哥一岁，是72届初中毕业生，于1973年来到连队。哥哥建平人高马大，妹妹及平相对瘦弱矮小，知青们分别给他俩取了昵称“大阳”和“小阳”。

上级对这两位国际主义知青颇为照顾，连队为大阳定制了2米多的加长床（大阳身高1.98米），还对他实行“包伙”（即吃多少不限量）。由于水土不服，大阳到连队后经常拉肚子，兵团的医疗机构对此没有办法，连续两年半无法治愈。兵团害怕拖延病情，动员大阳去大医院治疗。

1974年的一天，寒春突然接到从南京一家医院打来的电话，让她尽快赶过去，因为建平生病了！孩子们在安徽的这段时间，寒春和阳早一直埋头研制我国第一台青饲联合收割机，平时没太多联系。赶到南京，见两个孩子瘦骨嶙峋，不免伤心。医院之所以给寒春打电话，是因为建平呼吸急促，心肌组织受到严重感染，引起心律失常和心悸（心肌炎），急需精心治疗与护理。热心的医生还在病房窗户的外面用树枝挂起一个罐头罐，给建平一支枪，这样，建平就可以练习射击——及平和建平都是农场武装民兵，而且建平很喜欢这种瞄准练习。当时的武装民兵可以持枪，拥有子弹，可以实弹射击，并可随时制服不法分子。每逢台风向大陆袭来，必有空飘传单随风而至，因此随时都要做好应对战争的准备，那里犹如一个永不落幕的战场。

病危期过去了，但建平的病情仍不稳定。有一天，及平与一位叫考建华的年轻姑娘来医院探望建平。他们叫她小考，是茶场的工作人员。当小考走进来时，建平的心脏监视仪显示心跳瞬间加速了，寒春看到后，便问女儿及平：“这个姑娘是谁？”及平回话说：“是茶场知青管理员考建华。”寒春敏锐地发觉建平爱上了小考。最终，他们喜结连理。

此后，因为得了急性病毒性心肌炎，建平被病退回北京。

1976年，全国大多数的部队建设兵团转制为农垦系统的农场，他们原来所在的建设兵团的领导，由部队现役军人换成了地方干部。此时，及平得到去北京大学深造的机会，结束了上山下乡的生活，但所报地质专业志愿未能获准。寒春、阳早理性地给女儿分析，“国家开设的每个专业定是国家所需要的”，要女儿服从分配，改到生物化学专业。

后来，谈及知青经历印象最深的事情，建平脱口而出：

> 一是喝凉水！我从小到大都喝凉开水，可到了连队一喝凉开水就

拉肚子，而且这拉肚子竟然把我拉回了北京。我们兄妹很想与知青朋友生活在一起，过集体生活。二是米饭。我在北方吃面食。到了南方，吃米饭不习惯。整天就是米饭加咸菜：早上是咸菜米饭，中午米饭咸菜，晚饭是咸菜加米饭。可能水土不服，不只是喝凉水引起的，更大的可能是这咸菜引起的。三是下雨。安徽这地方冬天还下雨，北方冬季不下雨。阴雨绵绵的日子，让人不舒服。

说着，不禁哈哈大笑起来，爽快地接着说：

印象好的当然更多啊！江南是个好地方。火车一过南京长江大桥，这江南水乡的味道扑面而来。我就惊喜，就感觉江南好。江南水乡确实比北方好。印象深刻的，当然就是劳动。参加连队的劳动，对于我们受惯了革命思想教育的"洋知青"来说早就习惯了。从小到大，父母一直教育我们要热爱劳动。我们从小就耳濡目染，身体力行，参加农场养奶牛的劳动。我妈妈很希望孩子们在读书的同时到农村去，经受劳动锻炼，不做温室里的花朵。

谈及上山下乡，建平说：

人的一生应该经过劳动锻炼，年轻人应该经受艰难困苦。现在有的年轻人，没有经历劳动锻炼，不知道人生的艰难。当然这样的劳动锻炼不能强迫，否则就会起反作用了。我没有被动员强迫下乡，而是自己要求下乡的。在农场的两年半，影响了我一辈子。以后换了好多单位，再多的年份，也没有这两年多的印象深刻。当知青是我独立踏上人生道路的第一课，是我人生最深刻的记忆，一辈子也忘不了！虽然只有短短的两年半时间，但连队里的一切、与知青朋友和老职工们建立的深厚友谊，胜过以后20年、40年的其他经历！

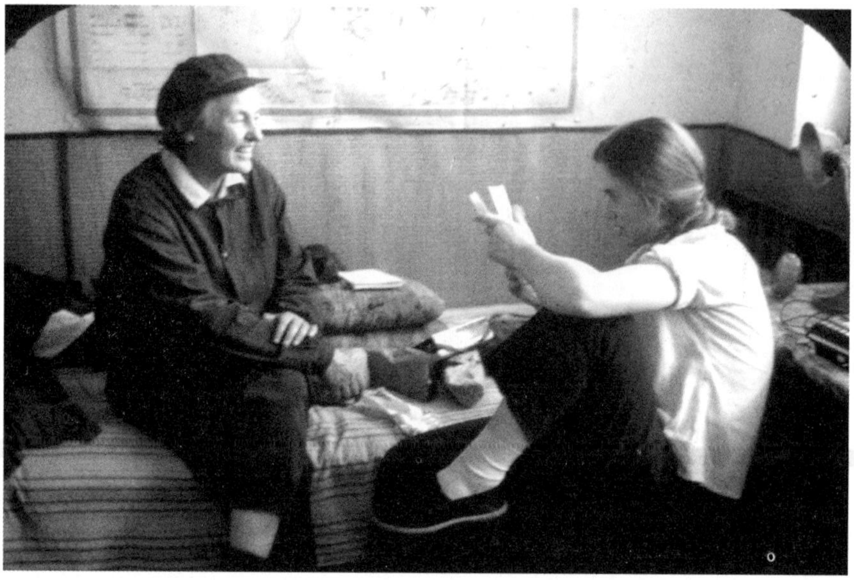

寒春给及平辅导功课（摄于1977年）

寒春教建平微积分（摄于1978年）

像所有的知青返城以后一样，1977年，22岁的建平到美国开始创业。他学英语，狂补文化知识，从中学一直读到了硕士。因为喜欢唱歌，一个偶然的机会，他参加了美籍华裔知青合唱团，便与生活在美国的中国知青团体建立起联系，从此他的知青情结一发不可收拾。每次美籍华裔知青团体举行活动，他都会积极参加。1999年，新中国成立五十周年，建平还参加了中国驻纽约总领事馆的国庆招待会演出。

当时许多美国人不理解中国，更不了解知青。建平便与舅舅韩丁到处演讲，介绍中国，介绍中国的上山下乡，介绍中国的知识青年。

中美之间

1972年，美国总统尼克松访华，《中华人民共和国和美利坚合众国联合公报》（即《上海公报》）签订。在这个大背景下，卡玛回到美国，并去信向阳早描述美国的种种新鲜见闻。与此同时，韩丁从美国再次来到中国，带来一台大家都从未见过的计算器以及很多新鲜的消息。这让和平对祖籍美国产生了强烈的好奇心，萌生了去美国看看的想法。于是，寒春、阳早着手给儿子申请护照。1974年，22岁的和平来到美国。

在美国，和平刚开始在宾夕法尼亚郊区农场工作。1975年，他回到城市与表姐卡玛住在一起。到美国后，和平觉得孤独，放不下中国，最开始只能靠听中文广播来缓解思念。阳和平后来说：

> 想中国的家，想死了。随着时间的推移，在美国越来越待不下去，文化不同，观念不同，到美国后更加孤独。我听不懂美国朋友们讲的笑话、动画片。他们讲米老鼠、唐老鸭，我听不懂，也不觉得好笑；我讲孙悟空，他们也不懂。我的英文也结结巴巴，一张口他们就觉得我

是局外人。带着被孤立的情绪，我强行让自己融入美国社会，先后在农场、修理厂、汽车厂工作，却饱受资本主义的剥削。在美国，我每个月大约可以挣400美元，而此前在光华木材厂的工资是38块6毛1，但我觉得38块6毛1比400美元值。巨大的文化隔阂，无法沟通。特别是在美国工作让你透不过气来，比如说“磨洋工”——在美国期间，我进了一家工厂，开始工头让我与他人合作干一件事，我三下五除二地干起来，进度很快。工头走开后，工友制止我干活，说，你这么拼命干活准把饭碗丢了，要学会把活儿匀着干，像拉橡皮筋一样把时间拉长了干，你那么快，活干完了饭碗也就丢了。接到工作单后，先得研究怎么干，再说说怎么干，然后一点一点地干。有人说“磨洋工”是“中国特产”，其实我是在美国学会“磨洋工”的。

在去美国的第一年里，寒春和阳早收到了无数张印有高速公路和桥梁的明信片，这是和平从美国寄给父母亲的礼物。1977年，和平终于从美国回到朝思暮想的父母身边，回到曾经工作过五年的北京光华木材厂。

在工厂，每天和工友们泡在一起，对于在光华木材厂和美国两地当工人的不同感受，和平深有感触：

有对比才认识到，在中国，大家的利益一致，主人翁地位一样，只是分工不同，是多么美好。美国的工人是雇员，没有批评老板的资格，劳资利益对立，工人要想生存，就必须看老板的脸色行事，唯有听老板的才是天经地义的。

后来，和平又几度到美国，并曾在几所大学任教。2007年，和平回到中国定居，在对外经济贸易大学任教。闲暇时，他一面整理父母的史料，一面研究毛泽东时代的中国。

阳和平与寒春（摄于2008年）

后　记

作为记者和作家，我采访寒春、阳早两位老人，发表报告文学作品和出版《两个美国老乡》一书，已经40年了。

开始，我是以记者和作家的身份采访，而后与他们成为忘年之交，成为他们无话不谈的朋友和晚辈。我记得，两位老人从南郊红星公社搬到昌平小王庄农场，我是搬家者之一。那是1982年12月10日，天气寒冷，北风呼啸。搬家队伍连我共14个人，午餐的主食是从大食堂买来的40个豆包，人多桌子坐不下，寒春手里握着两个豆包坐在一块木板上，吃得津津有味。出发了，我们坐的是一辆大型工具车，寒春没有座儿，坐在一个大衣服包上。我要跟她换，她不肯，说她这是“软卧”。那次是机械化搬家，比以前步行或骑马骑牛好多了。

车队过了沙河大桥东拐，经过“外国人未经允许不得越过”的牌子，不远处便是小王庄。小王庄与红星公社相比，离城更远，烧暖气变成生炉火。

他们在那里养牛，搞农业机械化，度过了人生最后的时光。

对于这两位异国老人的经历和事迹，许多人同我一样，开始难以置信，后来十分赞佩：他们是崇高的国际主义者、共产主义者，是真正的纯粹的人、可爱的人。他们从不追求物质享受，但他们是最富有的人，他们的人生经历、崇高品格及影响，是无价的精神财富。在追求物质生活的社会，人类最真最纯的善和爱——人性之美，在他们身上得到了完美的体现。

大千世界，芸芸众生。作为一个记者和作家，所见人多矣。但其间难以忘怀的人，只是少数，而更难得像寒春和阳早这样，给你深深启迪，使你的灵魂受到冲击和震撼。

2021年10月19日，我参加了在京举行的纪念寒春诞辰100周年研讨会，与中外友人共同缅怀寒春和阳早两位老人，并与黄力伟先生商定了关于寒春和阳早传记《我们为信仰而来》的出版计划。值此出版之际，特别感谢两位无私老人为我们留下的宝贵精神财富。也感谢阳和平教授、柯马凯先生、黄力伟先生和李维民先生对此书的帮助。感谢本书另一位作者肖春华先生的辛劳，感谢四川教育出版社，感谢谢信步先生、方勤学教授，感谢一切为这本书提供帮助的人们。

末了，用一首诗来表达对寒春和阳早的怀念。

寻常梦有色，难得爱无尘。
两位知行者，一家大写人。
耕耘牛与奶，温暖地球村。
尽瘁眠泥土，护花还润春。

李树喜

2022年谷雨于北京云闲斋

跋

本书的出版计划商定之后，我便随寒春、阳早的长子阳和平先生沿着二老曾经生活过的人生轨迹，到西安草滩、延安、内蒙古城川、北京小王庄等地收集口述和文献史料。在草滩，每到一处，曾经与二老共事过的老职工就像过年迎接亲人般欢喜，他们觉得见到阳和平就像见到了阳早一样亲切。在内蒙古的城川老城遗址，参观阳早寒春三边牧场陈列馆的观众络绎不绝，年轻女解说员讲到动情处眼泛泪花；在小王庄，寒春、阳早故居陈列着养牛资料、机械图纸以及历史照片，让人想象起二老在这里忙碌的身影。

尽管之前已经做过其他与阳早夫妇相关的出版工作，但这次重走二老的人生轨迹，我仍然再次大受震撼，至今难以完全倾诉。

寒春、阳早是有责任感的人，知道自己应该奉献给这个世界怎样的价值。他们奉献，他们因奉献而自由、而富有。他们因为对信仰的执着追求而使自己崇高，他们因为对事业的一腔热爱而使生活丰富。现在越来越多的人理解、赞美、关注、羡慕他们。然而，他们所需要的不是赞誉，而是人们沿着他们的路继续探索、前行。我隐隐感觉他们内心最为阳光的地带，还未完全被世人所悟、所感、所抵达，正等待智者开发。

本书参考了《寒春阳早画传》《两位美国老乡》《星火燎原》《踏遍青

山人未老》（*Silage Choppers and Snake Spirits*）等著作，以及期刊、网站上的多篇文章和音视频资料。本书照片主要由阳和平先生提供。

本书不只是我与李树喜先生的合著，第一作者应该是寒春、阳早，第二作者是对本书提供了帮助的每一个人，在此致以深深的谢意。书中的不足甚至谬误，敬请各位不吝指正。

肖春华

2022年母亲节于北京鸟巢东南处

微 光 书 系